Christoph Wortberg
Gussie

Christoph Wortberg

GUSSIE

Roman

dtv

MIX
Papier | Fördert gute Waldnutzung
FSC® C083411

Originalausgabe 2024
2. Auflage 2024

Umschlaggestaltung: wilhelm typo grafisch, Zürich
Umschlagmotiv: Helene von der Leyen, 1927/
aus Familienbesitz/Foto: Christian-Matthias Dolff
Alle Versuche, den Urheber/die Urheberin ausfindig zu machen, waren erfolglos. Für Hinweise sind wir dankbar
(eMail: bildredaktion@dtv.de).
Satz: Fotosatz Amann, Memmingen
Gesetzt aus der Sabon
Druck und Bindung: CPI books GmbH, Leck
Printed in Germany · ISBN 978-3-423-28386-1

Für Toni

All men should strive to learn before they die,
what they are running from, and to, and why.

James Thurber

Jeder Mensch eine halboffne Tür
die in ein Zimmer für alle führt.

Tomas Tranströmer

1

»… und soll Dich ganz herzlich von Deinen Eltern grüßen. Sie sorgen sich sehr um ihre Tochter. Und ebenso sorge ich mich, Gussie, meine gute, liebe Frau. Was soll nur werden, wenn du nicht mehr bist?«
Konrad Adenauer an Gussie Adenauer,
Rhöndorf, 12. Februar 1948

Sie schaut auf ihre Hände mit dem goldenen Ring, bläuliche Adern unter welker Haut. Gussie, hört sie ihn sagen. Dieses leichte Singen, das Bemühen, den rheinischen Zungenschlag zu unterdrücken. Es ist ihm nie gelungen, sein Leben lang nicht.

Ein Zimmer im Johannes-Hospital in Bonn, im Mai wird der Krieg seit drei Jahren vorbei sein. Seit Tagen liegt sie hier, allein mit sich und ihrem vergehenden Leben, zu schwach, um das Bett zu verlassen. Ihr Rücken schmerzt unaufhörlich, ein gnadenloses Stechen zwischen den Wirbeln. Jedes Einatmen eine Qual, jedes Ausatmen begleitet von einem Hustenreiz, der ihr die Brust zuschnürt, sie kann ihn kaum unterdrücken.

Wenn sie sich erleichtern muss, schiebt ihr die Schwester eine Bettpfanne unter. Die ersten Male waren demütigend, danach hat sie sich damit abgefunden.

Sie weiß, dass sie sterben wird. Alle wissen es. Die Ärzte können nichts mehr für sie tun. Ein paar Wochen noch, vielleicht ein paar Tage mehr, dann wird er sie begraben müssen, so wie er schon seine erste Frau begraben musste.

Es fällt ihr nicht schwer zurückzuschauen, aber sie hat keine Macht über das, was sie sieht. Ihre Erinnerungen kommen und gehen, Bilder tauchen auf und verschwinden wieder, flüchtig wie Rauch. Die glatte Oberfläche eines Sees, sie sieht hinab bis auf den Grund. Wind zieht auf, und was eben noch klar war, wird trüb und verschwimmt vor ihren Augen. Dann, Minuten später oder auch Stunden, ein neues Bild, ebenso klar wie das vorherige. Bekannte Orte, vertraute Gesichter. Augen, die sich mit Lachen füllen oder mit Kummer, Räume, die sich öffnen und wieder schließen.

Sie denkt: Was wir erinnern, ist nicht das, was geschehen ist. Was geschieht, ist allein dem Moment vorbehalten. Was bleibt, ist nur eine Wahrheit unter tausend Wahrheiten, erfundenen oder erträumten.

Die Uhr ihres Lebens, rieselnder Sand. Jedes Sandkörnchen ein Stück von ihr, gelebte Zeit. Was geschehen ist, lässt sich nicht rückgängig machen. Nur ein einziges Mal haben sie darüber geredet, der Rest war Schweigen. Sie haben sich beide geschämt, jeder auf seine Art.

Konrad, mein Konrad!

»Lass gut sein, Gussie«, hatte er gesagt, als sie sich zum ersten Mal wiedergesehen hatten, an einem sonnigen Tag im Spätherbst, die Tage der Haft wie ein bleischwerer Mantel um ihre Schultern. »Wir stehen alle in Gottes Hand.«

Und sie hatte gedacht: Was ist das für ein Gott, der zulässt, dass eine Frau ihren Mann verrät?

Wie sehr man doch am Leben hängt, denkt sie jetzt. Man will nicht wahrhaben, dass man zerbrochen wurde. Man versucht die Bruchstücke zusammenzufügen, die nie wieder ein Ganzes werden können. Alles ist verbrannt, ein Stochern in der erkalteten Asche, ein neues Haus auf einem morschen Fundament, inmitten der Schemen des alten. Die Steine wollen nicht zueinanderpassen, keine Tür führt hinein und keine hinaus.

2

»Nicht mehr lange, und die Waffen werden endlich schweigen. Da draußen eine untergegangene Welt und in mir ein blühender Garten. Und der Grund dafür, wertes Fräulein Zinsser, sind allein Sie.«
Konrad Adenauer an Gussie Zinsser,
Köln, 11. Oktober 1918

Sie stand in der Tür zur Bibliothek und hörte den Männern zu. Gestärkte Hemden mit Vatermörderkrägen, schwarze Anzüge, die Schuhe glänzend gewichst. Seit Jahren dasselbe Thema. Die verfahrene Lage im Westen, der Vorstoß im Osten. Und noch immer der Glaube, der Krieg wäre zu gewinnen. In Treue fest und unverbrüchlich. Für Kaiser, Volk und Vaterland.

Sie dachte: Was reden die da?

Der den Russen aufgezwungene Friedensvertrag, der das Sterben in Frankreich nur sinnlos verlängerte. Die gescheiterte Frühjahrsoffensive an der Somme und im Juli die verlorene zweite Marne-Schlacht, durch die sich das Blatt endgültig gewendet hatte. Seitdem ging es nur noch bergab. Aber keiner von ihnen sprach aus, was alle wussten: Die Niederlage war nur noch eine Frage der Zeit. Sie saßen rauchend da, schwenkten ihre Cognacgläser und redeten um das Unvermeidliche herum. Priesen die Tapferkeit derer, die – halb so alt wie sie selbst – in den Gräben der Westfront zu Zehntausenden verreckten, und dachten dabei an die Sicherung des eigenen Wohlstands. Lasen zwischen den Zeilen und schätzten ihre Möglichkeiten ein. Wägten ab, was das Danach ihnen bringen würde.

Und in ihrer Mitte, groß und hager, mit ausgeprägten hohen Wangenknochen und abstehenden Ohren an dem dünn behaarten Schädel, der Einzige, der wirklich etwas zu sagen gehabt hätte, Dr. Adenauer, Kölner Oberbürgermeister und Mitglied des Preußischen Herrenhauses. Er hörte zu und schwieg.

Hinter ihr im Wohnzimmer die Ehefrauen, Abendkleider und teurer Schmuck, selbst im Angesicht der drohenden Katastrophe zeigte man, was man hatte. Auch hier ging es um den Krieg, wenngleich nicht um das große Ganze. Die Damen jammerten. Über die Einschränkungen im Privaten, die Schwierigkeiten einer angemessenen Haushaltsführung, die Beschaffung spezieller Lebensmittel, die nur noch zu völlig überhöhten Preisen zu bekommen waren.

Erst gestern war sie mit ihrer Mutter in der Stadt gewesen. Ein Besuch bei der Schneiderin. An den Häuserecken saßen bettelnde Soldaten, blind geworden von den Senfgasangriffen, umgeschlagene leere Hosenbeine oder Mantelarme, wo vor Kurzem noch Gliedmaßen gewesen waren. Junge Männer mit versehrten Gesichtern, weggeschossene Unterkiefer, zwei Löcher statt einer Nase. Oder die Zitternden, denen der Granatschock die Kontrolle über ihren Körper genommen hatte. Heimgekehrte ohne Hoffnung.

»Schau da nicht hin«, hatte ihre Mutter gesagt und sie weitergezogen.

Mein Gott, wie absurd das alles. Da draußen Verzweiflung, Hunger, Elend, und hier in ihrem Elternhaus ein zwangloses Abendessen mit Freunden und Bekannten. Professor Zinsser und Gattin geben sich die Ehre. Die Räume warm und behaglich, das Essen gut und reichlich, über dem Tisch der Lüster aus Kristallglas, funkelnd und hell, und vor den Fenstern der große Garten, den sie so liebte. Der alte Gärtner kam noch immer, einmal im Monat, sein Enkel war in Verdun geblieben. An den einen ging der Krieg vorbei, den anderen kroch er bis in den eigenen Leib.

»Genug des Trübsinns, meine Herren«, sagte ihr Vater und erhob sich. »Wenn ich Sie dann herüberbitten darf. Meine Tochter wird uns etwas spielen.«

Während die Gäste sich im Wohnzimmer versammelten, neugierig auf das, was sie erwartete, und ihre Mutter verkrampft in die Runde lächelte, ein Zucken um die Mundwinkel – Beschäme uns nicht, Gussie! –, nahm sie ihre Geige aus dem Kasten.

Dr. Adenauer saß in der ersten Reihe, neben ihrem Vater, das Gesicht unbewegt. Ein Witwer und Vater dreier Kinder, der mit seinen lebendigen dunklen Augen jede ihrer Bewegungen verfolgte. Das Ansetzen der Violine, das Spannen des Bogens, das Stimmen der Saiten. Ihre Blicke trafen sich, sie sah etwas, das sie nicht einordnen konnte. Sie dachte: Wie anders er doch ist. Wir kennen uns, aber ich weiß nichts über ihn. Er verrät sich nicht. Niemals.

Sie begann zu spielen. Ein wenig Brahms, etwas von Dvořák und natürlich Beethoven. Ihre Finger auf dem Griffbrett, der Bogen auf den Saiten, sie ließ sich fallen, ins Irgendwo. Die Musik verwandelte ihre Sehnsucht in Wirklichkeit, alles war Klang und Licht, eine zauberhafte, wortlose Sprache. Kein Krieg mehr und keine Not, die Zeit löste sich auf. Ein letztes Aufbäumen der Melodie, ein zartes Verklingen, dann war es vorbei.

Der Applaus wärmte sie, ihre Mutter strahlte, in den Augen des Vaters lag Stolz. Sie wusste, dass sie es gut gemacht hatte. Vor anderen zu spielen, hieß immer auch, etwas von sich selbst wegzugeben.

Danach sprach er sie an.

»Ich bin beeindruckt«, sagte er. »Ihr Spiel besitzt große Klarheit und erstaunliche Tiefe.«

Hinter der Förmlichkeit seiner Worte verbarg sich echte Anerkennung. Die Art, wie er sie anschaute, verriet ihr, dass er in ihr nicht länger das Mädchen sah, als das er sie kennengelernt hatte, wenige Jahre zuvor, als er sie zum ersten Mal hatte spielen hören, in seiner Villa in der Max-Bruch-Straße, keinen Steinwurf von ihrem Elternhaus entfernt.

3

»So danke ich Ihnen von Herzen für Ihre freundliche Einladung zum gemeinsamen Musizieren, die meine Mutter mir übermittelt hat und deren Ausführung ich mit Freude entgegensehe.«
Gussie Zinsser an Emma Adenauer,
Köln, 19. Juli 1915

Seine Frau Emma hatte sie an der Haustür empfangen, war vor ihr her ins Wohnzimmer gegangen, eine wunderschöne Frau in einem dunklen Kleid aus Seidentaft, das bei jedem Schritt leise rauschte. Ihr gerader Rücken, ihr schlanker Hals, die rotblonden Haare hochgesteckt.

»Wollen wir?«, fragte sie und setzte sich an den Flügel. Alles an ihr war selbstverständlich und natürlich. Die Art, wie sie sich bewegte, wie sie die Finger auf die Tasten legte, wie sie ihr zulächelte. Als würden sie sich schon jahrelang kennen.

Auf dem Flügel waren neben einem Stapel Noten gerahmte Fotografien aufgestellt, Bilder der drei gemeinsamen Kinder und ein Porträt von Emma und ihrem Mann. Sie sitzend, er hinter ihr stehend, seine Hände ruhten auf ihren Schultern. Ernst und unnahbar blickte er in die Kamera, in sich verschlossen. Ganz anders als seine Frau in ihrer bezwingenden Leichtigkeit.

Wie geht das, dachte sie, während sie den Bogen spannte und über das Kolophonium zog, wie passt so etwas zusammen?

»Was ist?«, fragte Emma.

»Nichts«, sagte sie und spürte, wie sie errötete.

»Er ist nicht so, wie du denkst«, sagte Emma.

»Bitte entschuldigen Sie«, stammelte sie. Das alles war ihr furchtbar unangenehm.

»Gibt doch gar keinen Grund«, sagte Emma und deutete auf den Notenstapel. »Suchst du uns was aus?«

Sie legte Bogen und Kolophonium beiseite und begann zögernd die Noten durchzublättern. »Vielleicht das hier«, sagte sie und zog Rachmaninoffs Elegie Opus 3, Nummer 1 aus dem Stapel.

Schatten und Licht, Sehnsucht und Melancholie, sie verstanden sich sofort. Ihre Instrumente sprachen miteinander, ein wortloser Einklang. Danach die Ungarischen Tänze von Brahms, alle einundzwanzig, in einer Bearbeitung für Klavier und Violine, draußen wurde es langsam dunkel, die Zeit verging wie im Flug.

Und dann sah sie ihn plötzlich dastehen, in seinem schwarzen Anzug, die Aktentasche unter dem Arm, ein nach Hause gekommener Ehemann, der in der geöffneten Tür des Wohnzimmers ihr gemeinsames Spiel verfolgte, die Augen geschlossen.

Der Strich ihres Bogens stockte, kaum merklich, aber deutlich genug, um Emma von den Tasten aufblicken zu lassen.

»Konrad«, sagte sie. Und zu ihr: »Hat sich einfach reingeschlichen wie ein Dieb.« Dann wieder zu ihm: »Darf ich dir das Fräulein Zinsser vorstellen?«

»Die Tochter von Professor Zinsser?«

»Auguste«, sagte Emma.

»Sie können mich Gussie nennen«, sagte sie. »Alle nennen mich so.«

»Gussie«, sagte er und lächelte.

Kein Jahr später hatte er Emma begraben müssen. Ihre Nieren hatten nicht richtig funktioniert, die Geburten der Kinder hatten das Leiden verstärkt, die zunehmende Erschöpfung hatte sie immer wieder ans Bett gefesselt. Eine Pilzvergiftung hatte ihrem Leben schließlich ein Ende gesetzt. Die Kinder hatten nach dem Verzehr nur ein leichtes Unwohlsein verspürt, für Emma und ihren angegriffenen Organismus war es zu viel gewesen.

Er müsse sie sehr geliebt haben, hatte ihre Mutter nach der Beerdigung gesagt, reglos habe er am Grab gestanden, seine Kinder im Arm, sein Körper wie versteinert, die Trauer wie eingemeißelt in seinem Gesicht. Und dazu dieser Regen, ein unaufhörliches Prasseln auf die aufgespannten schwarzen Schirme. Der Pfarrer, sein eigener Bruder, sei kaum zu verstehen gewesen, was allerdings kein Verlust gewesen sei, ein Katholik eben.

4

»Weißt du noch, Papa? Ein Vater, der seiner staunenden kleinen Tochter die Wunder der Welt zeigte. Ich denke oft daran, ich weiß nicht, warum. Mein Leben neigt sich seinem Ende zu, und die Kindheit kehrt zu mir zurück.«
Gussie Adenauer an Ferdinand Zinsser,
Bonn, 13. Februar 1948

Sie stand auf der Terrasse ihres Elternhauses und tauchte den Stock mit der Drahtschlinge in die Flüssigkeit, die ihr Vater in einer Küchenschüssel mit Wasser angerührt hatte.

Seine feingliedrigen Hände, mit denen er ein Stück Kernseife über eine Reibe gezogen hatte, hin und her, die Seifenflocken waren in der Schüssel gelandet neben weiteren geheimnisvollen Zutaten, er hatte von Natriumchlorid gesprochen und Glycerin und der veränderten Oberflächenspannung des Wassers, merkwürdige Wörter und Sätze, die sie nicht verstand.

»Das ist Chemie«, hatte er gesagt, und auch das hatte sie nicht verstanden.

Ihre Mutter hatte ungehalten den Kopf geschüttelt. »Sie ist fünf Jahre alt, Ferdinand, und ein Mädchen!«

Woraufhin er entgegnet hatte: »Sie hat ein Gehirn wie alle Menschen. Und das wächst nur, wenn man es benutzt.«

Er hatte ein Stück Draht zu einer Schlinge gebogen und sie an der Spitze eines Stockes befestigt. Und dann hatte er lächelnd zu ihr gesagt: »Jetzt wirst du zaubern, Gussie.«

Sie bewegte den Stock mehrmals in der Schüssel hin und her, so wie er es ihr gezeigt hatte, dann hob sie ihn vorsichtig hoch, zwischen der Drahtschlinge ein klebriges Etwas, durchsichtig wie Glas und von bunten Streifen durchzogen.

Langsam schwang sie den Stock von sich weg. Das klebrige Etwas begann sich zu wölben, wurde rund und runder, bis es sich von der Schlinge löste und durch den Garten schwebte, eine kleine, vom Wind bewegte Seifenblase, das Sonnenlicht brach sich in ihr und ließ sie wie einen Regenbogen schillern. Sie konnte sich nicht erinnern, jemals etwas so Schönes gesehen zu haben.

Wie war das nur möglich?

Sie folgte der schwebenden Kugel mit den Augen, hielt die Schlinge daran, um sie wieder einzufangen, doch als der Draht sie berührte, zerstob sie in winzige Tropfen.

Sie machte eine neue Seifenblase. Diesmal landete die Kugel nach kurzem Flug auf der Lehne eines Gartenstuhls, wie von einer geheimen Macht angezogen, nur um dann ebenfalls zu zerspringen, genau wie die erste.

Und wieder hielt sie den Stock in die Schüssel, führte ihn langsam durch die Luft, bis auch die dritte Blase sich von der Schlinge löste. Sie nahm einen anderen Weg als die vorhergehenden, nicht vom Haus weg, sondern mitten hinein, auf die beiden Sessel zu, die gegenüber vom Sofa standen, zwischen ihnen ein kleiner Beistelltisch voller Bücher.

Die Augen fest auf die Seifenblase gerichtet, folgte sie ihr ins Wohnzimmer, gespannt, wo das Wunder aus Wasser und Seife und all den anderen geheimnisvollen Zutaten landen würde und ob es ihr diesmal gelingen würde, sie vorher mit der Schlinge einzufangen und vor dem Zerplatzen zu bewahren.

Sie hatte die schwebende Kugel fast erreicht, noch eine Armlänge, nicht mehr, als sie über den Rand des Teppichs stolperte. Ihre schwarzen Lackschuhe, der Riemen über dem Spann, die weißen Kniestrümpfe unter ihrem Lieblingskleid mit den roten Bändern, zu Schleifen gebunden an den gerafften Ärmeln und hinten in der Taille, ihre nach der Seifenblase ausgestreckten Hände. Schlagartig wurde ihr klar, dass ein Sturz unvermeidlich war. Sie würde mit dem Mund auf die Kante des Beistelltisches schlagen, ihre Lippen würden aufplatzen, die Haut unter ihrem Kinn, sie würde sich die Spitze der Zunge abbeißen, ihre Zähne würden im Holz stecken bleiben.

Doch dann schnellte die Hand ihres Vaters hinter der Lehne eines der beiden Sessel hervor und griff nach ihr. Sie hatte ihn nicht bemerkt, so sehr hatte sie sich auf die Seifenblase konzentriert. Das Buch, in dem er gelesen hatte, fiel zu Boden. Sie fiel nicht. Das Auffangen und Heranziehen war eine einzige fließende Bewegung, so schnell ging es.

»Das war knapp, Fräulein«, sagte er.

Sie schaute sich um. Die Seifenblase war verschwunden. Sie drückte sich an ihn. Der weiche Wollstoff seiner Hose war von Nadelstreifen durchzogen, die Krawatte gemustert, die Manschettenknöpfe seines gestärkten Hemdes trugen seine Initialen. Er strich ihr liebevoll durch die Haare, sie konnte seinen Siegelring auf ihrer Kopfhaut spüren.

»Ich wollte sie doch nur retten«, sagte sie.

»Du könntest eine neue machen«, sagte er.

»Das ist nicht dasselbe.«

»Da hast du recht«, gab er zurück. »Dasselbe ist es nicht. Aber immerhin so ähnlich.«

»Warum gehen sie so leicht kaputt?«

»Schönheit ist immer zerbrechlich.«

»Ist das auch Chemie?«

»Nein«, sagte er. »Das liegt in der Natur der Dinge.«

Sie hat ihre Kindheit geliebt. Es gab keine Grenzen, alles war möglich. Das Haus in der Haydnstraße, oben im Giebel ein rundes Fenster, das hinausging auf den Park gegenüber, ein Bullauge in die Welt. Und sie mittendrin, ein neugieriges kleines Mädchen, die Arme auf ein Kissen gestützt, die Kinderaugen in die Ferne gerichtet.

Die Neugier hat sie immer begleitet, das Unbekannte hat ihr nie Angst gemacht. Auch jetzt macht es ihr keine Angst. Das einzige Unbekannte, das noch vor ihr liegt, ist der Tod. Sie weiß nicht, was danach kommt. Aber wenn es etwas gibt, wird es gut sein.

Die sichtbare und die unsichtbare Welt. So viele Fragen, so wenige Antworten. Ihr Vater sagte immer: »Es kommt nicht auf die Antworten an, es kommt darauf an, die richtigen Fragen zu stellen.«

Damals hat sie das nicht verstanden, jetzt weiß sie, was er damit meinte.

Ein warmer Sommerabend, das Rot der untergehenden Sonne strich über die Fenster, fing sich in den Vorhängen des Arbeitszimmers. Sie saß auf dem Schoß ihres Vaters, hing an seinen Lippen.

Er sagte: »Der menschliche Körper ist ein Abbild der ganzen Welt.«

Dann begann er zu erklären. Von außen nach innen. Das, was man sehen konnte und das Verborgene darunter. Er beschrieb ihr die verschiedenen Schichten der Haut, ließ sie mit einer Lupe über ihre Arme wandern. Er zeigte ihr Abbildungen in medizinischen Lehrbüchern, anatomische Zeichnungen. Den Blutkreislauf, das Nervensystem, den Aufbau der Muskeln.

Er sagte: »Alles hängt mit allem zusammen, und alles ist für etwas gut. Das Herz, das Gehirn, die inneren Organe.«

Sie staunte und dachte: Der Mensch ist wie eine Landschaft. Häuser, Straßen, Bäume.

Sie fragte: »Und all das ist in mir drin?«

Er lachte. »In dir, in mir, in uns allen. Und der größte Teil davon ist Wasser, genau wie auf der Erde.«

Er schlug einen Atlas auf und zeigte ihr eine Weltkarte. Die atlantische Seite und die pazifische und dazwischen die Kontinente, klein wie Inseln in einem riesigen blauen Meer.

»Wir sind nicht die Krone der Schöpfung«, sagte er, »wir sind nur ein kleiner Teil davon, nicht besser oder schlechter als alle anderen Teile.«

Sie sah ihn mit großen Augen an.

Er fragte: »Verstehst du, was ich meine?«

Sie nickte, obwohl sie nicht das Allergeringste verstand.

»Und die Seele«, wollte sie wissen, »wo sitzt die?«

»Überall und nirgends.«

»Kann man sie deswegen nicht sehen?«

»Ja«, sagte er. »Genau deswegen.«

5

»Dass Du Dir Sorgen machst, verstehe ich. Aber was nicht zu ändern ist, muss man hinnehmen. Also gräme dich nicht, mein lieber Schatz. Dich gehabt zu haben, ist mein allergrößter Trost.«
Gussie Adenauer an Konrad Adenauer,
Bonn, 14. Februar 1948

Sie schaut aus dem Fenster, lauscht dem Rauschen der Stadt, der Frühling lässt sich Zeit in diesem Jahr. Wenn sie sich fragt, was bleibt, ist die Antwort immer dieselbe: die Kinder. Und die Musik.

Sie wartet auf die Töne in ihrem Kopf, das Fließen einer Melodie, eine Abfolge von Harmonien. Aber in ihrem Kopf ist Stille, und hinter der Stille nur das Flüstern ihrer Gedanken.

Was wäre aus ihr geworden, wenn er ihr keinen Antrag gemacht hätte? Für die großen Konzertsäle hätte es nicht gereicht. Vielleicht hätte sie sich als Geigenlehrerin wiedergefunden. Das Fräulein Zinsser im Haus des Herrn Kommerzienrat, ein kleiner Junge, der sich im Musikzimmer mit einer Etüde von Ševčík quält, sie, die sich mit dem Jungen quält, während sie sich wegträumt auf eine große Bühne, vor ihr der bis auf den letzten Platz gefüllte Saal, hinter ihr das Orchester, und schon morgen eine andere Stadt, Beethovens D-Dur-Violinkonzert oder Schuberts

Konzertstück in d-Moll. Brahms, Mozart, Bach, vor allem Bach.

Das Leben zwingt die Träume dazu, sich anzupassen.

Sie hätte so gerne studiert. Geografie oder Medizin, so wie ihr Vater. Die Entdeckung der Welt oder die des Körpers. Die Musik in den Dingen. Oder eine Ausbildung als Gärtnerin, ein Leben in der Natur. Es ist nicht dazu gekommen. Sie und ihre Schwester blieben die Mädchen, höhere Töchter, für die Ehe bestimmt.

Sie war ihren Eltern nie böse deswegen. Sie waren Kinder ihrer Zeit, so wie sie selbst. Sie denkt: Wir werden von unseren Wurzeln geleitet, wir geben weiter, was uns geprägt hat, und am Ende gehen wir dorthin, wo wir herkommen.

Sie hört Schritte auf dem Gang, gedämpfte Stimmen. Die Tür öffnet sich. Schon beim Hereinkommen merkt sie dem Professor sein Unbehagen an. Die tägliche Visite, er ist ernster als sonst. Auch wenn er geübt ist im Verkünden unangenehmer Neuigkeiten, was er zu sagen hat, fällt ihm nicht leicht. Umstanden von zwei Assistenzärzten und einer Schwester, teilt er ihr mit, dass er sich entschlossen habe, ihr Morphium verabreichen zu lassen gegen die Schmerzen, er bitte um ihre Einwilligung, es mache ja keinen Sinn, das alles ohne jede Betäubung zu ertragen, wo man doch in der Lage sei, ihre allgemeine Situation wenigstens in Teilen erträglicher zu gestalten.

Ihre allgemeine Situation – was für eine alberne Umschreibung für ihr unvermeidliches Sterben. Sie spürt das Bedürfnis, laut loszulachen, aber das würde ihn nur beleidigen.

»Ich danke Ihnen«, sagt sie stattdessen. »Für alles.«

»Ich wünschte, es wäre mehr«, gibt er zurück, in seinem weißen Kittel, das Haar sorgfältig gescheitelt, auf seinem Hinterkopf eine kahle Stelle.

Gefolgt von den Assistenzärzten verlässt er das Zimmer. Die Schwester bleibt zurück, auf dem Rollwagen vor ihr liegt eine aufgezogene Spritze, die bräunliche Flüssigkeit im Inneren des Kolbens wie schlammiges Wasser in einer Pfütze.

Der Gummischlauch, den sie ihr um den Oberarm legt, fühlt sich kühl und fremd an. Genauso kühl und fremd wie die Nadel, die ihr durch die Haut fährt, sie kann das Einströmen des Morphiums in ihre Blutbahn spüren. Und fragt sich, ob sie das wirklich will, den Schmerz nicht länger zu fühlen. Und selbst wenn sie es wollte – was ihr in Wahrheit die Brust zuschnürt, könnte auch alles Morphium dieser Welt nicht lösen.

In den Augen der Schwester spiegelt sich Mitleid. Sie umklammert den Griff ihres Rollwagens. Beim Hinausgehen quietschen die Räder leise auf dem grauen Linoleum. Ihr Rücken wirkt angespannt, die unter der Haube hochgesteckten blonden Haare kräuseln sich am Ansatz ihres Halses, ein goldfarbener Schimmer. Sie ist so jung und schön. Vor ihr liegt ein ganzes Leben. Alles.

6

»Und wenn auch noch so vieles dagegensprechen mag, so spricht doch auch Wesentliches dafür: die vollkommene Aufrichtigkeit meiner Gefühle und – wenn ich die Zeichen richtig deute – auch die der Ihren.«
Konrad Adenauer an Gussie Zinsser,
Köln, 17. Mai 1919

Mit einem Strauß Frühlingsblumen erschien er an einem Sonntagnachmittag im Haus ihrer Eltern. Schwertlilien, Narzissen und Ranunkeln, von ihm selbst geschnitten und gebunden. Sie wusste, warum er da war, alle wussten es. Ihr Bruder Ernst machte Witze, ihre Mutter rang um Fassung.

Seit dem Abendessen, bei dem sie Geige gespielt hatte, schrieb er ihr Briefe, zart und unbeholfen zugleich, voll versteckter Sehnsucht, ein verwitweter Mann, neunzehn Jahre älter als sie, in der Mitte seines Lebens und an diesem Leben verzweifelnd, trotz aller beruflichen Erfolge. Da war ein Ton in seinen Zeilen, der sie anrührte und ihr das Herz aufschloss, sie konnte nicht sagen, warum.

Sie schrieb ihm zurück, die unerwartete Vertrautheit zwischen ihnen erschreckte sie. Mit dem Blick folgte sie ihrer Feder, die wie von selbst Worte auf dem Papier entstehen ließ, während sie dachte, dass sie sich ihrem Schicksal entgegenschrieb. Die Tochter eines Professors für Dermatologie und der Oberbürgermeister der Stadt Köln. Dass er drei Kinder hatte von seiner verstorbenen Frau, war ihr egal. Ob sie verliebt war, fragte sie sich nicht. Es hätte nichts geändert.

Er war ihre Zukunft.

Mit der ihm eigenen Förmlichkeit überreichte er ihr das bunte Bukett, ruhig und sachlich, im geprägten Rand des Papiers ein gestanztes Lochmuster.

Ihr Vater bat ihn nach oben in sein Arbeitszimmer, sie blieb mit ihrer aufgeregten Mutter und ihren jüngeren Geschwistern im Wohnzimmer zurück.

Fritz und Charlotte sagten keinen Ton. Der hochaufgeschossene Ernst ließ sich in einen der Sessel fallen, seine langen Beine hingen über der Armlehne.

»Bis dass der Tod euch scheidet«, spöttelte er und faltete die Hände vor der Brust zusammen, als wollte er beten.

»Bist ja nur neidisch«, sagte sie und sah die beiden Männer vor sich, die hinter einer verschlossenen Eichenholztür im ersten Stock über ihre Zukunft sprachen. Der eine, dem sie bisher anvertraut war, der andere, dem sie ihr kommendes Leben anvertrauen wollte.

Bis dass der Tod euch scheidet. Ihn hatte der Tod schon einmal geschieden, sein halbes Leben lag hinter ihm, während ihres noch gar nicht richtig begonnen hatte. Ich lege mein Leben in deine Hände. Würde er sein Leben auch in ihre Hände legen?

»Er ist fast doppelt so alt wie du«, sagte Ernst.

»Du übertreibst.«

»Nur ein Jahr jünger als Papa.«

»Na und?«

»Vielleicht solltest du mit der Hochzeit auch gleich die Beerdigungsmodalitäten klären.«

»Bitte!«, mahnte ihre Mutter.

»Und einen Vertrag aushandeln, der dir für die weitere Zukunft einen jüngeren Liebhaber zusichert.«

»Wirklich witzig«, sagte sie.

»Nicht zu vergessen, seine Kinder«, stichelte er weiter. »Ich werde Onkel, und mein ältester Neffe ist nur zwei Jahre jünger als ich.«

»Das reicht jetzt!«, sagte ihre Mutter.

»Ist doch wahr«, sagte Ernst.

Er hat recht, dachte sie, Emmas Kinder könnten meine Geschwister sein.

Sie würde an die Stelle einer toten Mutter treten. Was mit ihr gestorben war, ließ sich nicht ersetzen. Sie würde nur helfen können, es zu überwinden. Sie würde in dem Haus leben, in dem er mit Emma gelebt hatte, in dem Bett schlafen, in dem er mit Emma geschlafen hatte. Räume voller Erinnerungen, durchwirkt vom Geist einer Toten. Die Ahnung ihres Parfums, die Spur ihrer Finger auf den Tasten des Flügels, der Nachklang ihres Lachens. Und das Einzige, was sie dem entgegenzusetzen hätte, würde ihr eigenes Lachen sein.

»Eine Mutter von drei Kindern«, sagte Ernst. »Von jetzt auf gleich, ohne je selbst eins geboren zu haben.«

Nicht seine Worte taten ihr weh, sondern das, was er damit meinte. Ihr Muttersein wäre nicht mehr als eine Behauptung, eine vorgespielte Rolle, eine leere Hülle. Die Kinder würden sie Mama nennen, nicht weil sie es wollten, sondern weil ihr Vater es von ihnen verlangte.

Um ihre verstorbene Mutter nicht zu verraten, würden sie die neue insgeheim ablehnen. Sie würde immer nur die Andere sein, die zweite Frau, eine Fremde im eigenen Haus.

Nein, dachte sie, so wird es nicht kommen. Seine Kinder würden sich an sie gewöhnen und Vertrauen zu ihr fassen. Was sie anzubieten hatte, war sie selbst. Alles andere hatte sie nicht in der Hand.

Sie war mit Worten groß geworden. Im Haus ihrer Eltern war immer über alles geredet worden. Man war, was man dachte. Je freier man dachte, desto freier war man. Denken war Klang, und Klang war Musik. Was sie geben konnte, waren ihre Freiheit und die Musik.

»Und was ist mit seinem Glauben?«, fragte Ernst. »Oder hast du den vergessen?«

»Hab ich nicht.«

»Und wie soll das gehen?«

Die Frage war begründet. Sie war Protestantin, er war Katholik. Seine Kinder waren katholisch getauft worden. Sie würde konvertieren müssen, eine andere Möglichkeit gab es nicht. Aber hatte ihr Vater ihr nicht immer wieder gesagt: Hindernisse sind da, um sie zu überwinden?

Zwei Kirchen, ein Gott, dachte sie. Ein Graben, so tief wie das Meer.

Und wenn sie darin ertrinken würde? Wenn ihr Lachen verhallen und die Musik in ihr verstummen würde? Wenn seine Kinder ihr fremd blieben und das neue Haus ihr keine Heimat werden würde?

Was, wenn es nicht gutginge?

Ernst feixte. Sie hätte ihm am liebsten ins Gesicht geschlagen. Fritz und Charlotte schwiegen noch immer.

»Noch ist ja gar nichts entschieden«, sagte ihre Mutter. Sie saß auf dem Sofa, den Blick hinaus in den Garten gerichtet, die Hände an ihrer Perlenkette, mit den Fingern über die schimmernden Kugeln streichend, als betete sie einen Rosenkranz. In ihren Augen stand die Sorge um das Glück ihrer Tochter, die Angst vor dem drohendem Scheitern.

Schritte auf der Treppe, die höfliche Verabschiedung der beiden Männer. Die Stille nach dem Zufallen der Haustür kam ihr endlos vor.

»Gussie!«

Die Art, wie ihr Vater ihren Namen rief. Ihre Mutter zuckte unmerklich zusammen, Ernst sah sie grinsend an und sagte: »Das Jüngste Gericht hat getagt.«

Sie folgte ihrem Vater die Treppe hinauf ins Arbeitszimmer. Er schloss die Tür hinter ihr, setzte sich an den Schreibtisch und ließ die Sekunden verstreichen, schweigend, wie er es immer tat, wenn er den Dingen Gewicht verleihen wollte. Sein Gesicht unter der goldgeränderten Brille zeigte nichts als die übliche Gleichmütigkeit, aber natürlich wusste sie, dass das alles nur gespielt war. Begleitet vom Ticken der Standuhr in der Ecke neben dem Fenster, zog er den Augenblick immer weiter in die Länge. Und sie, noch immer stehend und deshalb ein gutes Stück größer als er, übte sich in Geduld. Sie wusste ja, was kommen würde.

Unter anderen Umständen hätten sie beide laut losgelacht, ein Vater und seine Tochter, im gemeinsamen Wissen um die hier aufgeführte Komödie. Aber ein Lachen wäre seiner Rolle nicht angemessen gewesen, nicht nach dem vorangegangenen Besuch und dem, worum es dabei gegangen war.

Er nahm seine Brille ab, hielt sie prüfend gegen das Licht, zog das Einstecktuch aus der Brusttasche seines Jacketts und entfaltete es.

»Das ist keine leichte Entscheidung«, sagte er, während er die Gläser zu putzen begann, eins nach dem anderen, ein routiniertes Reiben zwischen Daumen und Zeigefinger. »Es geht um deine Zukunft, dein ganzes Leben.«

Sie fragte sich, was das sein sollte: ihr ganzes Leben? Zeit war etwas Flüchtiges, nicht zu greifen, aber im Überfluss vorhanden. Was man heute verlor, gewann man morgen zurück. Alles passte in einen Tag, manchmal sogar in eine Stunde. Die Zukunft war ein einziges großes Versprechen, ein unscharfes Bild ohne Ränder.

»Und um deine Freiheit«, sagte er und prüfte die Gläser im Gegenlicht. »Willst du wirklich darauf verzichten?«

Er setzte die Brille wieder auf und schaute sie fragend an, in den Augen eine Schwermut, die sie erschreckte. Es war ihm ernst mit dem, was er sagte. Er sorgte sich, dass das, was sie aufgab, schwerer wog als das, was sie gewann. Oder fürchtete er sich einfach nur davor, sie zu verlieren, seine kleine Gussie, die ihm näher war als alles sonst auf der Welt?

»Willst du mich warnen, Papa?«

Er hob abwehrend die linke Hand, während er mit der rechten das Einstecktuch zurück in seine Brusttasche schob. »Ich will nur, dass du dir über die Konsequenzen im Klaren bist.«

»Traust du mir das nicht zu?«

»Ich traue dir alles zu. Das ist es ja gerade. Deine Unbändigkeit. Die Fähigkeit dich zu begeistern. Deine Neigung, dich von dieser Begeisterung davontragen zu lassen.«

Da wusste sie, dass sie gewonnen hatte. Ohne es auszusprechen, hatte er ihr gesagt: Es ist dein Leben, nicht meins, also entscheide selbst. Niemand kannte sie so gut wie er, und niemand wollte ihr so wenig im Weg stehen.

»Und jetzt lass uns schlau sein«, sagte er. »Geben wir deiner Mutter noch ein paar Minuten, bevor wir es ihr verkünden.«

Sie verstand sofort, was er meinte. Auch das war ein Spiel zwischen ihnen. Es sollte so aussehen, als hätte es ein Ringen gegeben. Schließlich musste er der Mutter sagen können, er habe alles versucht, aber seine Überzeugungskraft sei dem Dickkopf seiner ältesten Tochter nicht gewachsen gewesen. Und dass man seine Gussie nicht zu etwas zwingen könne, sei ja nun auch keine neue Erkenntnis.

7

»Die dunklen Jahre sind vorbei, Gussie. Es gibt keinen Grund zu zögern. Richte ihm das von mir aus. Sein Weg liegt klar vor ihm, dieses Land braucht ihn, die Deutschen brauchen ihn!«
Ferdinand Zinsser an Gussie Adenauer, Tübingen, 15. Februar 1948

Die Nacht hat sich über ihr Zimmer gelegt. Und mit der Nacht die Einsamkeit. Die Welt um sie herum schläft. Sie kann schon lange nicht mehr schlafen. Mitunter dämmert sie weg, ein Hinabgleiten ins Halbbewusste, bis sie das Rasseln in ihrer Brust wieder aufschrecken lässt.

Ihr Körper hat Angst vor dem Sterben, ihr Gehirn hat keine Macht über ihn. Losgelöst von ihrem Denken und Fühlen, will er weiterleben. Anders als ihr Geist ist er noch nicht bereit.

Nach dem Abendessen kam Konrad. Seit sie hier liegt und auf ihr Ende wartet, haben sie nicht ein einziges Mal über ihre Krankheit gesprochen. Sie will es nicht, er kann es nicht. Er versucht, sich auf ihr Ende vorzubereiten, aber er weiß nicht, wie.

Er setzte sich neben ihr Bett und hielt ihre Hand. Die Traurigkeit hinter seinem sich mühsam abgerungenen Lächeln erschreckte sie. Eingegraben in den Furchen seines

Gesichts das, was hinter ihm lag, die Landkarte seines gelebten Lebens. Was vor ihm lag, war ungewiss.

Wie üblich begann er zu erzählen. Ein Tag voller Sitzungen. Ein informelles Treffen mit der britischen Militärverwaltung. Neuigkeiten über den Verlauf der Londoner Sechsmächtekonferenz, die Spannungen zwischen den Westalliierten und der Sowjetunion, alles inoffiziell natürlich. Wohin würde die Reise gehen? Für ihn, für seine Partei, für sein Land?

»Was soll ich tun, Gussie?«

»Das, was du immer getan hast. Politik machen.«

»Auf meine Art.«

»Auf welche sonst?«

Sie blickt hinaus ins Dunkel und denkt: mein Deutschland, das Land der Mörder, der Wiederaufbau einer Wüste. Das Alte ist noch nicht vorbei, und das Neue hat noch nicht begonnen.

Sie war achtzehn, als der Erste Weltkrieg ausbrach. Vier Jahre später gab es die Welt, in die sie hineingeboren war, nicht mehr. Dass sich die Katastrophe wiederholen würde, erschien undenkbar. Was folgen würde, konnte niemand vorhersehen. Als sich das Vorhersehbare nicht länger leugnen ließ, war es zu spät. Jetzt ist sie zweiundfünfzig. Die Katastrophe hat sich nicht nur wiederholt, sie hat sich übertroffen. Sechs Jahre lang haben sich die Grenzen des Denkbaren immer weiter verschoben. Bis zu jenem Augusttag vor zweieinhalb Jahren, als eine einzige Bombe die Leben von Zehntausenden Japanern auslöschte. Die Uhren in Hiroshima blieben um acht Uhr fünfzehn stehen. Seitdem ist alles denkbar.

Das Leben ist kompliziert, die Wege, die man geht, sind

verschlungen. Man glaubt, bewusste Entscheidungen zu treffen, und folgt doch nur den Befehlen des Unbewussten. Was man gewinnt, schreibt man sich selbst zu, was man verliert, ist dem Schicksal geschuldet. Jeder Weg ist immer auch ein Umweg. Erst ganz am Ende sieht man, ob und wo man falsch abgebogen ist und wohin der Weg geführt haben könnte, wenn man einen anderen Abzweig gewählt hätte.

8

»Nun ist es also entschieden. Nur das eine fehlt noch, es fällt mir nicht leicht. Auch wenn der Glaube am Ende nur dem eigenen Gewissen verpflichtet ist, so fühlt es sich doch ein wenig nach Verrat an.«
Gussie Zinsser an Konrad Adenauer,
Köln, 26. Juli 1919

Der Stoff raschelte leise, als sie mit den Fingern darüberstrich. Sie hatte das Kleid auf ihrem Bett ausgebreitet. Weißer Chiffon, aufgeladen mit Bedeutung. Ihr Herz klopfte. Das Rascheln war wie ein geflüstertes Versprechen. Die Zukunft lag vor ihr wie ein weites, leeres Feld, ihr Leben ein ungeschriebenes Buch. Wovon träumen wir, wenn wir träumen?

Sie hatte es sich so leicht vorgestellt, katholisch zu werden. Und doch war es ein Weggehen gewesen. Von ihren Eltern, ihrer Familie, von allem, mit dem sie groß geworden war. Dass sie diesen Abschied freiwillig vollzogen hatte, machte ihn umso schmerzhafter. Sie dachte: Wie hoch der Preis ist, den man bezahlt, weiß man immer erst hinterher.

Sie kannte den Pfarrer seit ihrer Kindheit. Er hatte sie getauft und Jahre später konfirmiert, im Frühling nach ihrem vierzehnten Geburtstag, ihre langen braunen Haare waren zu Zöpfen geflochten gewesen.

Voller Angst hatte sie mit den anderen Mädchen im Konfirmationsunterricht vor ihm gesessen, während er aus einem barmherzigen Gott einen strafenden gemacht hatte, einen, vor dem man sich fürchten musste. Als wäre er selbst dieser Gott. Er hatte sie zur Demut angehalten und vor der Unreinheit ihrer Gedanken und den Verlockungen der Sünde gewarnt. Und in Wahrheit doch nur sich selbst damit gemeint. Die anzüglichen Blicke, die er über ihre Körper wandern ließ, hatten ihn verraten.

Ihren Eltern hatte sie nie davon erzählt. Sie mochten ihn, vor allem seine Mutter, sie schätzte das Kraftvolle seiner Predigten. Er war verheiratet. Seine Frau verblasste neben ihm, ein verhuschtes, schweigendes Nichts.

Jetzt, Jahre später, saß sie erneut vor ihm und teilte ihm leise, aber entschlossen mit, dass sie zum katholischen Glauben übertreten werde.

Verständnislos starrte er sie an, erschrocken darüber, dass sie es wagte, in den gesegneten Mauern seiner Kirche ein solches Sakrileg zu begehen.

»Herr im Himmel!«, stieß er hervor, und seine Stimme hallte durch den leeren Kirchenraum. »Ist Ihnen klar, was Sie da sagen, Fräulein Zinsser?«

Ja, das ist mir klar, dachte sie. Und merkte, dass sie zitterte.

»Ich verstehe durchaus, dass Sie Ihrem Herzen folgen wollen«, sagte er und fuchtelte mit seinen breiten Händen. »Und der Auserwählte ist ja auch nicht irgendjemand …«

»Aber?«, unterbrach sie ihn und blickte auf seine wulstigen Finger mit den kurz geschnittenen Nägeln, mit denen er am Sonntag im Gottesdienst das Abendmahl austeilte.

Sie stellte sich vor, wie er damit seine unsichtbare Frau berührte. Der Gedanke bereitete ihr Unbehagen.

»Ich kann mir beim besten Willen nicht vorstellen, dass Ihre Eltern einen solchen Schritt billigen«, fuhr er aufgebracht fort.

»Was haben meine Eltern damit zu tun?«

»Sie haben Sie erzogen und geformt. Auf dem festen Fundament protestantischer Überzeugungen und Werte.«

»Seien Sie beruhigt. Ich teile die Werte meiner Eltern. In jeder Hinsicht. Und das wird sich auch nicht ändern.«

»Wir sprechen hier über den Eingriff in eine Ordnung, die größer ist als Sie«, sagte er.

»Größer als ich?« Ihr Blick wanderte zu den großen Fenstern auf der Westseite der Kirche, die Sonne brach sich in den bunten Scheiben, der steinerne Boden schimmerte wie ein Meer aus farbigem Licht.

»Nicht nur im religiösen Sinne, vor allem auch weltanschaulich«, sagte er.

Sie betrachtete sein schlaffes Gesicht mit den hängenden Wangen. Ein Mann, der sich immer im Recht sah und in Gottes Nähe wähnte, die in Wahrheit Ferne bedeutete, weil er jeden nur denkbaren Zweifel im Keim erstickte. »Sie maßen sich an, ein Urteil über meine Weltanschauung und die meines zukünftigen Ehemannes abzugeben?«

»Zwischen Ihrem und seinem Glauben liegen Welten«, sagte er. »Als Ihr Seelsorger bin ich verpflichtet, Sie vor einer Entscheidung zu warnen, deren Tragweite Sie auch aufgrund Ihrer jungen Jahre womöglich nicht übersehen können.«

Als hätte sie ihn je um seine Seelsorge gebeten. Seine

Selbstgefälligkeit verblüffte sie. Hinter ihm der Chor, steinerne Stufen, die zum Altar führten, darüber ein hölzernes Kreuz, Jesus Christus, gestorben zur Vergebung unserer Sünden.

»Heißt das, Sie sprechen mir die Entscheidungsfähigkeit ab?«, fragte sie.

»Sie wollen aufgeben, was Ihnen ein Leben lang Halt gegeben hat«, erwiderte er und rieb sich nervös mit dem Daumen der rechten Hand über die Innenseite der linken. »Sie wollen eine Gemeinschaft verlassen, in die Sie hineingeboren worden sind.«

»Um mich einer anderen anzuschließen«, entgegnete sie. Sie versuchte, gleichmütig zu klingen, aber so ganz gelang es ihr nicht. Sie dachte: Egal, wie viele Kirchen es auf der Welt geben mag, es gibt nur einen Jesus Christus. Einen, der für alle da ist.

»So einfach ist das nicht, Fräulein Zinsser«, versuchte er zu retten, was nicht mehr zu retten war. »Glaube ist Heimat und Familie. Und Verpflichtung. Der Glaube bindet tiefer, als man denkt.«

Sie fragte sich, welchen Glauben er meinte. Den, mit dem Hunderttausende junger Soldaten in diesen aberwitzigen Krieg gezogen waren? Evangelische wie katholische. Hatte ihr Glaube auch nur einen von ihnen davor gerettet, im Schützengraben zu verrecken? Und von welcher Bindung redete er? Sie hatte sich ihre Konfession nicht ausgesucht. Bekennen konnte man nur, wofür man sich entschieden hatte. Aus freien Stücken.

»Für Sie scheint das alles nur ein Akt des Willens zu sein«, sagte er. »Ich halte das für hochmütig. Gott steht über den Menschen, nicht umgekehrt.«

Sie dachte: Mein Glaube geht nur mich etwas an. Genau wie mein Wille.

»Aber wenn es nur den einen, einzigen Gott gibt«, entgegnete sie mit mühsamer Beherrschung, »dann muss er der Gott der Protestanten und der Katholiken gleichermaßen sein.«

»Selbst wenn. Was spricht dagegen, einen Protestanten zu heiraten? Einen der Ihren.«

»Die Liebe«, sagte sie.

»Es wird Zeit, Gussie«, holte ihre Mutter sie aus ihren Gedanken zurück in die Gegenwart.

»Ja, Mama.«

Sie hob das Kleid vorsichtig vom Bett, ließ es hinunter auf den Boden gleiten, stieg hinein. Das letzte Mal in meinem Zimmer, dachte sie, in dem Haus, in dem ich aufgewachsen bin. Als sie ein Bein anwinkelte, spürte sie die Seide des Strumpfes in der Kniekehle, weich und kühl.

Ihre Mutter half ihr in die Ärmel und begann, das Kleid am Rücken zuzuknöpfen, von unten nach oben, während sie den Bauch einzog, um ihr den Vorgang zu erleichtern.

»Wie schön du bist«, sagte ihre Mutter, legte ihr die Hände auf die Schultern und drehte sie zu dem großen Wandspiegel neben ihrem Bett.

Und zum ersten Mal sah sie sich selbst als Braut.

9

»Ich weiß nicht, ob ich Dir noch weiter schreiben kann. Das Morphium macht mich so müde. Es wird nicht mehr lange dauern. Es ist wie mit den Blättern, die sich erst gelb färben und dann von den Bäumen fallen. Und dann ist der Winter plötzlich da. Ach, Papa!«
Gussie Adenauer an Ferdinand Zinsser,
Bonn, 16. Februar 1948

Sie ist so schwach, dass sie den kleinen Spiegel kaum halten kann. Was sie sieht, erschreckt sie. Ihre grauen, strohgleichen Haare im Morgenlicht, die dunklen Ringe unter ihren glanzlosen Augen. Das Rehbraun der Iris, das Schwarz der Pupillen, alles fließt ineinander.

Ein in Auflösung begriffener Körper, denkt sie, ein konturlos gewordenes Gesicht. Sie weicht ihrem eigenen Blick aus.

»Was tun Sie denn da?«, fragt die Schwester, die eine Hand an der Türklinke, die andere an ihrem Rollwagen, darauf ein Tablett mit dem Frühstück und eine aufgezogene Spritze. Sie versetzt der Tür einen sachten Tritt, leise fällt sie ins Schloss.

»Das ist nicht gut für Sie«, sagt die Schwester, schiebt den Rollwagen bis ans Bett und nimmt ihr den Spiegel aus der Hand.

»Das ist die Wahrheit«, erwidert sie mit unsicherer Stimme.

»Die Wahrheit ist, dass Sie etwas essen müssen«, sagt die Schwester. »Damit Sie wieder zu Kräften kommen.« Sie trägt ihre blonden Haare heute offen, in weichen Wellen fallen sie ihr über die Schultern. Wie ein Weizenfeld, über das der Sommerwind streicht.

»Wie heißen Sie?«, fragt sie.

»Angelika«, sagt die Schwester.

»Also Geli«, sagt sie.

»Ja«, sagt die Schwester und gießt ihr Kaffee ein, auf ihren Unterarmen ein zarter blonder Flaum. Sie legt zwei Finger an die Tasse, prüft, ob der Kaffee nicht zu heiß ist. Sie hilft ihr beim Aufrichten, dann beim Essen.

Sie tut ihr den Gefallen, obwohl sie keinen Hunger hat. Es schmeckt ihr nicht, weder das Brot noch der Kaffee, das Schlucken fällt ihr schwer. Sie ist erleichtert, als es endlich vorbei ist.

»Und jetzt kümmern wir uns um Ihre Haare«, sagt die Schwester.

»Wozu?«, fragt sie.

»Damit Sie schön aussehen«, sagt die Schwester. Die Unbefangenheit, mit der sie das sagt, tut weh. Sie geht zum Waschbecken in der Ecke des Zimmers, greift nach der Bürste auf der Ablage. Ihre Bewegungen sind mühelos, die Schritte leicht.

»Wo kommen Sie her, Geli?«, fragt sie.

Die Schwester lacht und beginnt zu erzählen, während sie ihr das graue Haar bürstet, mit einer Selbstverständlichkeit, die keinen Widerspruch zulässt.

Sie stammt aus einem kleinen Dorf im Ahrtal, ihre

Eltern sind Winzer. Der nördlichste Rotwein Deutschlands. Den Krieg hat die Familie ohne größere Schäden überstanden. Natürlich gab es Hunger, aber auf dem Land war es nicht so schlimm. Man hatte Vorräte, man wusste sich zu helfen. Die Tiefflieger haben ihr Angst gemacht, das Rattern ihrer Maschinengewehre bei ihrer tödlichen Jagd im Tal. Dann kam der große Bombenangriff auf Ahrweiler im letzten Kriegswinter. Am 29. Januar um die Mittagszeit. Eine amerikanische Bomberstaffel, der Nachschub für die Wehrmacht sollte unterbrochen werden. Der Himmel war wolkenverhangen, man konnte die Flugzeuge nicht sehen, lediglich das Brummen ihrer Motoren war zu hören. Die Bomben fielen wie aus dem Nichts, eine nach der anderen. Sie arbeitete in einer Klinik mitten im Ort, an diesem Tag hatte sie frei. Als der Angriff vorbei war, gab es das Gebäude nicht mehr. Neben zahlreichen Patienten waren auch sieben Schwestern und Pfleger tot. Auf das Dach hatte man ein rotes Kreuz auf weißem Grund gemalt, aber das hatte nichts genützt, wegen der Wolken.

»Verrückt, oder?«, sagt Geli, lässt die Bürste sinken, reicht ihr den Spiegel. »Hätte ich nicht frei gehabt, wäre ich jetzt tot.«

Sie hat einen Freund, er heißt Kurt. Seine Eltern betreiben ein Ausflugslokal nicht weit vom Weingut ihrer Eltern, da hat sie ihn kennengelernt. Sie sehen sich, so oft es geht. Vor einer Woche hat er sie gefragt, ob sie ihn heiraten will. Ihre Mutter hat gesagt, sie müsse sich sicher sein, sonst werde es schiefgehen.

»Ich weiß, es steht mir nicht zu, das zu fragen«, sagt die Schwester und zögert. »Aber waren Sie sich damals sicher?«

Sie sieht die junge Frau in der Schwesterntracht an. Ihre Jugend rührt sie, ihre Unbedarftheit. Kein Arg in ihr, kein falscher Ton.

»Ja«, sagt sie. »Ganz sicher!«

10

»Natürlich hätte ich mir eine Fahrt ins Ausland gewünscht. Aber das Glück in mir verleiht auch dem Rheintal jenen Glanz, der einer Hochzeitsreise zukommt.«
Gussie Adenauer an Ferdinand Zinsser,
Rolandseck, 29. September 1919

Ihr Vater nahm sie, seine katholisch gewordene Tochter, am Portal in Empfang, ein verhaltenes Lächeln über dem maßgeschneiderten Frack. Aus dem Inneren der Kirche drang die Orgelmusik zu ihnen heraus. »Bist du glücklich?«, flüsterte er ihr zu.

Sie nickte, ihr Mund trocken wie Papier.

»Bleib es, solange du kannst!«

Er reichte ihr den Arm, sie hakte sich unter. Die Seide ihrer bis zum Ellenbogen reichenden Handschuhe rieb sich an seinem Frackärmel, ein zartes Geräusch, das nur sie beide hörten, dazu das Rascheln ihres Kleides, das Schlagen ihrer Absätze auf den gemusterten Fliesen.

Das Kirchenschiff war bis auf den letzten Platz gefüllt. Köpfe, die sich ihr zuwandten auf ihrem Weg durch den Mittelgang, erwartungsvoll lächelnde Münder, gereckte Hälse.

Vor ihr am Altar sein durchgedrückter Rücken, knochig und schmal, langsam drehte er sich zu ihr um. Ihre Blicke trafen sich, ein winziger Moment der Vertrautheit in all der Fremdheit um sie herum.

Ab jetzt würde sie in zwei Welten leben, dachte sie, in einer öffentlichen, voller Mutmaßungen und Lügen, und in einer verborgenen, die nur ihr gehören würde und ihm. Und während sie das dachte, spürte sie hinter sich einen Schatten, die tote Emma, ein kalter Hauch, der ihr um die Schultern strich.

Der Stolz in den Augen ihres Vaters ließ sie ihre Beklommenheit hinunterschlucken. Hindernisse waren da, um sie zu überwinden.

In der ersten Reihe saßen ihre Mutter und ihre Geschwister. Gleich daneben hatte ihre künftige Schwiegermutter Platz genommen, mit Konrad, der in der Familie Koko genannt wurde, Max und der kleinen Maria, die alle nur Ria riefen. Seine drei Kinder. Ernst und angespannt. Als befänden sie sich nicht in einer Kirche, sondern in einem Gerichtssaal. In ihren Gesichtern stand die Sorge vor dem, was kommen würde. Was es bedeuten würde, das Haus ihrer Kindheit von diesem Tag an mit einer Stiefmutter teilen zu müssen.

Sie erreichten den Altar. Ihr Vater löste ihren Arm aus seinem und legte ihre Hand in die ihres zukünftigen Ehemannes.

Sie spürte den leichten Druck seiner Finger, eine nur für sie bestimmte Vertrautheit, so sanft und heimlich, dass niemand sonst etwas davon mitbekam. Sie wusste, er wollte das so, er war eine öffentliche Person. Der Mensch hinter der zur Schau gestellten Unergründlichkeit ging niemanden etwas an. Nähe machte ihn angreifbar. Dass er sie spüren ließ, wer er wirklich war, bedeutete ein Privileg. Es gab ein Geheimnis zwischen ihnen. Nichts davon würde jemals nach außen dringen.

Seine Finger sagten: So, wie ich mich selbst beschütze, werde ich ab jetzt auch dich beschützen.

Der Pfarrer – sein Bruder Hans, ihr zukünftiger Schwager, der Emma begraben hatte – begann zu sprechen. Die formelhaften Sätze, die sie auswendig kannte, rauschten an ihr vorbei. Als hätte das alles gar nichts mit ihr zu tun. Wie fremd ihr diese Kirche war und wie groß ihre Angst. Oder war es nur die Aufregung?

»Bis dass der Tod euch scheidet«, sagte Hans.

»Ja«, sagte sie und lauschte dem Echo dieser schlichten Worte nach, die plötzlich so viel bedeuteten.

Sie tauschten die Ringe mit dem eingravierten Datum: *25.9.1919*. Ihre Augen suchten seine. Sie sah darin die ersehnte Entschlossenheit, dahinter einen Rest von Trauer, ein letzter Abschied. Sie verstand ihn. Er hatte erleben müssen, was es hieß, vom Tod geschieden zu werden. Dann küsste er sie, scheu, fast verstohlen, und sie dachte: Jetzt gibt es nur noch uns, ihn und mich, allein vor uns selbst, allein vor dem einen, einzigen Gott.

Später, in ihrem neuen Zuhause, in der Dunkelheit der Hochzeitsnacht, als alles vorbei war, lag sie still da, verwirrt, aber glücklich, und lauschte auf seinen Atem. Er war eingeschlafen, sein Gesicht vollkommen entspannt.

»Du bist mein Mann«, sagte sie leise und strich ihm übers Haar. »Und ich bin deine Frau.«

11

»So wünsche ich Dir mit den Worten des Dichters Friedrich Rückert alle erdenkliche Kraft, um der Verzweiflung die Stirn zu bieten in dieser schweren Zeit. Er schreibt: Du bist ein Schatten am Tage und in der Nacht ein Licht. Du lebst in meiner Klage und stirbst im Herzen nicht.«
Ferdinand Zinsser an Gussie Adenauer,
Köln, 9. Juni 1920

Neun Monate später, derselbe Ort, dieselben Bögen aus Backstein, verputzt und weiß getüncht, und sie saß da, mit gebrochenem Herzen. Sie hielt sich an seinem Arm fest und fragte sich, woran er sich festhielt. Sein Gesicht war wie eingefroren, die feingliedrigen Hände lagen leblos auf seinen Oberschenkeln, als wären sie von seinem Körper getrennt.

Vorn am Altar suchte ihr Schwager Hans nach den richtigen Worten und fand sie nicht. Niemand hätte die richtigen Worte finden können. Es gab sie nicht.

Sie starrte auf den winzigen Sarg, der von Blumen umkränzt war. Sie dachte: Was ist das für ein Gott, der mir entreißt, was in mir herangewachsen ist?

Ihr wunderschönes Kind, ihr erster Sohn, der sich aus ihr herausgekämpft hatte, den sie aus sich herausgepresst hatte, sein Körper violett angelaufen von der Anstrengung, verschmiert von ihrem Blut, blassblaue Adern unter durchsichtiger Haut. Die Blicke des Arztes, die Blicke der Hebamme, die sagten: Er ist zu schwach, er wird es nicht schaffen.

Ihr ungläubiges Staunen, als er auf ihrer Brust lag. Doch auch sie konnte es sehen, es war ja nicht zu übersehen, seine winzigen Hände und Füße, ein Rudern im Nichts.

Sie nannte ihn Ferdinand, nach ihrem Vater, das war das Einzige und das Letzte, was sie für ihn tun konnte.

Sie fühlte sich schuldig. Nicht er war zu schwach gewesen, sie war zu schwach gewesen. Es war ihr Körper, der ihn geboren hatte.

Selbst in den Augen ihres Vaters hatte sie hinter dem Mitgefühl einen stummen Vorwurf zu sehen gemeint. Er tat das als Unsinn ab. »Wie nimmt dein Mann es auf?«, fragte er.

»Er nennt es eine Prüfung.«

»Und besteht er sie?«

»Er fragt sich, ob ich sie bestehe.«

»Deine Mutter würde jetzt sagen: Du hast einen Katholiken gewollt.«

»Papa!«

»Entschuldige«, sagte er und nahm sie in den Arm. »Es ist nicht deine Schuld. Solche Dinge passieren. Du wirst noch viele Kinder haben.«

Sie sagte: »Keines wie dieses.«

Die Luft in der Kirche war schwer von Trauer. Noch immer fügte ihr Schwager Worte zu Sätzen zusammen, die für sie keinen Sinn ergaben, floskelhafte Gebilde, die ziellos durch das Kirchenschiff schwebten.

Der weiße Sarg stand aufgebahrt neben dem Altar, kaum größer als eine Schuhschachtel, darin der Körper ihres Kindes, ihr Fleisch und Blut, ihre ganze Seele. Nur Stunden vor seinem letzten Atemzug war er notgetauft worden, im Namen der Dreifaltigkeit, damit seine letzte Reise, die doch in Wahrheit seine erste war, ihn auch sicher in den Himmel führen würde.

»Was ist das: der Himmel?«, hatte sie leise gefragt, in der Nacht nach diesem unsinnigen Tod, versunken in ihrem Kummer. Der sanfte Druck seiner Finger auf ihren Händen, er hatte nichts gesagt. Was hätte er auch sagen sollen? Er war ein Mann. Er konnte das nicht verstehen – weder das Wunder des Gebärens, noch was es hieß, diesen Teil seiner selbst zu verlieren.

Orgelmusik setzte ein, vier Männer in schwarzen Anzügen und weißen Handschuhen setzten die winzige Holzkiste auf einen herbeigeschobenen Wagen, es kam ihr albern vor und übertrieben. Vier erwachsene Männer für ein totes Kind, das so leicht war, dass es mit einer einzigen Hand hätte emporgehoben werden können. Warum ließ man sie das nicht tun, sie war doch seine Mutter? So gerne hätte sie ihn noch einmal an ihre Brust gedrückt, Ferdinand, dem das Leben verwehrt worden war von einer Macht, die sie nicht verstand, während sie zum Weiterleben verdammt war.

Er nahm ihren Arm, zog sie mit sich hoch, heraus aus der Bankreihe. Sie ging mit ihm durch das Kirchenschiff, wie benommen, sie folgte ihrem toten Sohn in seinem weißen Kindersarg, verloren auf dem dahinrollenden Wagen, der doch für viel größere Särge bestimmt war, für ausgelebte Leben, nicht für ungelebte.

Die Sonne blendete sie, ein warmer Sommertag, am Himmel keine Wolke. Sie starrte in das dunkle Loch vor sich, unendlich tief, bodenlos. Angeführt von ihrem Schwager, sprachen sie gemeinsam ein Vaterunser. Auch ihre Schwiegermutter und ihre Eltern sprachen es. Und die Kinder, die das alles schon einmal erlebt hatten. Ihre Konzentriertheit rührte sie, dieser heilige Ernst in den jungen Gesichtern.

Er nahm die Schaufel, stieß sie in den Eimer mit dem Sand. Sie schaute ihn an, ihre Blicke trafen sich. Er wollte diesen Abschied nicht, auch wenn er unausweichlich war. Sie wollte ihm helfen, öffnete den Mund, aber kein Laut drang über ihre rissigen Lippen.

Asche zu Asche, Staub zu Staub. Sie hörte, wie die Erde auf ihren Sohn fiel. Dann war es an ihr. Ihre Hände umfassten den Griff. Ich kann das nicht, dachte sie, während das Schaufelblatt im Sand versank.

Auch in der Nacht, die auf die Beerdigung folgte, blieb sie stumm. Keine Worte mehr, nur Leere. Sie und er und zwischen ihnen ihr verlorenes Kind. Die Nacht in ihr düsterer als die Dunkelheit um sie herum. Nirgendwo ein Licht. Das Haus, ihr gemeinsames Schlafzimmer, das Bett – alles fremd. Genau wie er. Und sie selbst sich noch fremder. Schlimmer als der Wunsch zu sterben, war das Gefühl, längst tot zu sein.

Das Verstreichen der Zeit eine Qual, der eigene Atem eine Qual, genau wie der Atem neben ihr. Bis sie endlich einschlief, von Erschöpfung überwältigt, der Morgen graute bereits.

Ein Geräusch ließ sie aufschrecken. Das Knarren von Holz, das Tapsen von Kinderfüßen übers Parkett. Sie blickte auf seine Seite des Bettes, er war fort, eine leere Kuhle im Kissen, irgendwann während ihres traumlosen Schlafes musste er aufgestanden sein. Jetzt saß er wohl im Rathaus, in seinem Amtszimmer, in der trügerischen Hoffnung, dass seine Pflichten den Schmerz mindern würden.

Sie wandte den Kopf zur Tür, ein schmaler Spalt zum Flur hin, und in dem Spalt seine Tochter Ria, ein siebenjähriges Mädchen in einem weißen Nachthemd, das mit großen Augen zu ihr herübersah, unsicher und stumm, wie festgewachsen auf dem kalten Boden.

»Ria«, sagte sie.

Das Mädchen sagte nichts, stand einfach nur da, eine Hand an der Klinke. Löste sich von der Tür, trat auf sie zu. Blieb erneut stehen, ging dann um das Bett herum und kletterte hinein, auf den Platz des Vaters. Legte den Kopf in die Kuhle im Kissen und griff nach ihrer Hand.

So lagen sie da, einen langen, stillen Moment. Sie schauten beide an die Zimmerdecke. Als könnten sie durch sie hindurchsehen. Durch den Putz und die darüberliegenden Balken, den Dachboden, die Dachziegel – bis hinauf in den Himmel.

»So was kann man nicht verstehen«, sagte Ria.

»Nein«, sagte sie.

»Niemand kann das«, sagte Ria.

»Nein«, sagte sie.

Sie schwiegen erneut, die eine auf der Decke liegend, die andere darunter.

Sie lauschte. Auf den Atem des Mädchens neben ihr, auf die Geräusche im Haus und die draußen in der Welt. Ein in der Ferne vorbeifahrendes Auto, das Spiel des Windes in den Zweigen der Bäume, das Zwitschern der Vögel im Garten. Das Aufdrehen eines Wasserhahnes, das leise Singen des Hausmädchens unten in der Küche. Sie betrachtete Ria. Die zarten Glieder, der glänzende Schimmer auf ihren rotblonden Haaren, die Lebendigkeit in ihren Augen. Sie dachte: Sie sieht aus wie ihre Mutter.

»Sie fehlt dir sehr, oder?«

Das Mädchen nickte, aber sie wirkte nicht traurig dabei, eher bedächtig. Und wieder war da diese Stille zwischen ihnen, wie ein ewig langes Luftholen, bevor Ria sich ihr zuwandte und leise sagte: »Weißt du, was ich gemacht habe, als sie gestorben ist?«

»Nein.«

»Ich hab sie zu mir geholt. Und jetzt ist sie immer bei mir.«

»Immer?«

»Immer, wenn ich will.«

»Wie hast du das geschafft?«, fragte sie.

»Ganz einfach«, sagte Ria und legte ihre gewölbten Hände so zusammen, als würde sie etwas darin verbergen. Blickte sie dabei mit ihren Kinderaugen an, als wäre das, was sie da tat, das Selbstverständlichste auf der Welt.

»Was ist das?«, fragte sie.

»Eine Kugel«, sagte Ria.

»Und was ist da drin?«

»Das Schönste auf der Welt«, sagte Ria.

Der Ernst in der Stimme des Mädchens rührte sie an. Sie dachte: Sie verrät mir ein kostbares Geheimnis. Und wunderte sich: Warum tut sie das?

»Kann ich das auch?«, fragte sie.

»Jeder kann das«, sagte Ria und blickte sie erwartungsvoll an. »Weiß nur keiner.«

»Also gut«, sagte sie und legte ihre Hände so zusammen, wie Ria es getan hatte, kugelgleich, bis die Daumen sich berührten.

»Und jetzt mach sie auf«, sagte Ria.

Sie folgte der Anweisung des Mädchens und spähte zwischen ihren Daumen hindurch in die dunkle Höhle.

»Kannst du ihn sehen?«, fragte Ria.

»Ja«, sagte sie, »kann ich.«

»Wie sieht er aus?«

»Wunderschön.«

»Lacht er?«

»Ja, das tut er.«

»Genau wie Mama. Die lacht auch immer.«

Sie lagen da, nebeneinander, in dem großen Bett im Schlafzimmer, und blickten gemeinsam in die Schönheit der Welt, eingeschlossen in ihren Händen. Die Hände einer jungen Frau, die Hände eines kleinen Mädchens. Sie schloss die Augen und dachte: Man braucht nicht viel, um zu zaubern.

»Hast du schon mal Seifenblasen gemacht?«, fragte sie.

12

»Was soll Dein alter Vater da noch sagen? Nimm allen Mut und Glauben zusammen. Nach dem Winter kommt der Sommer – Deiner wird ewig sein, da bin ich ganz sicher!«
Ferdinand Zinsser an Gussie Adenauer, Tübingen, 18. Februar 1948

»Konrad«, sagt sie leise und tastet nach seiner Hand. Sie fühlt den Ring, den er nie abgenommen hat, nicht einen einzigen Tag in neunundzwanzig Jahren. Er sitzt neben ihr auf einem Stuhl, den Rücken durchgedrückt, die Beine übereinandergeschlagen. Sein dunkler Anzug, die glänzenden schwarzen Schuhe. Er schaut sie an und in sie hinein, so wie auch sie in ihn hineinschaut. Es sind nicht die Blicke, die zählen, es kommt auf die Gedanken an. Sie kann lesen, was er denkt, vom ersten Tag an konnte sie es.

Er schweigt, so wie er immer schweigt, wenn ihm das Herz übervoll ist. Sie ist froh, dass er den Augenblick nicht mit Worten zerstört. Vor ihm kannte sie nur die Worte, er hat sie das Schweigen gelehrt. Es hat lange gedauert, das zu begreifen. Und noch einmal so lange, um es schätzen zu lernen.

Dass er nicht viel sprach, hatte sie von Anfang an gewusst. Dass sein Schweigen sie zur Verzweiflung treiben würde, nicht.

»Warum tut er das?«, fragte sie ihren Vater.

»Die Menschen sind, wie sie sind«, sagte er.

»Vielleicht bin ich zu dumm für ihn.«

»Du bist die klügste Frau, die ich kenne.«

»Und wenn ihm das nicht reicht?«

»Ich dachte, dir reicht da was nicht.«

»Ich fühle mich wie in einer Wüste, Papa. Ich habe Angst, zu verdursten.«

»Dein Mann ist keine Wüste«, erwiderte er. »Und verdursten wirst du auch nicht. Du kriegst das hin, Gussie. Es wird dauern, aber du wirst es schaffen.«

Ihr Vater hatte sich geirrt, sie schaffte es nicht.

Ihre Verzweiflung wuchs. Sie hatte eine Hilfe für den Haushalt, es gab ein Mädchen für die Kinder, aber nichts, was für sie zu tun übrigblieb. Sie fühlte sich nutzlos und überflüssig. An den Vormittagen griff sie zu ihrer Geige. Doch egal, was sie spielte oder wie sie es spielte: Das Einzige, was sie zustande brachte, war das mechanische Aneinanderreihen von Noten, seelenlos und ohne Klang. Als würde die Musik sie meiden. Sie ließ sich fallen und fiel ins Bodenlose. Und es gab nichts, das sie auffing.

Am schlimmsten waren die Nächte. Die Dunkelheit ihres gemeinsamen Schlafzimmers, zugezogene Vorhänge, bleischwere Luft. Er schlief, die Kinder schliefen, das ganze Haus schlief. Nur sie nicht. Was waren Gedanken wert, wenn man sie nicht teilen konnte?

Sie dachte an ihre Kindheit, an die Gespräche mit ihrem Vater in seinem Arbeitszimmer, das stundenlange Erforschen der Welt, ein gemeinsames Reisen in Worten und Sätzen. Mit ihm war alles möglich gewesen. Indem sie über die Dinge sprachen, wurden die Dinge lebendig. Fast war es so, als könne man sie anfassen. Man sah sie vor sich, man konnte sie riechen oder schmecken, sie bekamen ein Gesicht und eine Seele.

Warum redest du nicht mit mir, Konrad?

Seine Brust hob und senkte sich, ein gleichförmiges Auf und Ab, sie lauschte auf seinen Atem und stellte sich vor, sie würden miteinander sprechen. Darüber, wie schwer sie sich mit ihrem neuen Leben tat. Ehefrau zu sein und Mutter. Die zweite zu sein nach dem Tod der ersten. Geduldig zu sein mit sich und seinen Kindern. Einen Platz zu finden neben ihm.

Im Stillen stellte sie ihm Fragen, auf die er antwortete. Sie erfand ganze Gespräche, die sie mit ihm führte, stundenlang, bis zum Morgengrauen. In ihren Gedanken erzählte er Anekdoten, berichtete von Ratssitzungen, bat sie um Hilfe bei wichtigen Entscheidungen. Manchmal lachten sie zusammen. Das war das Schönste an ihren erfundenen Unterhaltungen: das gemeinsame Lachen.

Wochenlang ging das so, Nacht für Nacht. Bis er eines Tages, morgens nach dem Aufstehen, zu ihr sagte: »Weißt du, dass du im Schlaf redest?«

»Nein«, sagte sie und hatte das Gefühl, ihr Herz würde stehenbleiben. Sie musste sich zwingen, weiterzuatmen, während sie versuchte, sich nichts anmerken zu lassen.

»Was sage ich denn?«, fragte sie.

»Du unterhältst dich.«

»Mit wem?«

»Mit mir.«

»Und worüber?«

Er gab keine Antwort. Suchte ihren Blick im Badezimmerspiegel. Band sich dabei weiter die Krawatte, zog den Knoten nach, richtete den Hemdkragen. Und sie stand da, hinter ihm, und dachte: Er weiß genau, was los ist.

»Es ist nicht einfach mit mir«, sagte er.

»Mit mir auch nicht«, sagte sie und sah Emma vor sich, lachend und schön, am Flügel im Wohnzimmer. Die Elegie von Rachmaninoff, die Ungarischen Tänze von Brahms. Sein unerwartetes Auftauchen, ihre spöttische Bemerkung: »Hat sich einfach reingeschlichen wie ein Dieb.« Warum hatte er sich ihre Anzüglichkeit gefallen lassen? Was hatten Emma und er ineinander gesehen?

»Sie ist noch immer da«, sagte sie.

»Sie war meine erste Frau«, erwiderte er, »die Mutter meiner Kinder.«

»Ich kann nicht so sein wie sie, Konrad.«

»Niemand erwartet das von dir.«

»Vielleicht bin ich einfach nicht die Richtige für dich.«

Er antwortete nicht, sein Gesicht wie erstarrt, die Lippen aufeinandergepresst.

»Tut mir leid«, sagte sie.

»Es wird besser werden«, sagte er. »Alles wird besser werden, ich verspreche es dir.«

Sie schaut ihn an, neunundzwanzig Jahre später. Sein markantes Profil im Gegenlicht. Haut und Knochen vor Bäumen, die auf den Frühling warten. Geduld und Ungeduld, denkt sie, Glück und Enttäuschung. Die Ehe ist ein ständiges Wechselspiel. Zwei, die gezwungen sind, sich anzupassen. Was wir im anderen sehen, ist nicht das, was er ist. Was wir uns wünschen, ist nicht das, was wir bekommen.

Sie hat auf vieles verzichtet in all den Jahren. Wie oft hat sie gedacht: Ich will das nicht! Sein Anderssein war wie eine Wand zwischen ihnen, eine Fremdheit, die sie vor Kälte erzittern ließ. Und dann wieder unerwartete Nähe, Gesten der Vertrautheit, angedeutete Zärtlichkeit.

Ihre Schwangerschaft hatte alles verändert. Seine Tochter Ria war neugierig auf das in ihrem Bauch heranwachsende Kind, und allmählich wich auch die anfängliche Scheu seiner Söhne. Vielleicht lag es an der Art, wie sie mit ihnen redete. Sie bot ihnen Nähe, aber sie forderte nichts.

Er war ein genauer Beobachter, er sah, wie aus dem Haus der Stille ein Haus des Lachens wurde. Als hätte sie die Schatten daraus vertrieben.

»Wie machst du das?«, fragte er.

»Es liegt nicht an mir«, erwiderte sie, »es liegt an deinen Kindern.«

»Unseren Kindern«, sagte er, und sie begriff, dass irgendwann auch sein eigener Schmerz verschwinden würde und dass sie ihren Anteil daran hatte. Sie schaute in seine Augen, dachte an das kleine Wesen in ihrem Bauch, sie hätte zerspringen mögen vor Glück. Ein paar Monate später war das Glück nur noch eine ferne Erinnerung.

Was soll das heißen: über den Tod des eigenen Kindes hinwegkommen?

Niemand, der es nicht am eigenen Leib erlebt hat, kann ermessen, was das bedeutet, sie konnte es ja selbst kaum. Geschafft hat sie es nie.

Man sagt: Das Leben geht weiter. Dass es nie mehr dasselbe sein wird, sagt man nicht. Vielleicht könnte man sagen: Man richtet sich ein. Man versucht zurechtzukommen mit dem Schmerz, auch wenn er nie ganz vergeht.

Als Kind glaubt man, dass alles gut wird. Aber das stimmt nicht. Was zerbrochen ist, bleibt zerbrochen. Man legt es ab an einer dunklen Stelle, in den Untiefen der eigenen Seele. Und dann, völlig unerwartet, fällt Licht darauf, und alles ist wieder da.

Sie hat vier weitere Kinder bekommen. Paul, Lotte, Libet und Georg. Doch bei jeder Geburt hat sie in die verklebten Augen ihres Erstgeborenen geschaut, auf seinen zum Schrei geöffneten Mund. Sie hat seinen vergehenden Atem gespürt und seinen sterbenden Körper in ihren Händen. Wenn sie daran denkt, zieht sich ihr Herz zusammen.

Bis heute stellt sie sich manchmal vor, er läge an ihrer Seite. Sie hebt ihn auf ihren Bauch, lässt ihn trinken. Sein saugender Mund an ihrer Brust, seine kleinen Hände auf ihrer Haut, in ihrer Nase der Geruch seiner flaumigen Haare. Sie schneidet ihm die Nägel, sie badet ihn in der Zinkwanne, sie trocknet ihn ab. Sie wiegt ihn in ihren Armen, als seine Zähne kommen, sie staunt über die ersten Schritte, die er allein macht, sie tröstet ihn, wenn er sich beim Spielen die Knie aufschlägt.

»Konrad«, flüstert sie so leise, dass selbst sie es kaum hören kann.

Sie sieht sich dasitzen in dem Gestapobüro in Köln. Nackte Wände, in denen der Geruch nach Schweiß und Zigaretten hängt. Ein Bild des Führers, sonst nichts. Vor ihr ein aufgeräumter, fast leerer Schreibtisch, dahinter ein Kommissar. Sein Name ist Bethke. Ein hageres Vogelgesicht, der Scheitel in seinem von Brillantine glänzenden Haar wie mit dem Lineal gezogen, die Krawatte passt nicht zu seinem Anzug. Er mustert sie mit vorgespielter Freundlichkeit, abwartend und lauernd, während ihr Blick durch das Fenster über die Hausdächer zu den Spitzen der Domtürme wandert, als könne von dort die ersehnte Erlösung kommen. Sie kommt nicht.

Wir können uns nur selbst erlösen, denkt sie, wenn überhaupt. Wenn es so etwas wie Erlösung gibt, dann liegt sie allein in der Bereitschaft zum Hinschauen. Man muss hinter den Schmerz schauen. Wer seine Augen verschließt, bleibt blind.

Sie kann sich nicht beklagen, der Krieg war gnädig mit ihr. Wie viele Familien kennt sie, die Söhne verloren haben an einer der vielen Fronten. Landser oder junge Offiziere, noch fast Kinder, die jetzt begraben liegen irgendwo fern von zu Hause, auf einem Soldatenfriedhof in der Normandie oder in einem namenlosen Massengrab in der russischen Steppe. Oder jene, deren Spur sich verloren hat in einem der zahllosen sibirischen Lager, verweht im Schnee eines nicht enden wollenden Winters.

Acht Kinder, fünf von ihr selbst, drei von Emma. Bis auf den einen, den ersten, sind sie alle noch da. Auch das Haus steht noch, an dem sie sich in den dunklen Jahren festgehalten hat, der Blick vom Wohnzimmer aus auf das Rheintal, der stetig dahinströmende Fluss wie eine Verheißung besserer Zeiten. In den Bombennächten spiegelte sich der Widerschein des Feuers aus dem nahen Bonn in den Fenstern, dahinter der rotglühende Himmel über Köln, eine untergehende Welt.

»Konrad«, sagt sie erneut, diesmal so laut, dass er aufblickt. Sie lauscht dem Klang seines Namens nach, dem

Verklingen der Silben. Was sie aneinander haben, wird immer kostbarer, je näher sie dem Tod kommt. Er wird sie nicht begleiten können auf ihrer letzten Reise. Sie wird ihn zurücklassen müssen, genau wie die Kinder. Zu wissen, dass er bleiben wird, tröstet sie, auch wenn es ihr nicht um Trost geht. Die Zeit löst sich auf. Aus heute wird gestern, und morgen ist lange vorbei.

Er legt die Hände auf seine Oberschenkel, die Ellenbogen nach außen gespreizt. Einen Moment lang verharrt er in dieser Haltung, dann erhebt er sich. Er sieht müde aus, alt und verbraucht.

Dabei liegt noch so vieles vor ihm. Ein neues, anderes Deutschland. Die Rolle, die er darin spielen wird. Sie weiß, dass er unablässig darüber nachdenkt. In diesem Moment kümmert es ihn nicht. Jetzt gibt es für ihn nur sie. Seine Gussie, seine Frau.

Vorsichtig beugt er sich über sie, eine Hand auf der Bettkante abgestützt, und küsst sie auf die Stirn, so zart, dass sie seine Lippen kaum spürt.

13

»Es stimmt schon: Ich bin behütet und versorgt. Ich habe die Kinder, und das ist ein großes Glück. Aber manchmal muss ich an das denken, was du mir über das Aufgeben meiner Freiheit gesagt hast. Und dann frage ich mich, ob das wirklich schon alles war oder ob das Leben nicht doch noch mehr für mich bereithält.«

Gussie Adenauer an Ferdinand Zinsser,
Köln, 14. Januar 1926

Er schaute sie an, prüfend und voller Ungeduld. »Und?«, fragte er.

»Ich bin noch nicht durch«, sagte sie und las weiter. Mehrere Schreibmaschinenseiten, das von ihm entworfene Manuskript einer Rede, die er anlässlich einer Werksbesichtigung halten würde. Wie immer ließ er sie den Text gegenlesen. Ihre Meinung war ihm wichtig.

Sie dachte: Und morgen stehe ich lächelnd neben ihm, während er die Firmenleitung für ihre Tatkraft lobt und die versammelte Belegschaft an ihre Bedeutung für Wirtschaftskraft und Wohlstand erinnert. Alles wie immer, wie sollte es auch anders sein?

»Da muss mehr Würze rein, Konrad.«

»Ich bin Politiker, kein Koch.«

»Irgendwas zum Lachen.«

»Und schon gar kein Komiker.«

»Wenn du sie lachen lässt, hören sie dir zu.«

»Sie hören mir auch so zu.«

»Lachen gewinnt Herzen.«

»Humor ist nicht meine Sache. Dafür bist du zuständig.«

»Hättest du keinen, wäre ich nicht deine Frau.«

Er musste lachen. Sie stimmte ein und dachte: Warum lacht er nur zu Hause und nur vor mir, warum nie vor anderen? Als wäre seine Persönlichkeit zweigeteilt, und die einzelnen Teile wären einander fremd. Die von seinem Vater übernommene Angst des Aufsteigers vor dem Absturz verließ ihn nie. Als könnte er das, was er sich erkämpft hatte, jederzeit wieder verlieren. Er war von seinen Fähigkeiten überzeugt, aber ihm fehlte die Selbstverständlichkeit, mit der sie groß geworden war. Er hielt sich immer an irgendetwas fest. Selbst den Kindern gegenüber neigte er zu Distanz und Förmlichkeit. Sie war die Einzige, die ihn aufschließen konnte.

»Stift«, sagte sie und streckte die Hand aus. Er zog seinen Füller aus der Innentasche des Jacketts. Sie schraubte den Deckel auf und machte sich ans Werk. Stellte Absätze um, strich Überflüssiges, fügte Neues hinzu, wo es sich anbot – eine launige Bemerkung hier, ein kleiner Scherz dort. Die goldene Feder tanzte über das Papier. Er schaute ihr mit wachsendem Unmut zu, es fiel ihm nicht leicht, sie gewähren zu lassen. Als sie fertig war, überflog er den geänderten Text.

»Besser?«, fragte sie.

Er antwortete nicht.

»Also ja!«, sagte sie

»Viel besser«, räumte er ein.

Sie dachte: Er braucht mich, auch wenn er das niemals zugeben würde. Sie nahm ihm mit ihrer Leichtigkeit die Schwere, ihre Fröhlichkeit war ansteckend, sie strahlte für ihn mit.

»Du bist, was ich nicht sein kann«, sagte er und meinte es als Kompliment.

Sie schenkte ihm das Lächeln, das er erwartete, auch wenn ihr nicht danach zumute war. Alles war geregelt, sie war versorgt und aufgehoben, sie hätte glücklich sein müssen. Aber je länger ihre Ehe dauerte, desto enger fühlte sie sich an. Sie gebar ihm ein Kind nach dem anderen und spürte immer öfter den Altersunterschied. Sie träumte davon, die Nächte durchzutanzen, in einer der verruchten Bars und Varietés, die überall wie Pilze aus dem Boden schossen. Der Jazz, der Charleston, wild und frei. In die Luft geworfene Arme und Beine, ein neuer Wind, der das Alte einfach hinwegfegte.

Sie vermisste ihre Jugend. In ihr wuchs das unbestimmte Gefühl, etwas Entscheidendes versäumt zu haben, immer häufiger fühlte sie sich leer und ausgelaugt. Die Mutter seiner Kinder, die Frau an seiner Seite – wo blieb sie selbst dabei?

Sie wäre so gerne einmal geflogen, vorne auf dem Pilotensitz, die Hand am Steuerknüppel, auf dem Kopf eine Lederkappe, die Augen durch eine Fliegerbrille geschützt. Einmal im Leben die Wolken durchstoßen, den Himmel durchmessen, sich der Grenzenlosigkeit überlassen. Diesen verlockenden Rausch des Nichts mit dem Körper zu erfahren statt nur mit dem Kopf.

Schon als Kind hat sie mit ihrem Bruder Flieger gespielt. Während Ernst in imaginären Luftschlachten als Roter

Baron feindliche Franzosen und Engländer mit seinem Maschinengewehr vom Himmel holte, überflog sie in einem stoffbespannten Doppeldecker die Pyramiden von Gizeh, unter sich die endlosen Weiten der Wüste, ein goldschimmerndes Meer, und für einen Moment gehörte die ganze Welt in all ihrer Schönheit und Rätselhaftigkeit nur ihr allein.

Der Tag im Mai war windig und frisch, auch wenn immer wieder die Sonne durchkam. Die Briten waren nach zähen Verhandlungen endlich abgezogen, Köln war nicht länger besetzt. Vor dem Empfangsgebäude hatten sich Vertreter der Flughafenverwaltung und der Luftverkehrsgesellschaft eingefunden – »Sehr geehrter Herr Oberbürgermeister, verehrte gnädige Frau« –, vor ihnen das Flugfeld, auf dem ab jetzt ausschließlich zivile Maschinen starten und landen und den Butzweilerhof in wenigen Jahren zu einem der wichtigsten Flughäfen Deutschlands machen sollten.

Die feierliche Einweihung ein paar Tage zuvor hatte er einem Stellvertreter überlassen, Dr. Matzerath, der mit blumigen Worten die Bedeutung des Ortes und den Symbolwert der Stunde hervorgehoben und den anwesenden Ehrengästen eine Zukunft in leuchtenden Farben ausgemalt hatte, natürlich viel zu bunt und vollkommen übertrieben.

Sie war froh, dass sie nicht hatte dabei sein müssen.

Abends im Schlafzimmer hatte er im Pyjama aus dem Stegreif Matzeraths Stilblüten parodiert, seine übertriebenen Betonungen, sein manieriertes Gehabe, sie hatten sich köstlich amüsiert. Sie kannte niemanden, der andere so gut nachmachen konnte wie er.

Die Maschine hieß »Löwe«. Eine nagelneue Dornier Merkur der *Luft Hansa.* Aus dem offenen Cockpit über dem Passagierabteil ragte sein markanter Kopf, beschattet von den Tragflächen über ihm, er scherzte, während die Fotografen ihre Aufnahmen machten. Das war seine Art, sich in der Öffentlichkeit zu verstecken.

Sie stand mit Ria und Max neben Flughafendirektor Hantelmann und sah zu. Sie konnte sich nicht verstecken, es lag einfach nicht in ihrer Natur. Sich zu verstellen, war ihr zuwider.

Hantelmann sagte: »Wer eine Stadt steuert, kann auch ein Flugzeug steuern. Ihr Gatte würde gewiss einen veritablen Piloten abgeben.«

Sie hörte sich sagen: »Nicht nur er.«

»Bitte?«, fragte der Direktor irritiert nach.

»Einen veritablen Piloten abgeben«, sagte sie. Und mit Blick auf die Maschine: »Hochbringen würde ich sie auf jeden Fall. Und runter kommt man bekanntlich immer.«

Hantelmann glotzte sie an. Er trug Knickerbocker aus Tweed und unter seinem Jackett eine gemusterte Krawatte. Er begriff es nicht. Natürlich nicht.

»Eine absolut reizvolle Aufgabe«, setzte sie lächelnd hinterher. »Und eine mit Zukunft.«

»Aber mit Verlaub, Sie sind eine …«

»Eine Frau?«

»Nun ja.«

»Das ist mir tatsächlich auch schon aufgefallen, lieber Hantelmann. Die Natur macht da gewisse Unterschiede.«

»Und eben deshalb ist die Fliegerei wohl vor allem eine Sache für …«

»Männer?«

»Wenn Sie mich so direkt fragen: jawohl.« Hantelmann geriet ins Schwitzen. »In der Luft wirken doch enorme Kräfte auf den Körper des Piloten.« Er ballte die Hände zu Fäusten. »Da bedarf es einfach einer gewissen physischen Kraft.«

»Die ich durchaus besitze.«

»Und dann ist die Fliegerei ja noch immer mit einer gewissen Gefahr verbunden.«

»Die Frauen nicht meistern können?«

»Ich bitte Sie, verehrte gnädige Frau, Sie bringen mich in Teufels Küche.«

»Nicht ich, Herr Hantelmann, das besorgen Sie schon artig selbst.«

Er verkniff sich eine Erwiderung, vor allem wegen der Kinder, was in gewisser Weise für ihn sprach, aber leicht fiel es ihm nicht. Sein Adamsapfel hüpfte nervös auf und ab, er knöpfte sich die knapp sitzende Jacke zu und eilte hinüber zu den Pressefotografen.

Sie blieb mit Ria und Max zurück. »Und?«, fragte sie. »Lektion gelernt?«

»Welche Lektion?«, entgegnete Max schnippisch. Er war von seinem Vater gezwungen worden, der Flughafenbesichtigung in kurzen Hosen und Kniestrümpfen beizuwohnen, was ihm die Schamesröte ins Gesicht getrieben hatte. Immerhin war er schon sechzehn, und jetzt hatte seine Stiefmutter auch noch den Direktor, einen verdienten Flugveteran des Großen Krieges, bloßgestellt.

»Erstens: Kurze Hosen sind wesentlicher kleidsamer als Knickerbocker«, erklärte sie ungerührt, »jedenfalls im vorliegenden Fall. Und zweitens ...« Sie wandte sich Ria zu. »Was eine Frau kann oder nicht kann, entscheidet sie noch immer selbst!«

»Punkt und Ausrufezeichen«, sagte Ria und strahlte.

Anschließend hatte es einen kleinen Imbiss auf der Terrasse des Empfangsgebäudes gegeben, begleitet von Hantelmanns hohlen Sprüchen und schalen Witzen. Dann fuhren sie zurück in die Stadt, eingesunken in die Samtpolster im Fond, Max und Ria vor ihnen auf den heruntergeklappten Notsitzen, die Reifen des Dienstwagens sirrten leise über den Asphalt.

Konrad rieb sich die Schläfen, um seine ewigen Kopfschmerzen zu vertreiben oder doch wenigstens abzumildern, ehe er sich mit halb geschlossenen Lidern erkundigte, was da vorhin losgewesen sei. Sein beiläufiger Tonfall sagte ihr, dass er ihren Zusammenstoß mit dem Flughafendirektor beobachtet hatte und ihn nicht guthieß.

»Was soll denn losgewesen sein?«, gab sie sich ahnungslos.

»Hantelmann und du, während die Pressefritzen ihre Fotos machten. So wie er von dir weggesprungen ist, hast du ihm vorher etwas an den Kopf geworfen.« Er sagte das, ohne sie anzuschauen. Blickte stattdessen aus dem Fenster, massierte sich weiter die pochenden Schläfen und wartete ab. Die Jahre in der Politik hatten ihn gelehrt, dass Geduld eine überaus mächtige Waffe war.

Weil sie wusste, dass er nicht lockerlassen würde und sein noch immer gekränkter Sohn bereits eine unbedachte Bemerkung auf den Lippen hatte, erzählte sie ihm alles.

Für eine Sekunde verzog sich sein Mund zu einem Lächeln, dann war er wieder ernst. »Jedenfalls wärst du ein besserer Pilot als ich«, sagte er.

»Dort oben vielleicht«, erwiderte sie, »hier unten nicht. Da macht dir keiner was vor.«

»Er fühlt sich von dir beleidigt, Gussie.«

»Er hat *mich* beleidigt!«

»Du weißt, was du willst. Das macht ihm Angst.«

»Weil ich eine Frau bin?«

»Weil du eine *kluge* Frau bist.«

»Dieser Mann ist ein Trottel, Konrad!«

»Da kann ich dir nicht widersprechen. Aber die Dümmsten sind oft die Gefährlichsten. Die Welt ist voller Hantelmänner. Und am Ende heißt es, meine Frau tanzt mir auf der Nase herum.«

»Und? Tue ich das?«

Er ließ seinen Blick über die Kinder streichen, die ihre Köpfe senkten und so taten, als wären sie gar nicht da.

»Seit dem ersten Tag«, sagte er. »Von Anfang an. Was mir, ehrlich gesagt, völlig egal ist. Solange es in der Familie bleibt. Da draußen geht das niemanden etwas an.«

Während damit aus seiner Sicht alles gesagt war, formte Ria mit ihren Lippen ein stummes »Punkt und Ausrufezeichen«.

Das hatte den Ausschlag gegeben. Sie setzte ihr eigenes Ausrufezeichen noch am selben Abend. Sie sprachen lange über ihre Möglichkeiten einer Veränderung. Wie sich herausstellte, hatte er nicht nur Verständnis für ihren Wunsch, er wunderte sich, dass sie ihn nicht schon viel früher geäußert hatte.

»Du bist nicht für den Hintergrund gemacht, Gussie«, sagte er, »und viel zu intelligent für die zweite Reihe.«

»Du hast also nichts dagegen?«

»Solange du nicht auf die Idee kommst, Kölner Oberbürgermeisterin zu werden und mich arbeitslos zu machen.«

14

»So froh wie heute war ich selten. Manchmal kommt es mir vor, als wäre das Leben ein Fest, ein einziger Tanz.«
Gussie Adenauer an Ferdinand Zinsser, Rhöndorf, 17. Juni 1928

»Helft mir mal«, sagte sie zu Max und Koko. Den Couchtisch hatte sie bereits beiseitegeschoben, ebenso die Sessel.

Viel Zeit hatte sie nicht. In einer Stunde musste sie eine Sitzung des Katholischen Deutschen Frauenbunds eröffnen. Als Bezirksvorsitzende durfte sie nicht zu spät kommen. Daneben engagierte sie sich in der Katholischen Vereinigung für Kinder- und Jugendhilfe. Und seit Kurzem saß sie im geschäftsführenden Arbeitsausschuss des Frauenbeirats der Zentrumspartei. Sie hatte sich die Freiheit genommen, von der ihr Vater gesprochen hatte. Ein eigenes Leben.

Die beiden Jungen sahen sie mit großen Augen an.

»Den Teppich«, sagte sie. »Aufrollen!«

»Und dann?«, fragte Koko.

Sie zwinkerte Ria zu, die voller Vorfreude neben ihr stand, amüsiert angesichts der Ahnungslosigkeit ihrer Brüder.

»Wirst du schon sehen«, sagte sie, kniete sich hin und griff nach dem Rand des Teppichs. Den beiden Jungs blieb nichts anderes übrig, als es ihr gleichzutun, widerwillig und beleidigt, weil ihre kleine Schwester ganz offenbar eingeweiht war in das, was hier gleich passieren würde.

Zu dritt rollten sie den Teppich auf, dem Sofa entgegen, das Eichenholzparkett kam zum Vorschein. Draußen im Garten spielte die Sonne mit den Blättern der Bäume, warf tanzende Lichtpunkte auf den Rasen und die Steinplatten der Terrasse.

»Und jetzt?«, fragte Max.

Statt einer Antwort ging sie zum Grammophon hinüber, zog es mit der Kurbel auf. Nahm die Schellackplatte aus ihrer Schutzhülle, legte sie vorsichtig auf den Teller. Hob den Arm mit der Nadel und dem Schalltrichter aus seiner Halterung und senkte ihn über der Platte ab.

Musik erfüllte den Raum. Erst eine kurze, mehrstimmige Einleitung, dann die Melodie auf der Klarinette.

»Cole Porter«, erklärte sie. »Erst gestern gekauft.«

»Nicht dein Ernst«, sagte Koko.

»Mein voller Ernst«, sagte sie und griff nach seiner Hand.

Zuerst sträubte er sich, er wollte das nicht, es war ihm peinlich. Vor ihr genauso wie vor seinen Geschwistern. Aber dann wurde er mitgerissen, die Musik war stärker als er, zauberte ihm eine Leichtigkeit ins Gesicht, die sie noch nie an ihm gesehen hatte, während sie den Text mitsang: »Birds do it, bees do it, even educated fleas do it …«

Sie steckte ihn an mit ihrer Fröhlichkeit, sie merkte, wie seine Beine lockerer wurden, sein ganzer Körper, er warf die Arme in die Luft, auf den Lippen ein seliges Lächeln.

Sein Bruder Max schaute sprachlos zu, verdrehte die Augen, aber dann zog Ria ihn mit sich, ohne dass er sich dagegen wehren konnte, wirbelte ihn herum, und auch er begann unwillkürlich mitzutanzen, angesteckt von diesem unwiderstehlichen Rhythmus: »… let's do it, let's fall in love.«

Sie tanzten und sangen zusammen, frei und unbeschwert, ganz und gar losgelöst. Sie und Emmas Kinder, die zu den ihren geworden waren. Keine Schatten mehr. Nirgends. Und hinter der Musik die warme Stimme ihres Vaters: »Hindernisse sind dazu da, um sie zu überwinden.« Und: »Du wirst es schaffen, Gussie!«

15

»Ich stimme Dir zu, mein Gussieken: Die Katastrophe hätte sich kaum verhindern lassen. Die Menschen sind nun mal, wie sie sind. Sie verschließen ihre Augen vor dem drohenden Unheil. Und wenn sie sie wieder öffnen, ist es zu spät.«
Ferdinand Zinsser an Gussie Adenauer,
Tübingen, 19. Februar 1948

Draußen senkt sich die Dämmerung über die Stadt, in ihr ist es genauso hell wie damals. Sie spürt Cole Portes wunderbar leichte Musik in ihrem vergehenden Leib, leise summt sie die Melodie vor sich hin. Dann kommt der Husten, ihre Brust presst sich zusammen, sie ringt nach Luft. Und ist zurück in der Wirklichkeit.

Wie naiv wir waren, denkt sie. Wie kleine Kinder, die alles um sich herum vergessen. Nur der Augenblick zählte, dieser eine Moment, und der trügerische Glaube, es werde immer so weitergehen.

Aber es ging nicht so weiter. In New York brach die Börse zusammen, die Weltwirtschaft kollabierte. Und aus den Löchern kroch hervor, was sich in den Jahren zuvor heimlich zusammengerottet hatte, was stetig gewachsen war wie ein Geschwür, genährt von den Legenden eines erzwungenen Friedens. Das Schanddiktat von Versailles. Die Republik ein Kartenhaus, errichtet auf schwankendem Grund, nicht geschaffen für die Stürme, denen sie ausgesetzt war und unter denen sie schließlich zusammenbrach.

Dabei hätte man es kommen sehen können.

Er hatte es kommen sehen, schon früh, immer wieder hatten sie darüber geredet. Aber selbst er war nicht in der Lage gewesen, sich den Abgrund vorzustellen, in den ein ehemaliger Gefreiter und verhinderter Künstler die Welt führen würde.

Abzweigungen, Umleitungen, Sackgassen. Du hebst deinen Kopf, du schaust dich um, du gehst weiter. Die Entscheidungen, die du in deinem Leben getroffen hast, begleiten dich. Die richtigen und die falschen. Vor allem die falschen.

Was macht ein gelungenes Leben aus?

»Kommen Sie, ich helfe Ihnen«, sagt Geli. Sie beugt sich über sie und zieht sie an sich, eine junge Schwester und ihre kraftlose Patientin, es fühlt sich an wie eine Umarmung. Geli taucht den Waschlappen in eine Schale mit Wasser, schiebt ihr das Nachthemd hoch und beginnt, sanft und vorsichtig den Rücken abzureiben. Der feuchte Lappen fährt ihr über die Wirbel und Schulterblätter, ihr Kopf liegt in der Halsbeuge der Schwester, die unerwartete Nähe treibt ihr die Tränen in die Augen.

Sie denkt: Wir machen uns schuldig. Jeden Tag. Mit den Entscheidungen, die wir treffen und mit denen, die wir nicht treffen. Zu glauben, wir könnten der Schuld ausweichen, indem wir nichts tun, ist ein Trugschluss. Obwohl es schlimmer ist, nichts zu tun, als etwas Falsches zu tun, sagen wir: Ich kann nichts dafür. Die Schuld ist immer die Schuld der anderen.

»Was haben Sie gesagt?«, fragt Geli.

»Nichts«, sagt sie. »Ich habe nur laut gedacht.«

Entkräftet sitzt sie da, mit hängenden Schultern, gehalten allein von der Schwester, deren eine Hand sie stützt, während die andere mit dem feuchten Lappen über ihren Körper wandert.

Geli. Die keine großen Worte macht. Die einfach nur tut, was getan werden muss. Und dabei voller Unschuld ist. Was kann jemand dafür, der noch ein Kind war, als das alles anfing?

Sie denkt: So viele andere waren keine Kinder mehr, du selbst warst kein Kind mehr. Man sieht, was man sehen will. Man schaut weg und schließt die Augen. Es ist so verlockend zu sagen: Ich habe nichts gewusst.

Die Selbstverständlichkeit, mit der Geli sie wäscht, lässt weder Scham noch Peinlichkeit zu. Und doch sind ihre Berührungen schmerzhaft. Als würden sie eine nie gestillte Sehnsucht wachrufen, das nie erfüllte Verlangen nach etwas, das tief in ihrem Inneren vergraben liegt.

Sie denkt: Wir haben uns die Welt nicht ausgesucht, in die wir hineingeboren wurden. Ein Leben lang versuchen wir uns zurechtzufinden. All die kleinen Erfolge, die wir uns großreden, und die vielen Niederlagen, die wir uns kleinreden. Und immer suchen wir nach Ausreden.

Kurz nach der Kapitulation saßen sie in ihrem Garten in Rhöndorf. Ein warmer Frühsommerabend, die Rosen blühten, ihr Duft war betörend.

Sie sagte: »Wenigstens haben wir überlebt.«

Er fragte: »Haben wir das?«

Sie sagte: »Es ist vorbei.«

Er sagte: »Es wird nie vorbei sein, Gussie. Die Umstände ändern sich, die Menschen nicht.«

Sein kantiges Profil vor dem Nachthimmel, ein Schimmern in seinen dunklen Augen. Sein Blick schweifte über das Tal. Auf der anderen Rheinseite das zerstörte Bonn und dahinter in der Ferne, kaum mehr als eine Ahnung, die Ruinen ihrer gemeinsamen Heimatstadt.

Sie weiß, was er damals gemeint hatte: Man kann die Menschen verurteilen für das, was sie tun, aber niemals für das, was sie sind. Die Menschen zu lieben, heißt hinzunehmen, von ihnen enttäuscht zu werden.

Die wenigen Mutigen kommen ihr in den Sinn. Sie haben mit ihrem Leben bezahlt. Wärest du dazu bereit gewesen, Gussie? Es ist nur menschlich, vor der eigenen Angst in die Knie zu gehen. Widerstand ist ein großes Wort. Wer sind wir, uns ein Urteil anzumaßen?

Geli greift nach einem Handtuch und beginnt, sie vorsichtig abzutrocknen. »Ich tue Ihnen doch nicht weh, oder?«

»Sie machen das ganz wunderbar«, sagt sie und ringt sich ein Lächeln ab.

16

»Die Großen sind aus dem Haus, sie werden ihren Weg gehen. Aber ich sitze hier mit vier kleinen Kindern, und mit jedem Tag wächst die Angst. Die Zukunft war immer ein Versprechen. Jetzt liegt sie vor mir wie ein großes schwarzes Loch.«
Gussie Adenauer an Ferdinand Zinsser,
Köln, 12. Februar 1933

Sie saßen im Fond des Wagens. Das gleichmäßige Brummen des Motors, die Scheibenwischer quietschten leise. Am Nachmittag hatte es zu schneien begonnen.

Sie waren bei den Pferdmenges zum Abendessen eingeladen. Der Bankier Robert und seine Frau Dora, zwei seiner wenigen echten Freunde, die auch zu ihren geworden waren. Nichts Großes, hatte Dora am Telefon gesagt, nur eine kleine, zwanglose Runde.

Erst Stunden zuvor war er aus Berlin zurückgekommen. Ein letzter, gescheiterter Versuch, die Neuwahlen doch noch zu verhindern, mit denen der frisch ernannte Reichskanzler seine Macht endgültig festigen wollte.

»Sie werden mich aus dem Amt jagen, Gussie.«

»Das können Sie nicht!«

»Die Wahlen werden der Anlass sein.«

»Es gibt Gesetze in diesem Land. Eine demokratische Verfassung.«

»Wie lange noch? Was gerade passiert, ist erst der Anfang.«

Die Nüchternheit, mit der er das sagte, hatte etwas Mechanisches. In seiner Stimme lag Hilflosigkeit.

Sie dachte an die immer unverhohleneren Provokationen der SA, die Kommentare in der Presse, die Reaktionen im Reichstag. Das alles hatte sich seit Monaten angekündigt.

Er sagte: »Es wird nicht lange dauern, bis er sein wahres Gesicht zeigt.«

Sie schaute hinaus in die Nacht. Schneeflocken, die sich auf Dächer und Gehsteige legten, lautlos und sacht, eine weiße Decke. Ein Samstagabend Anfang Februar, kein Mensch auf den Straßen. Sie dachte: Der Geist von Weimar hat sich in ein Gespenst verwandelt.

»Weißt du noch, damals?«, fragte sie. »Das Essen im Haus meiner Eltern.«

»Du hast uns auf der Geige vorgespielt.«

»Die Männer saßen in der Bibliothek und unterhielten sich über den Krieg. Du hast kein Wort gesagt. Obwohl du wusstest, was kommen würde. Die Niederlage, die Abdankung des Kaisers.«

»Ich habe mir noch nie Illusionen gemacht.«

»Manchmal helfen sie.«

»Ich ziehe es vor zu wissen, was mich erwartet.«

»Kann man das, Konrad? Wissen, was einen erwartet?«

Dora liebte es, Gastgeberin zu sein. Der Tisch war aufwendig gedeckt, das Essen exzellent. Geschmorte Ochsenbäckchen, so mürbe, dass sie im Mund zerfielen. Um sie herum nur bekannte Gesichter, alle derselben Gesellschaftsschicht zugehörig und von ähnlicher politischer Überzeugung. Man war unter sich, man konnte frei sprechen, sie hätte sich wohlfühlen müssen. Das Gegenteil war der Fall.

Die Gespräche am Tisch drehten sich nur um eines: die Vorgänge in Berlin und ihre Bedeutung für die Zukunft Deutschlands. Dass ein gewisser Anlass zur Sorge bestand, war natürlich nicht von der Hand zu weisen, aber musste man deshalb gleich in Panik verfallen? Ein altersschwacher Reichspräsident hatte einen ehrgeizigen Emporkömmling ins Amt gehoben, na und? Die deutsche Kultur war allemal stärker als die grölenden Schlägerbanden eines Herrn Hitler. Im Übrigen war ja längst nicht ausgemacht, dass die Neuwahlen ihm tatsächlich den erhofften Triumph bringen würden. Was, wenn das Volk ihm einen erneuten Denkzettel verpasste?

Ihr Tischnachbar sagte: »Dieser Mann ist nichts weiter als ein vorübergehendes Phänomen.«

Sie fragte: »Glauben Sie wirklich?«

Er sagte: »Haben Sie sein Buch gelesen? ›Mein Kampf‹. Eine Ansammlung von Dümmlichkeiten. Eine – pardon! – Vergewaltigung der deutschen Sprache. Ein Appell an die niederen Instinkte, ohne jegliche Substanz.«

»Er hat die Massen mobilisiert.«

»Was sind schon die Massen, gnädige Frau? Heute so, morgen so. Die Arbeitslosigkeit überwindet man nicht mit Parolen. Die Krise wird ihn zurechtstutzen. So einer hält sich nicht lange.«

Der dezente Duft seines teuren Rasierwassers stieg ihr in die Nase. Es fiel ihr schwer, ruhig zu bleiben. Ein kultivierter, gebildeter Unternehmer aus dem Mittelstand, die weiße

Hemdbrust gestärkt, gepflegte Hände. Ein Mensch mit Erfahrung und Weitsicht. Und trotzdem redete er die Bedrohung klein.

Ihr wurde bewusst, dass sie sich selbst noch vor weniger als einer Stunde hinter Ausflüchten versteckt hatte. Sie dachte: Wir sehen nur, was wir sehen wollen. Wir ignorieren die Warnzeichen, wir leugnen die Gefahr. Wir weigern uns, das Undenkbare zu denken. Wie Lemminge laufen wir auf den Abgrund zu und verschließen die Augen.

Konrad, dachte sie und schaute zu ihm hinüber. Sein Gesicht maskengleich, die fahle Haut über den hohen Wangenknochen gespannt, als würde sie jeden Moment reißen. Schweigend zerteilte er das Fleisch auf seinem Teller, schob es sich in den Mund. Griff nach seinem Weinglas, nahm einen Schluck, nickte seiner Tischnachbarin höflich zu. Stellte hin und wieder knappe Fragen. Sie kannte das von ihm. Sie wusste: Er wollte keine Antworten. Er tat das nur, um die anderen weiterreden zu lassen, während er ganz in sich verschlossen blieb, sein Kopf ein Tunnel aus dunklen Gedanken, die verzweifelte Suche nach einem Ausweg, an den er längst nicht mehr glaubte.

Es tat ihr weh, ihn so zu sehen.

Auf der Rückfahrt griff sie nach seiner Hand. Ihre Finger sprachen mit ihm. Der tastende Versuch, Trost zu spenden. Er blieb stumm.

Die nächsten Tage und Wochen waren qualvoll. Er hatte sie mit seinen düsteren Vorhersagen angesteckt. Was in den Zeitungen stand, bestätigte ihn. Sie fühlte sich wie gelähmt. Selbst das unbekümmerte Lachen der Kinder konnte ihre Stimmung nicht aufhellen. Sie hoffte, dass er sich irrte, und wusste, dass ihre Hoffnung sie trog.

Dann brannte der Reichstag. Ein Fanal. Flammen schlugen aus der gläsernen Kuppel in den Nachthimmel, die Demokratie war endgültig in Rauch aufgegangen.

Er hielt eine Rede vor dem Rathaus. Sie stand hinter ihm, an ihrer Seite einige Honoratioren der Zentrumspartei, vor ihnen die aufgepeitschte Menge. Eine gekaperte Veranstaltung, die höhnischen Sprechchöre der braunen Horden, Hakenkreuzbinden an ihren hochgereckten Oberarmen. »Adenauer an die Mauer«, grölten sie ihm entgegen und: »Deine Zeit ist abgelaufen.« Die Mehrheit auf dem Platz schwieg, eingeschüchterte Zentrumswähler, in deren Augen sie die nackte Angst sah, während er den Mob zur Einhaltung des Rechts aufrief. Ohne Gesetze und Verfassung könne es Wahrheit und Freiheit nicht geben, mahnte er, das Manuskript in seinen Händen zitterte, seine Worte waren kaum zu verstehen, trotz des Mikrofons und der Lautsprecher. Dennoch spulte er seinen Text weiter ab, Satz für Satz, bis zum Ende. Der zaghafte Applaus seiner Anhänger ging im Gebrüll seiner Gegner unter.

Er wandte sich ab, verließ das Podium, aufrecht und geschlagen zugleich, er bot ihr seinen Arm, sein Gesicht fahl, wie erstarrt. Der Weg durch das Gebäude, hinter ihnen das abebbende Gegeifer, eine endlos scheinende Strecke, die breite Treppe hinauf, das schabende Geräusch seiner Sohlen auf den steinernen Stufen. Erst in seinem Büro, als sie allein waren, fiel die Anspannung von ihm ab. Müde stand er am Fenster, den Blick auf die sich zerstreuende Menge gerichtet, ein Moment der Resignation, ehe sich sein hagerer Rücken wieder straffte und er sich zu ihr umwandte.

»Noch bin ich Oberbürgermeister«, sagte er und rang sich ein gequältes Lächeln ab. Und sie dachte: Wie lange noch?

Als Hitler nach Köln kam, um vor seinen Anhängern zu sprechen, ließ er die Hakenkreuzfahnen entfernen, die auf der Deutzer Brücke aufgehängt worden waren. Und er verweigerte ihm den Empfang am Flughafen.

»Warum hast du das getan?«, fragte sie ihn am Abend, in den Ohren noch den Nachhall der Fahnen, die gegen Hausfassaden schlugen, das begeisterte Klatschen der Menge am Straßenrand. Sie hatte die Begeisterung in ihren Gesichtern gesehen und aus ihrem Jubel die Hoffnung auf Erlösung herausgehört.

»Er ist als Wahlkämpfer gekommen«, erwiderte er. »Nicht als Reichskanzler.«

»Er wird sich an dir rächen.«

»Es gibt Grenzen, Gussie.«

»Nicht für ihn.«

»Es geht um die aufrechte Haltung.«

Mein Gott, Konrad! Dachte er bei alldem auch nur eine Sekunde an seine Kinder und an die Folgen, die das auch für sie haben würde? Seinen drei Großen konnte er das alles erklären, sie waren alt genug, aber was war mit den vier Kleinen, das Jüngste noch keine zwei Jahre alt? Sie dachte: Man muss sie sich leisten können, diese aufrechte Haltung. »Und was ist mit deiner Familie?«

»Manchmal muss das Persönliche zurücktreten, so schmerzlich es auch ist.«

»Die Kinder können nichts dafür, Konrad.«

»Aber wir«, sagte er. »Wir können etwas dafür!«

In seinem Blick ein zorniges Funkeln. Die Lippen aufeinandergepresst, saß er da, ein gefesselter Raubvogel, die Beute zu groß für seine Krallen.

17

»Es ist eine merkwürdige Sache mit dem Mut. Jeder behauptet, ihn zu haben, aber wenn es darum geht zu handeln, verlässt er einen.«
Gussie Adenauer an Ferdinand Zinsser,
Köln, 19. Februar 1933

Sie eilte den Flur im Kölner Kreisverband der Zentrumspartei entlang. Während sie den schweren Wollmantel mit dem Pelzkragen aufknöpfte und sich den Seidenschal vom Hals zog, ging sie in Gedanken noch einmal den von ihr entworfenen Aufruf an die weibliche Wählerschaft durch, der in den Kölner Tageszeitungen veröffentlicht werden sollte.

Sehr verehrte Frau! Bitte nehmen Sie in diesen Tagen der Erregung ein ruhiges Wort freundlich auf und geben es weiter.

Sie hatte ihm den Text vorgelesen, gestern Abend, zu Hause in der Max-Bruch-Straße. Er hatte in seinem Lieblingssessel gesessen, die Augen geschlossen, das Licht der Stehlampe über seinem Kopf.

Es geht um deutsches Schicksal. Wir Frauen sind mitverantwortlich für seine Gestaltung. Wir gestalten es durch die Abgabe unserer Stimme. Wer der Entscheidung ausweichen will und deshalb nicht wählt, wird mitschuldig an der weiteren Radikalisierung unseres Volkes. Sie werden mit uns bestürzt sein, dass die Polizei bei Aufrechterhaltung von Ruhe und Ordnung nicht mehr wie bisher gegen jeden Angreifer, gleichgültig welcher Partei er angehört, vorgehen kann, sondern dass sie verpflichtet ist, gegenüber bestimmten Volkskräften rücksichtslos von der Waffe Gebrauch zu machen, gegenüber anderen sich aber zurückzuhalten, sich sogar gut mit ihnen zu stellen.

Er öffnete seine Augen. »Was tust du da, Gussie?«

»Die aufrechte Haltung. Deine Worte.«

»Bist du sicher, dass du das willst?«

»Habe ich je etwas getan, das ich nicht wollte?«

Er musterte sie ernst, ein, zwei Sekunden, nicht länger, dann forderte er sie mit einem Nicken auf weiterzulesen.

Die ersten Folgen einer solchen Anweisung haben wir erlebt. Unsere Versammlungen wurden gesprengt, die Redner am Sprechen verhindert, Geistliche tätlich angegriffen, katholische Druckereien gestürmt, ohne dass die Polizei eingegriffen hätte. Die Straßenüberfälle häufen sich. Jeder Tag bringt Tote und Verwundete.

Und wieder diese Irritation in seinem Gesicht, dazu ein abruptes, wenn auch kaum merkliches Anspannen seines Körpers, als wiche er unwillkürlich vor ihren Worten zurück.

Die traurigen Vorfälle sind Ausfluss einer Gesinnung, die hemmungslos Hass predigt und die Vernichtung des Gegners will. Es erschüttert uns zutiefst, dass selbst die Jugend mit solchen Gedanken vergiftet wird. Sie wollen gewiss wie wir, dass diese Zustände bald ihr Ende finden. Darum bitten wir, geben auch Sie Ihre Stimme am 5. und 12. März dem Zentrum und wählen Liste 4.

Ein kurzer Moment der Stille, ehe er fragte: »Das war's?«

»Ja«, sagte sie und blickte dabei verunsichert auf das mit der Schreibmaschine getippte Blatt Papier in ihren Händen.

»Und darüber soll morgen abgestimmt werden?«

»Ja.« Ihre Finger zitterten. Die Zeilen schoben sich übereinander, die Buchstaben verschwammen vor ihren Augen, während er sich wieder in Schweigen hüllte, die Hände unbewegt auf der Sessellehne.

»Ist das alles, was du dazu zu sagen hast?«, fragte sie.

»Du bist eine mutige Frau«, sagte er, »mutiger als die meisten.«

»Und?«

»Es würde mich sehr wundern, wenn sie dir dergleichen absegnen.«

»Warum sollten sie ablehnen?«

»Aus Angst«, sagte er. »Warum sonst?«

Aus dem am Ende des Ganges liegenden Sitzungszimmer drangen ihr die Stimmen ihrer Mitstreiterinnen entgegen, ein aufgeregtes Durcheinander.

Sie verlangsamte ihre Schritte, ließ ihren Atem zur Ruhe

kommen. Dann schob sie energisch die Tür auf und betrat den Raum.

Das Stimmengewirr verstummte. Fünf Frauen, alle wie sie der besseren Gesellschaft zugehörig und mit Männern verheiratet, die sich ebenfalls politisch engagierten. Antonie Hopmann, Barbara Joos, Amalie Lauer, Christine Teusch, Katharina Zinnicken. Der geschäftsführende Arbeitsausschuss des Frauenbeirates der Zentrumspartei, Kreisverband Köln. Betreten senkten sie die Blicke.

Sie tat so, als wäre nichts. Lächelte entspannt in die Runde, warf ihren Mantel über einen der freien Stühle, setzte sich auf einen weiteren. Entschuldigte sich lächelnd für die Verspätung und eröffnete die Sitzung.

Ein unangenehmes Schweigen schlug ihr entgegen. Der noch vor Tagen einstimmig gefasste Beschluss zum Handeln schien vergessen, der vollmundig eingeforderte Mut wie weggeblasen. Vor jeder von ihnen lag ein Durchschlag ihres Textentwurfs, über den sie vor ihrem Eintreffen noch so lautstark debattiert hatten.

»Ich verstehe«, sagte sie.

»Gussie, bitte«, sagte Amalie Lauer. Ihr von aschblonden Haaren gerahmtes Gesicht vor den Kassetten der brusthohen Eichenvertäfelung. Ihre auffallend hängenden Schultern, die blasse Haut. Das helle Licht der Deckenlampen ließ den Februarhimmel vor den Fenstern noch grauer erscheinen.

»Bitte was?«, fragte sie zurück.

»Das geht so nicht.«

»Ich dachte, wir seien uns einig.«

»In der Sache ja. Aber nicht in der Art und Weise.«

»Ihr lehnt meinen Entwurf also ab.«

»Es gibt eine Verantwortung.«

»Um genau die geht es in dem Aufruf.«

»Nicht nur für das Gemeinwesen. Auch für uns selbst und unsere Familien.«

Er hatte es vorausgesehen, und sie hatte es nicht wahrhaben wollen. Zorn wallte in ihr auf. Sie sah die Schlägertrupps der SA vor sich, wie sie unter den Augen der Polizei durch die Kölner Straßen zogen, sie hörte die Schlagstöcke, die schweren Stiefel, mit denen sie auf ihre hilflos am Boden liegenden Opfer eintraten.

»Diese Wahl ist die letzte Gelegenheit, das Schlimmste zu verhindern«, sagte sie.

»Und wenn es dafür längst zu spät ist?«

»Was ist mit all denen, die misshandelt oder ermordet wurden? Was mit denen, die als Nächste dran sind? Und was mit ihren Familien?«

»Eben deshalb«, entgegnete Amalie. »Weil wir selbst Familien haben, jede von uns.«

Dieses merkwürdige Verhältnis zwischen dem, was man sagt, und dem, was man tut. Und wenn es drauf ankommt, zuckt man zurück. Die Bedenken fressen den Mut auf. Das galt ja auch für sie selbst. Was sie tat, gefährdete andere. Ihre Familie, ihre Kinder. Hatte sie wirklich das Recht dazu?

Sie dachte: Man kämpft sich durch den Sturm, der Wind reißt einem die Kleider vom Leib, und plötzlich steht man nackt da und voller Angst. Aber genau deswegen hat dieser Totengräber seine braunen Horden ja ausgeschickt: um Angst zu säen. Jedes Zögern der Gegenseite spielt ihnen in die Hände und damit ihm. Er hat es von Anfang an mitbedacht, die kleine Angst des Einzelnen, die zur großen

Angst aller wird. Es gibt keine Größe, die verlässlicher ist als die Angst.

»Es gilt abzuwägen«, sagte Amalie. »Zwischen dem Risiko, das wir eingehen und dem, was wir damit erreichen können.«

»Das Risiko war uns allen von Anfang an bewusst.«

»Die Gegenseite wird uns das als Provokation auslegen.«

»Hier geht es darum, ein Zeichen zu setzen.«

»Ach so?«

»Was willst du damit sagen?«

Amalie blickte in die Runde. Als wolle sie sich bei den anderen Bestätigung holen für das, was jetzt folgen würde.

»Worum geht es dir wirklich, Gussie?«

»Wie bitte?!«

»Dein Mann ist Oberbürgermeister. Wenn die Wahl verloren geht, wird er aus seinem Amt entfernt werden.«

Sie starrte Amalie fassungslos an. »Du unterstellst mir private Absichten?«

»Spielen die etwa keine Rolle?«

Die anderen schauten sie jetzt offen feindselig an. Eine Wand aus Ablehnung, ein Tribunal, das sein Urteil längst gefällt hatte. Die Ungerechtigkeit, die in dem Vorwurf lag, war unerträglich. Ihre Lippen zogen sich vor Wut zusammen, die Haut über ihren Wangen spannte sich, das Herz schlug ihr bis zum Hals. Dazu das Gefühl völliger Fremdheit. Sie dachte: Wir kennen uns nicht, wir haben uns nie gekannt. In ihr der kaum bezwingbare Drang loszuschreien und gleichzeitig der Wunsch, alles hinzuwerfen.

»Ich verstehe, dass ihr Angst habt«, sagte sie so ruhig sie

konnte. »Wir alle haben Angst, auch ich. Aber dürfen wir uns von ihr besiegen lassen? Wenn ich morgens in den Spiegel schaue, sehe ich mich selbst. Eine Frau mit sieben Kindern, denen ich genauso verpflichtet bin wie meinem Mann. Aber wenn das, was ich im Spiegel sehe, nicht mehr das ist, was ich bin, weil ich mich und meine Überzeugungen verraten habe, was sehen dann meine Kinder in mir? Wie soll ich ihnen ein Vorbild sein? Mein Vater hat mich gelehrt, dass alles, was wir tun, Konsequenzen hat, und dass wir uns diesen Konsequenzen stellen müssen. Er nannte das Verantwortung. Was da draußen auf den Straßen passiert, ist grauenvoll. Hässlich und voll roher Gewalt. Es ist meine Pflicht, etwas dagegen zu tun. Nicht für meinen Mann, sondern für meine Kinder und das Land, in dem sie aufwachsen. Für ihre Zukunft. Also schaut in den Spiegel und sagt mir, was ihr seht. Und dann – erst dann! – entscheidet euch.«

18

»Die Straßen sind mit braunen Uniformen überschwemmt. Als hätten die Menschen in diesem Land jahrelang Masken getragen. Sie ziehen sie sich von den Gesichtern, und darunter kommen Fratzen zum Vorschein.«
Gussie Adenauer an Ferdinand Zinsser,
Köln, 21. Februar 1933

Sie hatten sich entschieden. Eine nach der anderen hatten sie ihren Widerstand aufgegeben. Schließlich hatte auch Amalie Lauer klein beigegeben und der Veröffentlichung zugestimmt.

»Wie hast du das geschafft?«, fragte er sie, abends im Bett, als sie ihm davon erzählte, seine Hand schon am Schalter der Nachttischlampe.

»Ich weiß es nicht«, sagte sie. »Ich hab einfach nur gesagt, was ich denke.«

»Ich bin stolz auf dich«, sagte er und löschte das Licht.

Mitten in der Nacht riss sie das Klingeln des Telefons aus dem Schlaf. Schrill und durchdringend fraß es sich von unten die Treppe herauf, durch die geschlossene Schlafzimmertür, bis in ihr gemeinsames Bett.

Sie schaute ihn an. Seine starr zur Decke gerichteten Augen schimmerten in der Dunkelheit.

Er legte seine Hand auf ihre. »Hör nicht hin, Gussie«, sagte er. »Alles geht vorüber, auch das.«

Er bemühte sich, gelassen zu klingen, aber sie spürte die Angst in seinen Fingern. Seit Tagen ging das schon so, nächtliche Anrufe, anonyme Männerstimmen, geifernd und roh: Wir kriegen dich, Adenauer, dein Sarg steht schon bereit, sag deiner Frau adieu!

Am nächsten Morgen standen zwei Männer in braunen Uniformen vor der Tür. Ihre schwarzen Stiefel blank gewienert, am linken Arm die roten Kampfbinden mit dem Hakenkreuz.

»Rottenführer Schröder, SA-Standarte Köln«, stellte sich der Größere vor. Sein hageres Gesicht war gerötet, sein Atem dampfte in der Kälte. Er nickte zu seinem Begleiter hinüber: »Sturmmann Wetzel. Noch nicht lange dabei, aber schon jetzt einer unserer Besten.«

»Heil Hitler«, sagte der Kleinere, ein korpulenter, aufgedunsener Kerl mit eng zusammenstehenden Augen, und ließ seinen Blick begehrlich an der Fassade emporwandern. »Schicke Bude. Hätte ich auch gerne.«

»Kann ja noch kommen«, sagte Schröder.

»Auf jeden Fall«, sagte Wetzel. »Jetzt, wo alles anders wird.« Er rieb sich die Hände. Seine Fingerknöchel knackten.

»Was soll das?«, fragte sie. »Was wollen Sie hier?«

»Es geht um die Anrufe«, sagte Schröder. »Sie wissen schon.«

»Da hat wohl jemand was gegen Ihren Angetrauten«, sagte Wetzel. »Schnauze voll, kurzer Prozess, nicht lange fackeln. Hässliche Sache das.«

»Wie bitte?«, fragte sie.

»Was man so hört«, sagte Wetzel.

»Woher wissen Sie davon?«

Schröder zog ein Schreiben aus seiner Brusttasche, faltete es auseinander, reichte es ihr. »Gauleiter Grohé ist ein großer Bewunderer des Herrn Oberbürgermeisters. Er macht sich Sorgen. Wir sollen uns um die Angelegenheit kümmern.«

»Ist nur zu Ihrem Besten«, sagte Wetzel. »Nicht dass da noch was passiert.«

Ungläubig überflog sie die Zeilen. Bedrohung für Leib und Leben, stand da, eine vorsorgliche Maßnahme, rund um die Uhr, gezeichnet: Grohé.

»Wir werden Sie nicht stören«, sagte Schröder.

»Ganz bestimmt nicht«, sagte Wetzel. »Wir wissen ja gar nicht, wie das geht. Stören, meine ich.«

»Weiß mein Mann davon?«, fragte sie.

»Ich bin sicher, er wird unsere Fürsorge zu schätzen wissen«, sagte Schröder.

»Auf jeden Fall«, sagte Wetzel.

Sie drängten sie zur Seite. Es war, als würden sie das Haus in Besitz nehmen. In ihren gestärkten Uniformen hing der süßliche Geruch nach Mottenkugeln, ihre Stiefel knarzten. Sie folgte ihnen ins Wohnzimmer. Die Dienstmützen hatten sie abgesetzt und unter den Arm geklemmt. Ihre Scheitel in den kurz geschnittenen Haaren über den ausrasierten Nacken waren wie mit dem Lineal gezogen. Neugierig sahen sie sich um. Die Möbel, der Flügel, die Bilder an den Wänden.

Die Bedeutung der Gegenstände interessierte sie nicht, sie rechneten aus, was das alles gekostet haben mochte. Sie sah ihnen an, was sie dachten: Wer so viel besitzt, der kann es nur gestohlen haben.

Wetzel sagte: »Dann werde ich mich mal eins höher umsehen.«

»Bitte«, sagte sie und spürte ein Beben in ihrer Stimme. »Das ist wirklich nicht nötig.«

»Das entscheiden nicht Sie.«

»Da oben sind meine Kinder.«

»Kinder lieben Uniformen.«

Er wandte sich der Treppe zu. Sein Schweißgeruch stieg ihr in die Nase, sauer und streng. Die Stiefelsohlen knallten auf die Stufen, das Holz knarrte unter seinem Gewicht.

Sie wollte ihm folgen, aber Schröder pfiff sie zurück. »Nicht doch, gnädige Frau, schön hierbleiben!«

Sie dachte: Ich hätte diese Männer niemals hereinlassen dürfen.

Ihr unangemeldetes Auftauchen, das Schreiben des Gauleiters, sie hatte sich überrumpeln lassen. Bislang war das Haus ein sicherer Ort gewesen, die Türschwelle eine Grenze. Unüberschreitbar für alles Braune dieser Welt. Jetzt war es damit vorbei. Mit ein paar Schritten hatten diese Kerle alles entweiht und zertreten, was ihr heilig war.

»Alles nur zu Ihrer Sicherheit«, sagte Schröder.

Angst machte sich in ihr breit. Sie stellte sich vor, wie Wetzel sich in diesem Moment vor ihren Kindern aufbaute, breitbeinig, die Daumen eingehakt in sein Koppel, und dabei verächtlich auf sie herabglotzte: Na, wen haben wir denn da?

»Spielen Sie?«, riss Schröder sie aus ihren Gedanken.

»Bitte?«, fragte sie.

»Klavier«, sagte er und deutete auf den Flügel.

»Wieso fragen Sie das?«

Er öffnete den Deckel, strich behutsam über die Tasten, schlug vorsichtig einen Ton an, dann einen zweiten, überraschend zärtlich, fast liebevoll, in seinen Augen ein versonnenes Leuchten.

»Als ich klein war, hatten wir auch eins«, sagte er. »So ein altes Ding, nichts Besonderes, aber immerhin. Mein Vater hat gespart, wo er konnte, irgendwann sollte ich Unterricht bekommen. Wurde nur leider nichts draus. Der Krieg kam, und er musste an die Front. Er kehrte nie zurück. Meine Mutter hat zuerst das Klavier verkauft und dann sich selbst. Aus der Traum!«

Brutal schlug er mit der flachen Hand auf die Tasten. Ein ohrenbetäubendes Dröhnen, das sie zusammenzucken ließ. Erschrocken schaute sie ihn an. Da war keine Weichheit mehr in seinem Gesicht, nur noch Abscheu und Wut.

»Warum erzählen Sie mir das?«, fragte sie.

»Wissen Sie, wer in diesem Land die Zeche zahlt?«, gab er zurück. »Sie nicht, immer bloß wir. Die von unten, der Abschaum, das Kanonenfutter. Aber jetzt gibt es endlich einen, der den Stall ausmistet. Jetzt wird der Spieß umgedreht. Ab jetzt zahlen Sie!«

Das Telefon klingelte. Einmal, zweimal. Sie starrte auf den Apparat aus Bakelit, das mit Stoff ummantelte Kabel. Sie konnte sich nicht rühren, ihre Arme und Beine waren wie gelähmt, sie verstand nicht, warum. Und vor ihr dieser unberechenbare Schröder, eben noch voller Hass, der sie jetzt belustigt ansah und ihre Verunsicherung ganz offensichtlich genoss.

»Wollen Sie nicht rangehen?«, fragte er. »Ist garantiert Ihr Mann.«

Sie zwang sich aus ihrer Erstarrung, nahm den Hörer von der Gabel. Ihre Hand zitterte. »Konrad?«

Er klang ruhig und gefasst, hatte sich vollkommen im Griff. Aber der Unterton in seiner Stimme verriet ihr, dass jemand bei ihm war, ein vom Gauleiter abgestellter SA-Mann oder Grohé selbst, der sich die Demütigung seines ärgsten Feindes nicht entgehen lassen wollte. Er sagte: »Mach dir keine Sorgen.« Sie dachte: Das alles ist ein abgekartetes Spiel. Er sagte: »Ich komme nach Hause.« Dann legte er auf.

Wetzel trampelte die Treppe herunter, die Arme weit von sich gestreckt. In seinen klobigen Händen, wie in einen Schraubstock gespannt, ihr weinender Sohn Georg.

»Ein echter Adenauer«, sagte er grinsend zu Schröder. »Sieht mich und pisst sich vor Freude in die Hosen.«

Sie wand ihm den Kleinen aus den Fingern, drückte ihn schützend an sich. Ihre Hand auf seinem Kinderrücken, sein tränennasses Gesicht an ihrem Hals, sie vergrub ihr Gesicht in seinen blonden Locken.

Mein Gott, wie erbärmlich!

»Was sagen Sie da?«, fragte Wetzel.

»Ich rede mit meinem Sohn, nicht mit Ihnen!«

»Dann ist ja gut.«

»Nichts ist gut! Sich an einem kleinen Kind zu vergreifen, nur weil Sie an den Vater nicht herankommen.«

»Kann mich auch gerne an Ihnen vergreifen, wenn Ihnen das lieber ist.«

»Wollen Sie mir drohen? Was glauben Sie, wer Sie sind?«

»Das, was Sie nicht mehr sind.«

»Was ich bin, werden Sie nie sein! Sie sind nichts weiter als die lächerliche Uniform, die Sie tragen. Und irgendwann kommt der Tag, an dem Sie bereuen werden, sie jemals angezogen zu haben.«

Georg in ihrem Arm war plötzlich ganz still. Sie wunderte sich über sich selbst. Als wäre in ihr ein Damm gebrochen. Keine Spur mehr von Angst. Stattdessen Entschlossenheit.

Ihr bezwingt mich nicht, ihr nicht!

»Sie stehen auf verdammt dünnem Eis«, sagte Schröder schneidend.

»Und Sie in meinem Haus«, entgegnete sie. »Auf einem Teppich, der keine Stiefel mag!«

Sie dachte: Das werden sie sich nicht gefallen lassen. Aber nichts geschah. Wortlos starrten die Männer sie an, ein stummes, minutenlanges Warten, bis sie endlich den Wagen vorfahren hörte, das Aufschließen der Haustür.

Dann stand er vor ihr, in Hut und Mantel, auf den Kappen seiner schwarzen Schuhe hereingetragener Schnee. Ein stummer Blick auf sie und seinen Sohn in ihren Armen – was macht der Junge hier? – und dann weiter zu den beiden SA-Männern, in seinen Augen eine Härte, die sie noch nie an ihm gesehen hatte.

Mit knappen Worten forderte er sie auf, die Koffer zu packen, für sich und die Kinder. Im nahe gelegenen Krankenhaus Hohenlind gebe es Gästewohnungen. Eine davon stehe für sie bereit, er habe mit der Leitung gesprochen, sein Chauffeur werde sie hinüberfahren.

Eine halbe Stunde später kletterten die Kinder in den bereitstehenden Wagen, während der Chauffeur das Gepäck in den Kofferraum lud. Als würde sie mit den Kindern in den Urlaub fahren, eine Reise in den Schnee, seit Langem geplant und herbeigesehnt. Der Gatte blieb zurück, er hatte zu arbeiten, vielleicht würde er nachkommen. Absurd, dachte sie.

»Wiedersehen, Gnädigste«, sagte Wetzel grinsend.

Und Schröder: »Keine Sorge, wir passen auf Ihren Mann auf.«

Sie trug den kleinen Georg auf dem Arm, die Strickmütze, die sie ihm aufgesetzt hatte, war zu groß und rutschte ihm über die Augen. Sie schob sie zurück. Er gluckste und wedelte mit seinen kleinen Händen.

»Bleib nicht hier, Konrad«, sagte sie. »Ich bitte dich.«

»Ich werde denen nicht mein Haus überlassen, Gussie. Besiegt werden kann man nur, wenn man sich besiegen lässt.«

Die Entschlossenheit in seinem Blick hatte etwas Endgültiges. Er hielt ihr die Tür auf, sie stieg ein. Er klopfte zweimal auf das Dach, der Wagen fuhr vorsichtig an, der Schnee knirschte unter den Rädern. Durch die Heckscheibe sah sie ihn dastehen, aufrecht und gerade, er hob seine Hand und winkte ihr zu, während sie dachte: Woher nimmt er bloß die Kraft?

19

»Die bevorstehende Wahl ist die einzige und letzte Hoffnung, das Schlimmste noch zu verhindern. Wenn sie verloren geht, werden sie Konrad aus dem Rathaus werfen. Und dann?«
Gussie Adenauer an Ferdinand Zinsser,
Köln, 10. März 1933

Am Samstag, einen Tag vor der Wahl, besuchte er sie in ihrem provisorischen Zuhause in Hohenlind. Die Kinder stürzten sich in seine Arme, bezwangen seine Unnahbarkeit, ein Knäuel aus Kleidern und Haaren, und mittendrin die schwarzen Ärmel seines Anzugs, die weißen Hemdmanschetten, die knochigen, feingliedrigen Hände. Er scherzte und lachte – wann hatte sie ihn das letzte Mal scherzen und lachen gehört? –, aber in seinen Augen las sie die Mühe, die ihm diese vorgetäuschte Sorglosigkeit bereitete, und sie wusste, dass es noch viel schlimmer stand, als sie befürchtet hatte.

Er schickte die Kinder hinaus. Schloss hinter ihnen die Tür. Wartete, bis aus dem Nebenzimmer ihre in ein Spiel vertieften Stimmen zu hören waren und er sicher sein konnte, dass sie nicht lauschten. Erst dann begann er zu erzählen.

In den letzten Tagen hatten sich die Ereignisse überschlagen. Vor dem Rathaus hatte sich eine Menge zusammengerottet und wütend seine Absetzung gefordert. Gauleiter Grohé war unangemeldet in seinem Amtszimmer aufgetaucht. Er hatte ein Fenster aufgerissen und lächelnd in das heraufdringende Grölen und Johlen hinein gesagt: Hören Sie das, Herr Adenauer? Das ist die Stimme des Volkes. Am Sonntag werden die Massen bekommen, was sie verlangen, und das Land, was es verdient. Und Sie werden nur noch Geschichte sein!

Er blickte sie an. Sie hatte ihn noch nie so mutlos gesehen. Aus dem Nebenzimmer drang das unbeschwerte Lachen der Kinder.

»Jeder Sturm geht vorüber«, sagte sie hilflos. »Früher oder später.«

Er schüttelte den Kopf. »Das ist kein Sturm, Gussie, das ist eine Lawine. Einmal losgetreten, kann man sie nicht mehr aufhalten.«

»Man kann versuchen, ihr zu entkommen.«

»Nur, wenn man am Rand steht. Nicht, wenn man sich mittendrin befindet.«

Sie schloss die Augen. Vor ihr eine riesige weiße Wand, die auf sie zurollte, schneller und immer schneller, begleitet von einem anschwellenden dumpfen Grollen. Um sie herum strahlendes Flirren, aufgewirbelte Schneekristalle, eisige Gischt. Eine Welle, die sie hochhob und mitriss. Reste von Licht, ein milchiges Schimmern. Ihr Körper, begraben unter Unmengen zusammengepressten Schnees, erstarrt in seiner letzten Bewegung, und dazu vollkommene Stille, ein alles umfassendes Schweigen.

»Konrad«, sagte sie.

Er strich ihr mit dem Handrücken über die Wange. »Wir werden uns eine Weile nicht sehen, Gussie.«

»Was soll das heißen?«

»Wenn ich die Dinge nicht regle, werden es andere tun. Auf ihre Art. Du weißt, was das bedeutet.«

»Und was wird aus uns? Aus den Kindern und mir?«

»Es ist für alles gesorgt. Euch wird nichts geschehen. Sie haben es allein auf mich abgesehen.«

Er wich ihrem Blick aus. Für ein paar Minuten hatte er sich ihr gegenüber geöffnet, jetzt war da wieder die gewohnte Fassade, die jeden Einblick verhinderte und keinen Widerspruch duldete.

Ein flüchtiger Kuss auf ihre Stirn, dann wandte er sich ab. Ihre Blicke folgten ihm, als er die Tür zum Nebenzimmer öffnete, um sich von den Kindern zu verabschieden.

Wut kroch in ihr hoch, der Drang, ihn zurückzuhalten. Lass mich nicht allein, Konrad, nicht jetzt und nicht so! Wenn er doch nur ein einziges Mal seinen Gefühlen folgen würde und nicht seinen Überzeugungen, diesem grauenhaften Gesetz der Pflicht oder dem, was er dafür hielt. Aber wäre er dann noch der Mann, den sie geheiratet hatte? Man kann Menschen nicht ändern, dachte sie niedergeschlagen, und schon gar nicht die, die man liebt.

Stunden später stand sie am Fenster und starrte in die Nacht hinaus. Der Schnee unter ihr glitzerte im Licht der Straßenlaternen.

Ihr Blick durchbohrte die Wände der gegenüberliegenden Häuser, überquerte Straßen, wanderte über Plätze und Parks, suchte sich einen Weg durch die Gassen der Innenstadt bis zum Rathaus und weiter die Treppen hinauf. Sie hörte seine Schritte auf dem gebohnerten Linoleum, folgte ihm durch die verwaisten Gänge, sah ihn im matten Schein einer Bürolampe an seinem Schreibtisch sitzen und Abschied nehmen von dem, was er so viele Jahre lang getan hatte für die Stadt, in der er geboren worden war. Das Gelungene und das Missglückte. Das, was bleiben würde, und das, was nie geworden war.

Sie wartete auf ihn, auch wenn sie wusste, dass er nicht kommen würde. Irgendwann schlief sie ein. Im Traum spürte sie seine Hand auf ihrer Schulter. Wortlos schmiegte sie sich an ihn. Es hieß, jeder Abschied sei ein kleiner Tod. Seiner war ein großer. Einer, den sie mit ihm starb.

20

> »So wünschen Deine Mutter und ich Dir zu Deinem Wiegenfest alles erdenklich Liebe und Gute. Mögen Dich alle Kraft und Gelassenheit dieser Welt begleiten auf dem schweren Weg, der vor Dir liegt.«
> *Ferdinand Zinsser an Gussie Adenauer,*
> *Tübingen, 4. Dezember 1947*

Sie schaffte es kaum, sich die Strümpfe überzustreifen und in das cremefarbene Kleid mit den aufgedruckten Rosen zu schlüpfen, das sie ausgewählt hatte, weil er es so sehr mochte. Mühsam tastete sie nach dem Reißverschluss auf ihrem Rücken, ihr Atem ein stoßweises Rasseln, die Schmerzen in ihren Armen beim Zuziehen unerträglich.

Sie trat vor den Spiegel und versuchte, ihre bleichen Wangen und die dunklen Ringe unter den Augen mit Puder zu überdecken. Sie tat es nicht für sich, sie tat es für ihn. Vor allem aber für die Kinder. Der letzte Geburtstag ihrer Mutter, sie sollten sie als schöne Frau in Erinnerung behalten.

Der Professor hatte es ihr nach der letzten Untersuchung erklärt. Er nannte es »Agranulozytose«. Sie brauchte mehrere Anläufe, um es richtig auszusprechen.

Er sagte: »Die Leukozyten in Ihrem Blut sind dramatisch vermindert.«

Als sie ihn nach der Ursache fragte, schwieg er. Sie sah ihm an, dass er ihr nicht zu nahetreten wollte. Er kannte ihre Geschichte, er wusste, was sie getan hatte.

Sie sagte: »Sie reden von meiner Haft?«

Er nickte. Dann sagte er, das Ganze sei auf eine Unverträglichkeit gegenüber bestimmten Medikamenten zurückzuführen, eine Nebenwirkung, die leider häufiger auftrete.

Sie sagte: »Sie meinen die Schmerzmittel, die ich genommen habe.«

Wieder nickte er. Man hätte damals sofort intervenieren müssen. Das Ausbleiben der Therapie habe zu einer Agranulozytose vom sogenannten Typ II geführt. Das Knochenmark sei betroffen. Es produziere zu wenig weiße Blutkörperchen, was die Abwehrkräfte gegen jede Art von Infektion massiv herabmindere, und in der Folge … Er beendete den Satz nicht. Sie verstand ihn auch so.

Sie sagte: »Mein Körper ist mir zum Feind geworden.«

Er sagte, so könne man es wohl ausdrücken, es tue ihm leid, aber das sei nun mal die Situation.

Sie fragte: »Und was folgt daraus?«

Er sagte: »Das Leben ist endlich, Frau Adenauer.«

Sie fragte: »Sie meinen, ich muss mich fügen?«

Und wieder er: »Es tut mir leid.«

Konrad hatte protestiert. Es müsse doch eine Möglichkeit geben. Der Professor sagte, man könne es mit einer Spende versuchen, der Zuführung von gesundem Knochenmark, allerdings rede man hier von ihren Kindern. Vorausgesetzt, der Bluttest liefere das benötigte Ergebnis.

Sie sagte: »Das möchte ich nicht.«

Konrad nahm ihre Hand und sah den Professor an: »Wir machen das!«

Der Bluttest ergab: Lotte und Libet kamen als Spenderinnen infrage.

Die beiden zögerten nicht. Sie verzogen keine Miene, als man ihnen das Mark mit einer Spritze aus den Knochen zog. Sie schluckten den Schmerz einfach hinunter.

»Das ist doch Wahnsinn«, sagte sie zu ihm.

Er erwiderte: »Das ist deine einzige Chance!«

Auch sie versuchte, den Schmerz hinunterzuschlucken. Es gelang ihr nicht. Tage des Wartens, das Hineinhorchen in ihren Körper, sie war hin und her gerissen. Widerstreitende Stimmen in ihrem Kopf. Die Hoffnung auf weitere Jahre an seiner Seite, der Wunsch, die Kinder zu begleiten, bis sie für sich selbst sorgen konnten, wenigstens das. Aber da war auch diese lähmende Müdigkeit, das Gefühl der völligen Erschöpfung, die wachsende Sehnsucht danach, den Kampf endlich aufzugeben. Und stand sie nicht längst mit einem Bein auf der anderen Seite? Sie konnte es in ihren Augen sehen, jedes Mal, wenn sie in den Spiegel blickte: Die Gussie von früher gab es nicht mehr. Sie selbst hatte sie in der Haft zurückgelassen.

Täglich nahm man ihr Blut ab, um die Zusammensetzung zu analysieren. Granulozyten, Lymphozyten, Monozyten. Neutrophil, basophil, eosinophil. Sie sah zu, wie das Blut in die Glaskolben der Spritzen gezogen wurde, und dachte: Wozu das alles?

Schließlich das Urteil. Sie las es im Gesicht des Professors, bevor er es aussprach: Die Behandlung hatte nicht angeschlagen.

Es klopfte an der Badezimmertür. »Kommst du?«, fragte er. »Die Kinder warten.«

»Ja«, sagte sie und klappte die Puderdose zu. Ein Aufschub, eine letzte Frist. Wenn es gutging, bis nach Weihnachten, vielleicht ein paar Tage mehr. So lange, wie ihre Kräfte es zuließen. Das, was von ihr noch übrig war, der winzige Rest.

Er nahm ihren Arm und führte sie die Treppe hinunter. Er ließ ihr die Zeit, die sie brauchte. Sie dachte: In allem, was er tut, liegt Würde. Sie hatte lange gebraucht, um das zu verstehen.

Am Anfang ihrer Ehe hatte sie ihn für starrsinnig gehalten. Das unbedingte Beharren auf seinen Überzeugungen, seine Skepsis allem Neuen gegenüber. Sie hatte um den Schwung ihrer Jugend gefürchtet. Als würde er ihr etwas wegnehmen. Erst später hatte sie begriffen, dass es ihm um die innere Haltung ging. Man musste sie nicht teilen, aber man kam nicht umhin, sie zu respektieren.

Am Fuß der Treppe hielt sie erschöpft inne. Sie hörte die Kinder tuscheln. Sie erwarteten sie im Wohnzimmer. Alle waren da, auch die Großen.

Als sie hereinkam, stimmten sie einen Kanon an. Erst Koko und Max, dann Ria, danach Lotte mit Paul und schließlich Libet mit Georg. »Viel Glück und viel Segen auf all deinen Wegen, Gesundheit und Frohsinn sei auch mit dabei.«

Georg setzte zu früh ein. Libet verdrehte die Augen – du versaust noch alles! Es dauerte, bis die beiden wieder im Gleichklang waren.

Ihre Kinder!

Koko, Max und Ria. Die Großen, die sie nie hatten spüren lassen, dass sie nicht ihre leibliche Mutter war. Die in ihren Herzen Platz geschaffen hatten für eine zweite Mama. Als wäre das selbstverständlich.

Libet, die für alles Verantwortung übernahm. Die immer schon da war, bevor man sie brauchte. Die sich kümmerte, ohne viel Aufhebens darum zu machen.

Lotte, die alles sah und mit sich herumtrug, tagelang, schweigend. Und dann eine Bemerkung machte, ganz unvermittelt, und die Dinge fügten sich wieder zusammen.

Paul, der angefangen hatte, Theologie zu studieren, so wie sein Onkel Hans, aber ohne dessen Leichtigkeit, still und nachdenklich wie sein Vater, den Kopf voller Fragen.

Und Georg, der Sonnenschein, das unbeschwerteste ihrer Kinder. Der beim Lachen staunte und in seiner Verträumtheit der Wirklichkeit ein Bein stellte.

Ihre sieben Kinder und dahinter, wie ein Schatten, das eine, das fehlte. Ferdinand, der nicht hatte groß werden dürfen und der doch immer dabei war.

Sie sah ihn, wenn sie die Augen schloss, sie spürte ihn im Schlaf. Sie sprach nie über ihn, aber sie sprach mit ihm, die stumme Zwiesprache einer Mutter mit ihrem toten Kind. Sie ließ sich von ihm trösten, er wärmte sie. Er streichelte sie mit seinen kleinen Händen und blickte sie mit seinen großen Kinderaugen an. Er war der Engel, der sie beschützte.

Unwillkürlich formte sie ihre Hände zu einer Kugel, so wie Ria es ihr vor vielen Jahren gezeigt hatte. Sie zog ihre Daumen zur Seite und spähte hinein. Sie dachte: Wie schön du bist!

»Mama?«, fragte Libet.

Sie sah auf. Der Gesang hatte aufgehört. Ein Moment der Stille, die erwartungsvollen Blicke der Kinder. Auch er schaute sie an, Tadel in seinem Blick, das stille Wissen um das, was in ihr vorging.

»Herzlichen Glückwunsch zum Geburtstag«, brach Lotte das Schweigen und umarmte sie. Die Großen taten es ihr nach, dann folgten Paul und Libet.

»Und ich?«, fragte Georg und drängte sich zwischen seinen Geschwistern zu ihr durch.

Sie war überwältigt, erfüllt von der Nähe ihrer Kinder. Wie gerne hätte sie diesen Moment festgehalten, hier und jetzt und für immer. Aber dann musste sie husten, ausgelöst durch den Druck der Umarmungen. Ihre Beine drohten unter ihr nachzugeben, die Innigkeit zerstob. Vorsichtig schoben die Kinder sie zu einem eilig herangezogenen Sessel, sie rang nach Luft, es dauerte, bis sich ihr Atem wieder beruhigt hatte.

»Ich danke euch«, sagte sie. »Ihr wisst nicht, was mir das bedeutet.«

»Klar wissen wir das«, sagte Georg. »Ich jedenfalls.«

»Klugscheißer«, sagte Libet. Und nach einem Blick in die vorwurfsvollen Augen ihres Vaters: »Also gut, ich nehme es zurück. Stimmen tut es trotzdem.«

Sie dachte: Sei nicht so streng mit ihnen, Konrad. Gib nicht an sie weiter, was dein Vater an dich weitergegeben hat. Gib ihnen, was sie verdienen. Sei stolz auf sie!

»Alles Liebe, Gussie«, sagte er und deutete auf den Tisch, auf dem eine Vase mit einem riesigen Strauß Rosen stand. Rot und duftend und wunderschön.

»Zweiundfünfzig«, sagte Paul.

»Für jedes Jahr eine«, sagte Lotte.

»Nicht leicht, die zu kriegen«, sagte Georg. »Schon gar nicht so viele.«

Sein Vater nahm eine der Blumen aus dem Strauß und reichte sie ihr. »Und eine zusätzlich«, sagte er mit jener Steifheit, die ihn immer dann überfiel, wenn er gerührt war. »Für alles andere.«

Sie strich über die Blüte, genoss den zarten Duft, spürte, wie die Blätter unter ihren Fingern nachgaben.

Ach, Konrad!

21

»Weißt Du noch, was ich Dir gesagt habe, als Du noch ein Kind warst? Es kommt nicht auf die Antworten an, sondern auf die richtigen Fragen. Vielleicht gilt das jetzt umso mehr.«
Ferdinand Zinsser an Gussie Adenauer,
Tübingen, 21. Februar 1948

»Bitte, Mama!«

»Ich will nicht.«

»Mach den Mund auf.«

»Das ist widerlich.«

»Du musst essen, und das weißt du.«

»Wer kocht so was?«

»Nur noch zwei Löffel.«

»Weißt du, warum sie es Diätkost nennen? Weil man es nicht herunterbekommt.«

»Ich werde nicht mit dir diskutieren! Zwei Löffel. Ob du willst oder nicht.«

Widerstrebend öffnet sie den Mund. Libet schiebt ihr den Löffel zwischen den Zähnen hindurch. Sie schluckt das Kartoffelpüree unzerkaut hinunter. Spürt, wie es an den Innenwänden ihrer Speiseröhre hinabrutscht, eine zähe, breiige Masse. Sie kommt sich vor wie ein kleines Kind. Sie denkt: Die Rollen haben sich vertauscht.

»Warum lachst du, Mama?«

»Ich weiß auch nicht«, sagt sie und fühlt sich plötzlich ganz elend.

Der Teller vor ihr ist noch immer halb voll. Sie ist dankbar, dass man sich um sie kümmert. Der Professor tut, was er kann, genau wie die junge Geli. Er und die Kinder, alle bemühen sich um sie. Was sie tun, tut ihr gut, aber es ändert nichts an ihrem Zustand. Sie weiß es, und die anderen wissen es auch. Sie schauen ihr beim Vergehen zu, so wie sie selbst sich dabei zuschaut.

Manchmal wünscht sie sich, dass niemand mehr kommt. Dass die Tür geschlossen bleibt. Dass man sie einfach nur so daliegen lässt, allein mit sich, in diesem Zimmer, das sie in diesem Leben nicht mehr verlassen wird. Es kommt ihr vor, als wäre sie die Einzige, die sich nicht vor dem Tod fürchtet. Vor dem Sterben vielleicht, aber nicht vor dem, was sie danach erwartet.

Je näher sie dem Ende kommt, desto jünger fühlt sie sich. Sie ist ein kleines Mädchen, das über einen Bergbach springt. Sie läuft einen schmalen Pfad entlang, durch blumenbestandene Wiesen, dem Gipfel entgegen. Sie geht voraus, mit leichtem Schritt, bisweilen hüpft sie vor Übermut.

Die anderen sind weit hinter ihr, sie können ihrem Tempo nicht folgen. Gelegentlich bleibt sie stehen und wendet sich um, damit sie aufschließen können. Aber der Abstand wird nicht kleiner, im Gegenteil, er nimmt immer weiter zu.

Da sind die Kinder, alle sieben. Dann Konrad. Er trägt einen schwarzen Anzug und einen Hut – warum nur, wo es doch so heiß ist. Sein Blick geht durch sie hindurch. Vielleicht liegt es daran, dass er in ihr nur ein fremdes kleines Mädchen sieht, nicht die Frau, die er kennt. Sie winkt ihm zu, er winkt nicht zurück. Anders ihr Vater. Lachend hebt er seine Hand. Seine Hand sagt: Lauf, Gussie, lauf. Umarme den Himmel und die Sonne. Schau hin und lauf und genieße jeden einzelnen Schritt. Ihre Mutter an seiner Seite hat nur Augen für ihre eigenen Füße, er muss sie stützen, damit sie nicht fällt.

»Noch einen letzten, komm!«

Libet zieht den Löffel erneut durch das Püree und hält ihn ihr vor den Mund. Der Ausdruck auf ihrem Gesicht gleicht dem ihres Vaters. Dieselbe Strenge und Unerbittlichkeit. So unterschiedlich die beiden auch sein mögen, so sehr gleichen sie einander.

Das alles erinnert sie an ihre Kindheit. Spinat und Karottenbrei. Die Ungeduld in den Augen ihrer Mutter. Ihre Spinnenfinger auf dem trotzig abgewendeten Kinderkopf. Das wütende Bemühen, ihre Weigerung zu brechen. Der ihr zwischen die Lippen gezwungene Löffel, eine nie verziehene Demütigung.

Sie schluckt das Püree widerwillig hinunter.

Libet stellt das Tablett mit dem Teller auf den Nachttisch, tupft ihr mit einer Serviette den Mund ab. »Du machst es einem wirklich nicht leicht, Mama.«

Was ist schon leicht?, denkt sie. Ihr Leben lang hat sie versucht, dem Schweren zu widerstehen. Der Traurigkeit in ihr, der Ungerechtigkeit um sie herum. Ein stetes Ringen, ein hin und her schwingendes Pendel. Du greifst danach, um seine Richtung zu ändern, aber du greifst immer ins Leere.

All die Kränkungen, die Missverständnisse. Das, was man nicht verzeihen kann. Das, was unausgesprochen bleibt. Die Zeit zerrinnt ihr zwischen den Fingern. Aber selbst wenn ihr mehr Zeit bliebe: Würde sie sie nutzen?

»Du musst mir etwas versprechen«, sagt sie.

»Mama!«, sagt Libet.

»Wenn ich nicht mehr bin …«

»Was redest du denn da?«

»Du musst dich um ihn kümmern.«

Libet starrt sie an, keinerlei Weichheit mehr in ihren Zügen.

Sie denkt: Als hätte ich ihr eine Ohrfeige versetzt.

»Obwohl du ihn kennst wie niemand sonst«, sagt Libet. »Obwohl du weißt, wie er ist.« Ihre Augen nehmen einen glasigen Ausdruck an. Ihr Blick wandert zum Fenster und aus dem Fenster hinaus ins Nirgendwo. »Ich hab mich immer vor ihm gefürchtet. Und nicht nur ich. Paul und Lotte auch. Und Georg besonders.«

Das Schlimme ist: Sie kann Libet verstehen. Sie sieht ihn vor sich, in seinem Arbeitszimmer in Rhöndorf, im Garten bei seinen Rosen, am Tisch beim Abendessen. Zur Untätigkeit verdammt. Sie sieht ihn, wie er die Kinder abfragt. Lateinische Deklinationen, mathematische Formeln, historische Daten. Die Härte in seiner Stimme, die Furcht in den Augen der Kinder.

»Du bist zu streng mit ihnen«, hört sie sich sagen. »So erreichst du nichts. Nur, dass sie Angst vor dir haben.«

»Das Leben ist ein ständiger Kampf.«

»Deines vielleicht, aber muss deshalb auch ihres einer sein?«

»Mein Vater hat mich nie geschont.«

»Vielleicht verdankst du deine dauernden Kopfschmerzen auch ihm.«

»Versündige dich nicht, Gussie!«

»Dasselbe könnte ich zu dir sagen.«

Sein Blick wie der eines waidwunden Tieres. Und sie, die in diesem Moment begreift, dass es Verletzungen gibt, die man unverheilt mit sich trägt, ein Leben lang.

»Er ist euer Vater«, sagt sie. »Er hat versucht, es gut zu machen. So gut er konnte. Auf seine Art.«

»Was soll das für eine Art sein, Mama, wenn die eigenen Kinder Angst haben?«

»Er braucht dich, Libet.«

»Warum ausgerechnet mich?«

»Du weißt, warum.«

»Ich weiß nicht, wieso er mich den anderen immer vorgezogen hat. Ich hab ihn nicht darum gebeten.«

»Er denkt, dass du ihm gleichst«, sagt sie. »Er erkennt sich in dir wieder.«

»Und du«, fragt Libet, »denkst du das auch?«

»Wir tragen unsere Eltern in uns«, sagt sie. »Ob wir wollen oder nicht.«

Sie sieht sich auf dem Schoß ihres Vaters sitzen, Bilder in einem Atlas, die Erde in ihrer Unermesslichkeit, wunderschön und unbegreiflich. Wir sind nicht die Krone der Schöpfung, hört sie ihn sagen, wir sind nur ein kleiner Teil davon, nicht besser oder schlechter als alle anderen Teile.

»Wir suchen uns unsere Eltern nicht aus.«

»Dich hab ich mir ausgesucht«, sagt Libet und malt mit dem Finger Muster in den Rest des Kartoffelpürees.

22

»Man denkt, es kann nicht schlimmer werden. Aber es wird jeden Tag schlimmer. Dieses Land ist uns verloren gegangen – und wir in ihm.«
Gussie Adenauer an Ferdinand Zinsser,
Köln, 10. Mai 1933

Als Kind hatte sie Zugreisen geliebt. Das Stampfen der Lokomotive, das Knarren der Waggons, das Rattern der Räder beim Überfahren der Gleisschwellen. Sie saß da, den Kopf an die Schulter des Vaters gelehnt, die Augen auf die vorbeiziehende Landschaft gerichtet, und die Welt war ein Wunder. Wo eben noch eine weite Ebene gewesen war, tauchten plötzlich Hügel auf, und schon im nächsten Moment verengte sich der Blick auf die vorbeihuschenden Schemen von Bäumen. Durch das Laubwerk blitzten Sonnenstrahlen, tanzende Lichtpunkte auf der Scheibe des Abteilfensters. Sie spielte mit ihnen, versuchte sie mit den Händen einzufangen. Es gelang ihr nie.

Wenn der Zug langsam fuhr, an einer Steigung oder einer engen Kurve, schob der Vater die Scheibe herunter. Der Wind in ihrem Gesicht, ihre Haare begannen zu flattern, die Mutter wandte sich ab, um ihre Frisur zu schützen.

»Bitte!«, sagte sie gereizt.

»Nur ein bisschen«, sagte der Vater, hielt die Hand aus

dem Fenster und forderte sie auf, es ihm gleichzutun. »Na los, Gussie!«

Gemeinsam ließen sie ihre ausgestreckten Finger durch die Luft segeln. Er zeigte ihr, wie sie mit winzigen Bewegungen ihre Hand im Wind absinken und wieder hochschnellen lassen konnte wie ein fliegendes Schiff auf einer unsichtbaren Welle.

»Ist das auch Chemie, Papa?«

»Nein«, erwiderte er mit einem Lächeln. »Das ist Physik.«

Die Welt war ein Wunder.

Ein längst vergangenes Leben, dachte sie jetzt, eine untergegangene Zeit, ihre Kindheit wie ausradiert. Sie stand am Kölner Hauptbahnhof und wartete auf den Zug nach Andernach. Ihre Kinder hatte sie in die Obhut einer Schwester aus dem Krankenhaus gegeben. Unter dem gläsernen Dach der riesigen Halle Schwaden von Rauch, die Luft angefüllt mit Rußpartikeln. Um sie herum der Trubel des Bahnsteigs, ein Aufeinanderprallen von Bildern, Tönen und Gerüchen. Reisende mit Taschen und Koffern, schwitzende Gepäckträger. Eine junge Mutter, ein quengelndes Kind an der Hand, der vorbeiziehende Duft ihres Parfums. Das Quietschen von Bremsen, das Zischen von Druckventilen, die Durchsagen aus Lautsprechern: Abfahrtszeiten, Zugrouten, Gleisangaben.

Die gleichen Menschen wie immer. Die gleichen Wünsche, die gleichen Nöte, der immer gleiche Ehrgeiz. Dass sie benutzt und betrogen wurden, kam ihnen nicht in den Sinn. Dass ihr Land nie wieder dasselbe sein würde, konnten sie sich nicht vorstellen.

Sie hingegen konnte es. Sie spürte es jeden Tag. Er hatte seine Ämter verloren, seine Bezüge waren eingefroren worden, das gemeinsame Haus beschlagnahmt. Schon seit Wochen harrte sie allein mit den Kindern in der engen Gästewohnung des Krankenhauses in Hohenlind aus, während er, der immer alles kontrolliert und geregelt hatte, in der Abgeschiedenheit einer Klosterzelle verzweifelt nach einem Ausweg suchte. Die Morddrohungen gegen ihn, der Schrecken, den die SA verbreitete, die Willkür, mit der sie vorging – er hatte nicht in Köln bleiben können.

Sie hatte sich noch nie so allein gefühlt. Die Zukunft war ein schwarzes Loch. Es war nur eine Frage der Zeit, wann die ersten Verhaftungen beginnen würden. Die Listen waren sicher schon erstellt. Auf Schreibmaschinen getippte Namen, alphabetisch geordnet, die Durchschläge nummeriert und an die entsprechenden Stellen verteilt, bereit, abgearbeitet und anschließend mit einem Haken versehen abgeheftet zu werden. Was, wenn auch sein Name draufstand? Oder ihrer. Am Ende würden die Kinder den Preis mitbezahlen müssen.

Sie malte es sich aus: ein Wagen, der vor dem Krankenhaus vorfuhr, Schritte auf der Treppe, ein Klopfen an der Tür. Zwei Kriminalbeamte, von denen nur einer redete, während der andere sie unaufhörlich musterte, ohne sein Gesicht zu verziehen. Eine freundliche Begrüßung, ein vorgezeigter Dienstausweis, die Stimme ruhig, aber nachdrücklich. Die Frage nach ihrem Namen, nur zur Bestätigung und um mögliche Missverständnisse auszuschließen. Danach die Aufforderung, ihn und seinen Kollegen auf die Dienststelle zu begleiten, es seien da ein paar Dinge zu klären und die eine oder andere Frage zu beantworten, nichts Weltbewegendes, reine Routine. Und schließlich – nach ihrer verzweifelten Bitte, die Befragung vor Ort durchzuführen, sie könne doch ihre Kinder nicht alleinlassen, der Jüngste sei noch keine zwei Jahre alt – die Aushändigung der schriftlichen Vorladung und der knappe Hinweis auf den Befehl seines Vorgesetzten, leider seien ihm und seinem Kollegen die Hände gebunden.

Unauffällig schaute sie sich um. Ein Mann mittleren Alters kam direkt auf sie zu. Dunkler Zweireiher, dezente Krawatte, den Mantel über dem Arm. Ihr Atem beschleunigte sich. Sie spürte, wie ihre Schultern nach vorne sackten, das Kaninchen vor der Schlange, der panische Wunsch, sich zu verstecken. Sie senkte den Blick, als könnte sie sich dadurch unsichtbar machen, zwang sich aber sofort dazu, den Kopf wieder zu heben und ihren Rücken durchzustrecken. Der Mann war jetzt ganz nah. Er sah sie direkt an. Sie zog die Mundwinkel nach oben. Der hilflose Versuch eines Lächelns, künstlich und falsch. Er nickte ihr freundlich zu. Sie nickte zurück und starrte auf seinen in der Menge verschwindenden Anzugrücken. Das Herz schlug ihr bis zum Hals.

Ihr Zug fuhr ein. Die gewaltigen Räder der Lokomotive mit den rot lackierten Rändern rollten an ihr vorüber, die ölig glänzenden Pleuelstangen, das Gewirr der Rohrleitungen auf dem schwarzen Kessel.

Sie suchte nach den Waggons der zweiten Klasse und stieg ein. Das Abteil war leer. Erleichtert nahm sie am Fenster Platz, atmete tief durch, genoss die Stille. Die vor der Scheibe vorbeihastenden Menschen kamen ihr vor wie

Figuren in einem Stummfilm, die Welt mit ihren Bedrohungen war einen Moment lang ausgesperrt.

Ein junger Mann betrat das Abteil, mit Hut und Staubmantel. Stumm setzte er sich ihr gegenüber, ohne sie eines Blickes zu würdigen. Seine braunen Schuhe waren ausgetreten und ungeputzt, die Schnürsenkel an den Enden ausgefranst. Unter seinen Fingernägeln schwarze Linien aus Dreck. Gedankenverloren blickte er hinaus auf den Bahnsteig, dann beugte er sich vor, die Ellenbogen auf die Knie gestützt, die Hände ineinander verschränkt. Er schien auf den Boden zu starren oder in sich hinein, sie konnte es nicht beurteilen, sie sah nur die Oberseite seines Hutes und darauf einen weißen Spritzer aus Vogelkot.

»Machen Sie das immer?«, fragte der Mann, ohne aufzuschauen.

»Bitte?«

»Fremde Leute anstarren.«

»Das war nicht meine Absicht«, sagte sie. »Es ist bloß …«

»Was?«

»Da oben auf Ihrem Hut«, sagte sie. »Nur, damit Sie nicht versehentlich hineinfassen.«

Ohne den Kopf zu heben, nahm er seinen Hut ab, musterte den Vogeldreck darauf, ließ ihn dann achtlos auf den Nebensitz fallen.

»Ich wollte Ihnen wirklich nicht zu nahetreten«, sagte sie.

Er antwortete nicht. Sein Blick ruhte weiter vor sich auf dem Boden oder seinen Schuhen, noch immer hatte er sie nicht angeschaut. Der Umschlag seiner Hose war hinten aufgerissen.

Ein Pfiff ertönte, die Kupplungen der Waggons zogen sich auseinander. Stampfend setzte sich der Zug in Bewegung, ließ die Bahnhofshalle hinter sich. Draußen vor dem Abteilfenster die vorbeiziehende Stadt. Graue Hinterhöfe, rußgeschwärzte Backsteinflächen, dazwischen weiße Flecken aufgehängter Wäsche.

Und vor ihr dieser undurchschaubare Mann. So, wie er aussah, schlecht genährt und abgerissen, konnte er sich ein Billett der zweiten Klasse gar nicht leisten. Und doch saß er hier, ihr gegenüber.

Wind schlug ihr ins Gesicht, das Fenster schloss nicht richtig. Durch einen kleinen Spalt am oberen Rand der Scheibe drang kalte Luft herein, vermischt mit dem beißenden Rauch der Lokomotive. Obwohl sie hätte frieren müssen, begann sie zu schwitzen. Plötzlich erfüllte sie Misstrauen, sie war machtlos dagegen.

»Entschuldigung«, sagte sie, »aber könnten Sie vielleicht …«

Sein Kopf schnellte nach oben. Er starrte sie an, als hätte sie ihn aus tiefen Gedanken gerissen. Sie musterte sein Gesicht. Schmale Wangen, die Nase ein Strich, in seinen wasserblauen Augen lag eine seltsame Verlorenheit.

»Es zieht«, sagte sie und deutete auf das Fenster. »Ich fürchte, ich habe nicht genug Kraft. Ich wäre Ihnen wirklich dankbar.«

Noch immer dieser verlorene Blick. Er stand auf und versuchte, das Fenster zu bewegen. Es schien sich verkeilt zu haben. Er musste es erst ruckelnd nach unten schieben, um es dann nach oben bewegen zu können. Wie eine auf dem Kopf stehende Guillotine.

Die Windgeräusche verschwanden.

»Danke«, sagte sie und zwang sich zu einem Lächeln.

Er reagierte nicht, setzte sich wieder auf seinen Platz und schwieg weiter.

Sie schaute hinaus. Anfang Mai, die letzten Tage der Aussaat auf den Rübenfeldern. Braune Erde, zu Kämmen aufgeworfen, dazwischen die gebückten Rücken von Frauen, in ihren Kittelschürzen das Saatgut, das sie mit den Händen in die Furchen drückten.

»Wohin fahren Sie?«, fragte sie.

»Warum interessiert Sie das?«

»Ich wollte nur höflich sein.«

»Nirgendwohin«, sagte er. »Oder irgendwohin, ganz wie Sie wollen.«

Warum diese merkwürdige Bemerkung, die einerseits eine Antwort auf ihre Frage war und doch vollkommen für sich stand? Nichts war ihr mehr geheuer. Nicht dieser Zug, nicht dieser undurchsichtige, wortkarge Mann. Aus den Augenwinkeln beobachtete sie, wie seine Hände in den Taschen seines Mantels zu wühlen begannen. Er zog einen Schreibblock und einen Bleistift heraus, notierte hastig etwas, einen Satz vielleicht, nicht mehr. Ein Moment des Innehaltens, dann erneut ein paar hingeworfene Worte.

Und plötzlich war da dieses untrügliche Gefühl, dass seine Notizen ihr galten, es konnte gar nicht anders sein. Das Schlagen ihres Herzens verband sich mit dem Rattern der Räder zu einem bedrohlichen Rhythmus.

»Was schreiben Sie da?«, fragte sie mit zitternder Stimme.

»Gar nichts«, sagte er und blickte aus dem Fenster. Bis

er nach einem sekundenlangen Schweigen vor sich hinsagte: »Denk ich an Deutschland in der Nacht, dann bin ich um den Schlaf gebracht.« Und zu ihr: »Kennen Sie das?«

»Heinrich Heine«, sagte sie.

Er nickte. »Vielleicht hat es ihn am Ende umgebracht in seinem Pariser Exil.«

»Was meinen Sie?«

»Dieses Deutschland«, sagte er.

Sie schaute ihn an. Er erwiderte ihren Blick. Ganz offen, ohne jeden Vorbehalt. Sie zögerte, noch immer voller Argwohn. War das eine Falle?

»Und Sie?«, fragte sie, »Denken Sie so wie er? Über das, was aus diesem Land geworden ist. Oder das, was ihm noch bevorsteht?«

»Ja«, sagte er. »Das tue ich.«

Sie nahm all ihren Mut zusammen. »Wissen Sie, was ich gedacht habe, als Sie sich vorhin dorthin gesetzt haben?«

»Auf welcher Seite ich stehe«, erwiderte er. »Ob ich einer von ihnen bin.« Er lächelte bekümmert. »Dabei hätten Sie merken können, dass ich's nicht bin.«

»Woran?«

Er deutete auf den Hut neben sich. »So was wäre denen nie passiert. Die sind viel zu eitel, um sich von einem Vogel auf den Kopf scheißen zu lassen.«

»Sie haben meine Frage nicht beantwortet.«

»Sie meinen, was ich da schreibe.«

»Ja.«

»Einen Brief.« Und wieder dieses bekümmerte Lächeln. »Einen, den ich nie abschicken werde.«

»Warum schreibt man einen Brief, wenn man ihn nicht abschickt?«

»Das frage ich mich jeden Tag.«

»Und trotzdem schreiben Sie ihn?«

»Ja«, sagte er. Bitternis machte sich in seinen Zügen breit. Er blätterte in seinem Block, das Papier raschelte beim Umschlagen der Seiten. »Festhalten, was man nicht festhalten kann«, sagte er leise. »Damit etwas übrigbleibt.« Und dann: »Ihr Name ist Sigrid.«

»Sigrid«, wiederholte sie.

Er nickte traurig. »Ich wollte mein Leben mit ihr verbringen. Ihr jüdischer Vater hat sie zu Verwandten nach New York geschickt. Für alle Fälle. Er glaubt nicht, dass sein Eisernes Kreuz am Ende helfen wird.«

»Und was glauben Sie?«

»Dass ich sie nicht wiedersehen werde.« Er versank erneut in Schweigen, schüttelte dann den Kopf: »Sie müssen verzeihen, ich wollte Sie nicht …«

»Warum fahren Sie ihr nicht hinterher?«, fragte sie.

»Wissen Sie, was so eine Überfahrt kostet?«

»Schleichen Sie sich an Bord.«

»Als blinder Passagier?«

»Sie wären nicht der erste.«

»Aber der erste mit Vogelscheiße auf dem Hut«, sagte er.

Ein schriller Pfiff ertönte, die Bremsen begannen zu quietschen. Der Zug fuhr in den Bonner Hauptbahnhof ein und kam schließlich mit einem Ruck zum Stehen.

»Hat mich gefreut«, sagte er, griff nach seinem Hut und zog die Abteiltür auf.

»Mich auch«, sagte sie.

Kurz darauf sah sie ihn ziellos über den Bahnsteig gehen, die Hände in den Taschen seines Mantels vergraben, ein einsamer, verzweifelter junger Mann auf dem Weg nach Nirgendwo.

23

»Jetzt ist er schon seit Wochen fort. Ich hätte nie gedacht, dass ich mich so allein fühlen könnte und dass es so schwer sein würde ohne ihn.«
Gussie Adenauer an Ferdinand Zinsser,
Köln, 16. Mai 1933

Die Sonne glitzerte auf dem Fluss. Frachtschiffe schoben sich durch die Wellen, weiße Gischt an schwarzen Rümpfen, am gegenüberliegenden Ufer die nackten Rebstöcke der Weinberge. Kahle Zweige über schieferfarbenem Grund, das zarte Grün der ersten Triebe.

Noch ein paar Minuten bis Andernach, sie war allein mit sich und ihren Gedanken, froh darüber, dass in Bonn niemand zugestiegen war, mit dem sie das Abteil hätte teilen müssen.

Vierzehn Jahre währte ihre Ehe schon. Der Weg, den sie bis hierhin an seiner Seite gegangen war, war kein leichter gewesen. Kein einziger Tag war leicht gewesen. Trotzdem hatte sie nie gezweifelt, nicht an ihm, nicht an sich selbst. Jetzt aber zweifelte sie. Hätte sie seinen Antrag damals nicht angenommen, wäre sie jetzt nicht in dieser unerträglichen Situation, voller Angst und Unsicherheit, in ständiger Sorge um das Wohl ihrer Kinder.

Sie spürte, wie sich ihre Hände zu Fäusten ballten. In ihr

hilflose Wut. Und Scham: Nicht er verriet sie, sie war dabei, ihn zu verraten!

In Gedanken redete sie mit ihm. Sie sagte: Vergib mir, Konrad! Er schaute sie an und nahm ihre Hand. Wenn er ihr einen Vorwurf machte, dann stumm. Ohne sich etwas anmerken zu lassen. Was schlimmer war, als die Dinge beim Namen zu nennen.

Der Zug erreichte den Bahnhof. Sie stieg aus und betrat die Halle. Erkundigte sich an einem der Fahrkartenschalter nach dem Postbus, ging nach draußen auf den Vorplatz. Die Gemächlichkeit einer Provinzstadt. Menschen mit Zeit und Muße. Kein Vergleich zu dem hastigen Treiben in Köln. Und niemand, der sie kannte. Sie war nichts weiter als eine anonyme Frau Ende dreißig mit einer kleinen ledernen Reisetasche in der Hand.

Ihre Schultern entspannten sich, die Angst wich. Dann saß sie im Bus, allein mit dem Fahrer. Das nagelnde Geräusch des Motors, das Krachen aus dem Getriebe, immer wenn er den Gang wechselte. Die Straße schlängelte sich durch Wiesen und Felder, den Hügeln der Eifel entgegen, bis auf der rechten Seite ein kleiner See auftauchte, vor Tausenden von Jahren entstanden aus dem Krater eines verloschenen Vulkans, und an seinem Südwestufer die Benediktinerabtei Maria Laach.

Der Abt und er hatten zusammen das Kölner Apostelgymnasium besucht. Aus dem Mitschüler Peter Herwegen war erst der Mönch Ildefons und schließlich der Klostervorsteher geworden. Er hatte keine Sekunde gezögert, seinen alten Schulfreund auf unbestimmte Zeit als »Bruder Konrad« aufzunehmen.

Sie folgte ihm durch den Kreuzgang. Er trug den schwarzen Habit der Benediktiner, eine knöchellange Kutte mit offener Kapuze, gehalten von einem geflochtenen Zingulum. Um seinem Hals hing eine großgliedrige Kette mit einem kunstvoll ziselierten Kreuz.

Mit jedem Schritt wurde ihr Atem ruhiger. Unter ihren Füßen uralte, von Hand behauene Steinplatten, ausgetreten und speckig glänzend. Die Mauern durchbrochen von Rundbögen, von Doppelsäulen gestützt, ein Spiel aus Schatten und Licht, in der Mitte ein plätschernder Brunnen, eine Schale aus Sandstein, getragen von vier steinernen Löwen.

Der Ort kam ihr vor wie ein Wunder, jenseits von Raum und Zeit, die Mitte der Welt. Und gleichzeitig wie aus der Welt gefallen, als besäße das, was jenseits der Abteimauern passierte, hier drinnen keine Gültigkeit.

Er fragte: »Sie waren noch nie in einem Kloster, oder?«

Sie fragte zurück: »Merkt man mir das an?«

Er lächelte. »Das Staunen in Ihren Augen hat Sie verraten.«

Sie schaute ihn an. Ein rundes, wohlgenährtes Gesicht, der Blick klar und offen. Die Ausstrahlung eines Menschen, der vieles erlebt hatte und mit sich im Reinen war.

»Geht es ihm gut?«, fragte sie.

»Was bedeutet gut?«, erwiderte er vieldeutig. »Man kann sich gut fühlen, aber nicht mit sich im Einklang sein. Oder man ist bei sich und akzeptiert die damit verbundenen Schmerzen. Was besser ist, muss jeder für sich selbst entscheiden.«

»Wer nimmt schon freiwillig Schmerzen auf sich?«

»Manchmal sind sie unvermeidlich.«

»Um zu sich zu finden?«

»Um sich selbst näherzukommen.«

»Ist er das denn nicht, sich selbst nah?«

»Sagen Sie es mir«, entgegnete er. »Sie sind mit ihm verheiratet.«

»Sie kennen ihn länger als ich.«

Er blieb stehen, legte die Hände auf die Mauerbrüstung, betrachtete versonnen den Springbrunnen, in dem der Wasserstrahl aufstieg und wieder zurückfiel in die moosbedeckte Schale.

»Kann man das wirklich?«, fragte er. »Einen Menschen kennen?«

In seinem Lächeln lag jetzt ein Hauch von Schwermut, die Erfahrung eines ganzen Lebens, das Wissen um das eigene Nichtwissen.

»Sind Sie deswegen ins Kloster gegangen?«, fragte sie. »Um sich selbst kennenzulernen?«

»Kommen Sie«, sagte er. »Er wartet auf Sie.«

Sie ließen den Kreuzgang hinter sich, erreichten eine Treppe, die zum Gästetrakt des Klosters führte. Schweigend folgte sie dem Abt die Stufen hinauf, während sie sich fragte, ob sie ihm zu nahegetreten war.

»Als ich jung war, wusste ich nicht, wer ich bin«, sagte er. »Ich war mir fremd, die Welt war mir fremd, ich zweifelte an allem. Vielleicht wollte ich Gott näherkommen, weil ich es nicht schaffte, den Menschen nahe zu sein.«

»Und sind Sie ihm nähergekommen?«

Er griff an das Kreuz auf seiner Brust. »Er war der Umweg, der mich zu mir selbst und dadurch zu den Menschen geführt hat.«

»Sie meinen: Das eine bedingt das andere. Weil Gott in allem ist und also auch in den Menschen.«

»Sie sind eine kluge Frau«, sagte er.

»Was wurde aus Ihren Zweifeln?«, fragte sie. »Sind die verschwunden?«

»Nein. Sie sind noch immer da. In jeder Sekunde. Aber sie quälen mich nicht mehr.«

»Wieso nicht?«

»Weil ich etwas Wesentliches verstanden habe: Wer nicht zweifelt, der kann nicht lieben. Und welchen Wert hätte das Leben ohne die Liebe?«

Gar keinen, dachte sie und fühlte sich schwach und armselig.

Plötzlich hatte sie Angst, ihm gegenüberzutreten. Der Gang vor ihr wie ein langer Schlund. Auf der rechten Seite eine endlose Reihe von Türen.

Vor einer von ihnen blieb der Abt stehen. »Sie schaffen das«, sagte er und wandte sich zum Gehen.

Dann war sie allein. Die Stille erdrückte sie. Dieser Ort war geschaffen worden, um Gott nahe zu sein. Aber noch nie hatte sie sich weiter entfernt von Gott gefühlt als hier. All die Psalmen und Bibelsprüche, die sie als Mädchen hatte auswendig lernen müssen, die Kirchenlieder, die sie voller Inbrunst gesungen hatte: *O Haupt voll Blut und Wunden. Bei dir, Jesu, will ich bleiben. Befiehl du deine Wege*. Die Gottesdienste ihrer Kindheit an der Seite ihres Vaters, ihr Kopf an seiner Schulter, der schwere Wollstoff seines Mantels an ihrer Wange. Dieses unersetzbare Gefühl von Geborgenheit. Später dann die mahnenden Worte des Pfarrers, als sie ihm mitteilte, dass sie konvertieren werde. Ein Abschied, den er als Verrat begriff. Damals hatte sie ihn verachtet, jetzt verachtete sie sich selbst.

Ein metallisches Geräusch ließ sie herumfahren. Die Tür hatte sich geöffnet, er stand im Rahmen, die rechte Hand noch auf der Klinke, hinter sich seine schlichte Zelle, eine Lampe warf Licht auf den kleinen, mit Papieren übersäten Tisch.

»Gussie«, sagte er leise. Und dann noch einmal: »Gussie.«

Sie schaute ihn mit feuchten Augen an, unfähig, etwas zu erwidern. Sein Anblick erschreckte sie. Zum ersten Mal bemerkte sie in seinen Zügen das beginnende Alter. Nur ein paar Wochen hatten sie einander nicht gesehen, aber er kam ihr noch hagerer vor als sonst, geradezu ausgemergelt in seinem schwarzen Anzug, der ihm um die knochigen Schultern hing. Der oberste Knopf seines Hemdes war geöffnet, in der linken Hand hielt er unbeholfen eine Krawatte.

Wie zwei Fremde standen sie sich gegenüber, reglos, einen Meter voneinander entfernt, nicht mehr. Ein kurzer Augenblick, der ihr vorkam wie eine Ewigkeit. Dann machte sie einen Schritt auf ihn zu, er legte seine Arme um sie, zog sie schüchtern an sich, ihr Kopf an seiner Brust, der vertraute Geruch, aber die Fremdheit zwischen ihnen blieb.

»Konrad«, flüsterte sie.

»Lass dich anschauen«, erwiderte er, schob sie sanft von sich und betrachtete sie, während sie dachte: Wie müde du aussiehst. Er zog ein Taschentuch aus seiner Hosentasche und tupfte ihr vorsichtig die Augen ab.

Sie klappte seinen Hemdkragen hoch, griff nach der Krawatte in seiner Hand, legte sie ihm um den Hals und begann sie zu binden.

»Entschuldige«, sagte er, »aber ich wusste nicht, wann du ankommen würdest.«

»Jetzt bin ich da«, sagte sie, schob das breite Ende der Krawatte durch den Knoten, klappte den Hemdkragen wieder um und zog die Kragenspitzen glatt. »Und du bist wieder du.«

Er führte sie durch den Klostergarten. Die Mönche betrieben Obstanbau, hatten Beete mit Kräutern und Gemüse angelegt. Dazu Rabatten mit Blumen. Anemonen, Narzissen, wilde Tulpen. Eine große Fläche voller Lavendel. Und Stauden, von denen einige schon in Blüte standen: Bergenien, Zwerg-Iris und Steinbrech. Ein kleines Paradies.

Über der Abtei strahlender Sonnenschein, ein blauer Fleck im Himmel, umgeben von einem Meer aus dunklen Wolken.

Sie sah ihn an. In seinem Gesicht eine Mischung aus Zorn und Verzweiflung, während er ihr den Ernst seiner Lage schilderte. Sie hatten die Massen gegen ihn aufgehetzt. Das war ihre Methode. Sie argumentierten mit dem Volkszorn. Die Rechte des Einzelnen gegen die Aufrechterhaltung der öffentlichen Ordnung. Er musste sich gegen seine unrechtmäßige Entlassung wehren. Es ging um die Fortzahlung seiner Bezüge und – wichtiger noch – um seine Pensionsansprüche.

»Ich werde nie wieder einen Posten bekommen, Gussie. Nirgendwo in diesem Land. Dafür werden sie sorgen. Aber ich habe eine Familie zu ernähren. Mir bleibt keine andere Wahl.«

Sie sah ihn vor sich, als kleinen Jungen, den Sohn eines preußischen Beamten, der sich hochgearbeitet hatte, der

Ehrgeiz und Pflichterfüllung in seine Kinder gepflanzt hatte, manchmal mit Worten, meistens mit dem Gürtel. Bis sein Drittgeborener das, was der Vater Tugend nannte, so tief verinnerlicht hatte, dass er es nie wieder infrage stellte. Nur manchmal schimmerte etwas von seinem ursprünglichen Wesen durch, in der Liebe zur Musik oder den Blumen, in seinem Lachen oder einer Geste unerwarteter Zärtlichkeit, ihr oder den Kindern gegenüber. Oft schien er sich selbst darüber zu wundern. Als hätte er nicht damit gerechnet, zu Gefühlen dieser Art überhaupt fähig zu sein.

Sie dachte: In Wahrheit kämpft er gegen die Verwüstungen seiner Kindheit an. Er ringt um sich selbst, um seinen innersten Kern. Das, was bleibt, wenn nichts anderes mehr übrig ist.

»Was, wenn du verlierst, Konrad?«

»Das werde ich nicht.«

Sie verließen das Klostergelände durch eine Pforte in der Umfassungsmauer, gingen hinunter zum See. Ein schmaler gerader Pfad, rechts und links Wiesen, vor ihnen das Wasser, dunkel und unergründlich.

Sie hatte geglaubt, dass die Begegnung mit ihm ihre Zweifel zerstreuen würde. Dass allein sein Anblick ausreichen würde, um ihre verlorene Selbstgewissheit zurückzugewinnen. Jetzt stellte sie erschrocken fest, dass das Gegenteil der Fall war. Ihre Verunsicherung hatte noch zugenommen. Sie fühlte sich zerrissen. Als würde eine Hälfte von ihr unermüdlich nach dem Trennenden zwischen ihnen suchen, während die andere sich verzweifelt bemühte, das Verbindende festzuhalten. Sie war die Frau an seiner Seite. Er erwartete von ihr, dass sie zu ihm hielt.

Stattdessen entfernte sie sich mit jedem Schritt weiter von ihm.

Er spürte, dass irgendetwas nicht stimmte, das merkte sie ihm an. Aber er sagte nichts dazu. Erkundigte sich stattdessen nach den Kindern, wollte wissen, wie sie mit der neuen Situation zurechtkamen. Sie redete ihre Sorgen klein. Von den Mädchen komme kein Wort des Jammerns, vor allem Libet sei ihr eine große Hilfe. Auch Paul halte sich tapfer. Und der kleine Georg kriege gar nicht mit, dass der Vater nicht zu Hause sei.

Sie hörte sich selbst beim Reden zu. Ihre Worte kamen ihr ebenso hohl vor wie seine. Ein leeres, sinnloses Geplapper. Das zwanghafte Gespräch zweier verzweifelter Menschen am See, die Fremdheit zwischen ihnen wie eine undurchdringliche Wand.

»Konrad«, sagte sie.

Er reagierte nicht, blickte unverwandt auf das Wasser vor sich oder vielleicht auch darüber hinaus, sie war sich nicht sicher. Aber es war ja auch gleichgültig, es änderte nichts. Die Oberfläche des Sees wurde von einer Windböe erfasst, kleine Wellen, in denen sich die Maisonne brach, während sie dachte: Wo bist du?

Sie sagte: »Ich denke die ganze Zeit nach, ich kann nicht damit aufhören. Es ist, als würden sich meine Gedanken selbstständig machen. Ich kann sie nicht kontrollieren. Und das, was ich denke … Ich schäme mich dafür.«

Er reagierte noch immer nicht, sein Gesicht starr, wie mit einer Wachsschicht überzogen. Mit den Händen fuhr er sich über den Kopf, um seine vom Wind durcheinandergebrachten Haare nach hinten zu streichen.

»Es fühlt sich an wie ein Verrat«, sagte sie. »An dir und an uns.«

Langsam wandte er ihr den Kopf zu und sah sie an. In seinem sonst so strengen Blick lagen Schmerz und Verletztheit. Sie dachte: Sag etwas, Konrad, egal, was, nur schweige jetzt nicht!

Aber genau das tat er.

Sie merkte, wie ihr Körper sich versteifte, ihre Lippen zu zittern begannen.

»Willst du gar nicht wissen, wovon ich rede?«, fragte sie mühsam beherrscht.

Er hob abwehrend eine Hand. »Tu das nicht, Gussie«, sagte er. »Du bist dabei, dich zu vergessen. Was einmal ausgesprochen ist, kann man nicht mehr zurücknehmen.«

»Und wenn ich gar nichts zurücknehmen will? Es geht hier um Gefühle, Konrad, selbst du hast welche! Aber sie sind dir nicht geheuer. Du denkst, du bist ihnen nicht gewachsen. Du fürchtest, von ihnen überwältigt zu werden. Dir graut vor dem Abgrund, der sich unter dir auftut, wenn du über den Rand schaust.«

Erschrocken über sich selbst hielt sie inne. Noch nie hatte sie so offen mit ihm gesprochen. Ihm war anzusehen, wie sehr ihre Worte ihn getroffen hatten. Seine Augen wanderten unruhig über den See, suchten nach Halt, fanden ihn nicht. Er tat ihr leid.

»Hast du je in deinen Abgrund geschaut, Gussie?«, fragte er leise.

»Ja, das habe ich.«

»Und was hast du gesehen?«

»Mich.«

»Mich«, wiederholte er, und es klang so, als meinte er sich selbst damit. Sie fragte sich, ob er überhaupt wusste, wer das war: er selbst.

»Ich weiß nicht, was passiert ist, Konrad«, sagte sie. »Aber die Dinge haben sich verändert.«

Sie wartete auf eine Reaktion von ihm, doch die blieb aus. In ihrem Kopf ein merkwürdiges Rauschen. Der Drang, endlich loszuwerden, was sie quälte. Die Furcht, ihn damit noch weiter von sich wegzutreiben. Oder war in Wahrheit sie es, die sich von ihm entfernte?

»Ich wollte dir immer eine gute Ehefrau sein«, fuhr sie fort. »Und es war ja auch immer alles klar, von Anfang an. Du hast die Richtung vorgegeben, du hast die Entscheidungen getroffen. Für dich, für mich und später für die Kinder. Ich habe das nie infrage gestellt, auch wenn ich oft nicht deiner Meinung war. Ich habe versucht, mich anzupassen. Ich habe die Rolle gespielt, die du für mich vorgesehen hast, immer gut gelaunt, immer lächelnd. Die Werksbesichtigungen, die Fabrikeinweihungen, die Karnevalssitzungen. Doktor Adenauer und seine fröhliche Gattin. Es fiel mir leicht, ich habe mich nie verstellen müssen. Aber jetzt könnte ich das nicht mehr. Ich bin nicht mehr die Frau, die du geheiratet hast.«

»Was willst du mir sagen, Gussie?«, unterbrach er sie gereizt. Und nahm ihr mit dieser Frage den ganzen Schwung. Plötzlich fühlte sie sich wie ein kleines Mädchen, zurechtgewiesen, gemaßregelt, kleingemacht.

»Das ist genau das«, sagte sie leise. »Du lässt mich reden, aber du sprichst nicht mit mir. Du hörst mir zu, aber meine Worte erreichen dich nicht. Deine Gespräche sind stumme Gespräche, die du mit dir selbst führst. Du lässt niemanden in deinen Kopf. Und am Ende fällst du deine Entscheidungen wie ein Richter seine Urteile. Einsam und unantastbar.«

Sie machte eine Pause, versuchte, in seinem Gesicht zu lesen, in diesen harten, verschlossenen Zügen. Es gelang ihr nicht. Sie dachte: Selbst wenn die Wand zwischen uns immer undurchdringlicher wird, es geht nicht anders!

Also sprach sie weiter. Erzählte von den Zweifeln, die sie auf der Zugfahrt überfallen hatten, und von dem grauenvollen Gefühl der Fremdheit, das an ihr nagte. Sie redete sich von der Seele, was sich über Jahre in ihr angestaut hatte, was sie heruntergeschluckt oder verschwiegen hatte.

»Glaubst du wirklich, ich sehe nicht, was mit dir los ist, Konrad? Ich will *mit* dir leben, nicht neben dir oder an dir vorbei. Alles, was du tust und entscheidest, betrifft auch mich und die Kinder. Vor uns liegt die Dunkelheit. Niemand weiß, wie schlimm es noch werden wird oder wie lange es dauert, aber wir werden das nur gemeinsam bewältigen können. Sonst wird uns dieser grauenvolle Hitler unser Leben stehlen. Dann hat er gewonnen. Willst du das?«

Sie wartete darauf, dass er sich abwenden und das Gespräch abbrechen würde. Dass er ohne jedes weitere Wort zurückginge in seine Klosterzelle, die Hände auf dem Rücken verschränkt, und sie allein am Ufer des Sees zurückließe.

Aber das geschah nicht. Stattdessen drehte er sich zu ihr um, nahm ihre Hände in die seinen und senkte den Blick.

»Wir sind, wer wir sind«, sagte er. »Das, was aus uns geworden ist. Wir suchen es uns nicht aus. Ich habe immer versucht, es so gut zu machen, wie ich kann. Es tut mir leid, wenn es nicht gut genug ist.«

Er hob den Kopf und schaute sie an. Was sie sah, berührte sie. Das war nicht der Mann, den sie kennengelernt hatte, nicht der, den sie gegen alle Widerstände geheiratet hatte. Der Mann, der jetzt vor ihr stand und ihre Hände hielt, war weich und offen, verletzlich wie ein kleines Kind.

Und dann sagte er leise: »Als Emma starb, bin ich mit ihr gestorben. Alles war vorbei. Dann traf ich dich, und seitdem lebe ich wieder.«

24

»Ihr habt eine Menge durchgemacht und durchgestanden, Du und Dein Mann. Hättet Ihr es besser machen können? Ich glaube, nicht.«
Ferdinand Zinsser an Gussie Adenauer,
Tübingen, 22. Februar 1948

Dieser unerwartete Moment damals am See, kostbar und rar. Und auf einmal waren alle Zweifel verflogen. Ein Fenster hatte sich geöffnet. Und auch, wenn es sich kurz darauf wieder schloss – was sie dahinter gesehen hatte, blieb.

Sie schaut hinaus in den Morgenhimmel, die im Stahlblau vorbeiziehenden Wolken, nur durch eine dünne Glasscheibe von ihr getrennt, ganz nah und doch endlos weit weg. An den Wänden ihres Zimmers der pastellfarbene Widerschein der aufgehenden Sonne – violett, rosarot, orange.

Das Licht entführt sie in eine andere Zeit, an einen anderen Ort. Sie sieht das Grand Hotel Chandolin vor sich, oberhalb eines kleinen Dorfes, zweitausend Meter über dem Meer. Sie riecht den Duft der Tannen und Lärchen, hört das Sirren der Sensen auf den Almwiesen. Sie denkt an die Sommerurlaube, die sie dort miteinander verbracht haben. Das morgendliche Aufwachen, die wohlige Wärme unter den schweren Daunenplumeaus. Die Spaziergänge, die sie nach dem Frühstück ins Dorf unternahmen, ihre Wanderungen hinauf zum Illhorn. Der weite Blick über das Val d'Anniviers, dahinter die Gipfel der Walliser Alpen – das Zinalrothorn, der Besso, die Dent Blanche. Verbummelte Nachmittage im Liegestuhl auf der Hotelterrasse, Plaudereien zwischen Büchern, hin- und hergeworfene Gedanken, gemeinsames Lachen.

Er war so anders als sonst, zu Scherzen aufgelegt, mit jedem Tag entspannten sich seine Züge mehr. Die abendlichen Diners im Speisesaal, beflissene Kellner, Serviertücher über den Armen. *Mais oui, Madame, bien sûr, Madame.* Das gleichzeitige Anheben der Speiseglocken, der Saibling hauchzart, die Sauce voll Raffinesse, und nach dem Dessert noch einen kleinen Kaffee. *Et voilà, Madame!*

Wir haben unser Paradies gehabt, denkt sie, es war uns nur nicht bewusst.

Es klopft an der Tür, Geli kommt herein, wünscht ihr einen guten Morgen. In den Händen hält sie frische Bettwäsche, gefaltet und gestärkt. »Ich müsste Ihr Bett neu beziehen«, sagt sie und legt die Wäsche auf den Tisch. »Meinen Sie, Sie schaffen es, aufzustehen?« Sie zieht den Sessel vom Fenster, schiebt ihn ans Bett. »Dauert auch nicht lange, nur ein paar Minuten.«

Irgendetwas stimmt nicht mit Geli. Der übliche Schwung fehlt, die Leichtigkeit. Ihr Ton ist ungewohnt nüchtern und sachlich, ihr Blick verschattet, die wunderschönen blonden Locken wirken stumpf und ohne jeden Glanz.

»Kommen Sie, ich helfe Ihnen«, sagt Geli, legt ihr die Arme um den Oberkörper, zieht sie zu sich heran, richtet sie auf. Sie schlägt die Bettdecke zurück, schiebt eine Hand unter ihre Beine und dreht sie zur Bettkante, bis die Füße ins Leere hängen.

»Alles gut?«, fragt Geli.

»Alles gut«, sagt sie, auch wenn gar nichts gut ist. Ihr Atem geht schwer und rasselnd, sie hat Mühe, das Gleichgewicht zu halten. Das Anspannen der Muskeln bereitet ihr Schmerzen.

»Auf drei«, sagt Geli. »Eins, zwei – und hoch.«

Einen Moment lang hängt sie in der Luft, dann berühren ihre Zehen den Boden, er ist kalt, ihre Knie geben nach, keine Kraft, nur diese eisige Kälte unter ihren nackten Fußsohlen, hilflos ringt sie nach Luft.

Gelis Kopf liegt an ihrem Hals, und plötzlich spürt sie Feuchtigkeit auf ihrer Haut. Geli hebt ihren Körper in den bereitstehenden Sessel. Sie versucht, zu Atem zu kommen, und fasst sich an den Hals. Auf ihrem Finger ein wässriger Tropfen. »Geli?«

Keine Reaktion. Gelis Blick ist starr auf ihre Hände gerichtet, den Bettbezug, das Kissen, das Laken.

»Was ist los?«

»Gar nichts«, sagt Geli. Ihr Körper sagt das Gegenteil. Sie wirft die abgezogene Wäsche auf den Boden, greift nach dem frischen Laken und faltet es auseinander.

»Warum weinen Sie?«

Geli antwortet nicht. Sie breitet das Laken aus, schlägt mit geübten Griffen die Ränder und Ecken unter die Matratze und beginnt die Bettdecke zu beziehen. Ihre Hände zittern, sie schafft es kaum, den Bezug zuzuknöpfen.

Ein Schweigen zwischen ihnen, das kein Ende zu finden scheint, das Rascheln des gestärkten Stoffs, dann ist Geli endlich fertig. Jetzt muss sie sich ihr zuwenden, um sie zurück ins Bett zu heben, aber noch immer bemüht sie sich, ihrem Blick auszuweichen.

Wieder schlingen sich die kräftigen Arme um ihren Oberkörper, wieder wird sie hochgehoben. Wieder kann sie kaum atmen, ihre Füße schleifen über den Boden, ein schmerzhaftes Knacken in der Hüfte, als sie die Matratze wieder unter sich spürt. Gelis Körper an ihrer Brust, eine weiche Wange an ihrem abgezehrten Gesicht, eine verlässliche Hand, die ihr unter den Nacken fährt und ihren Kopf vorsichtig auf dem Kissen ablegt.

Sie wartet darauf, dass sich Geli von ihr löst, aber deren Kopf bleibt neben dem ihren liegen, reglos, genau wie die Hände unter ihrem Nacken und Rücken. Ein sekundenlanges stummes Verharren, wie eine Umarmung, bis es aus Geli herausbricht. Sie schluchzt, erst leise, dann lauter, verzweifelt und haltlos.

Sie schiebt sich Gelis blonde Locken aus dem Gesicht, legt ihr die Hände auf die Schultern, versucht sie hochzudrücken. »Geli«, sagt sie behutsam, »Kind!«

Geli weint jetzt heftiger, also gibt sie ihren Versuch auf, streicht ihr stattdessen behutsam übers Haar. Bis das Weinen endlich nachlässt.

»Es tut mir leid«, sagt Geli. »Bitte entschuldigen Sie.«

»Es gibt nichts zu entschuldigen«, erwidert sie. »Manchmal muss man eben weinen.«

Geli richtet sich auf, schüttelt den Kopf, atmet tief durch. »Ich weiß auch nicht, was mit mir los ist. Es ist nur ... Ich komme mir vor wie ein Möbelstück, das man hin und her schiebt.«

»Wovon reden Sie?«

»Von Kurt.«

»Er schiebt Sie hin und her?«

»Nicht er. Seine Eltern. Sie wollen, dass ich nach der Hochzeit bei ihnen einziehe. Ich soll ihnen in der Gastwirtschaft helfen.«

»Und das wollen Sie nicht?«

»Ich bin Krankenschwester, keine Serviererin. Ich liebe meinen Beruf!«

»Aber dummerweise lieben Sie auch Kurt.«

Geli senkt den Blick, starrt auf ihre Hände. »Manchmal wünsche ich mir, es wäre nicht so. Ich kann doch nicht mein ganzes Leben für ihn aufgeben.«

»Will er das denn?«

»Er will keinen Streit mit seinen Eltern. Er hat Angst vor ihnen. Vor allem vor seiner Mutter.«

»Verstehen Sie sich mit ihr?«

»Sie denkt, ich nehme ihr den Sohn weg.«

»Und Sie?«

»Ich kann sie nicht leiden.«

»Weiß er das?«

»Er hat ein schlechtes Gewissen wegen ihr. Er sagt, sie hat sich immer krummgemacht für ihn. Der Krieg und so. War ja keine leichte Zeit. Er denkt, er schuldet ihr etwas.«

»Sie haben es ihm also nicht gesagt.«

»Nein.«

Sie stellt es sich vor: ein Nachmittag in der Gastwirtschaft der zukünftigen Schwiegereltern. Die Tische um sie herum sind leer, neben dem Tresen der Durchgang zur Küche. Pfannen und Töpfe, Schöpfkellen und Abtropfsiebe, alles ordentlich an seinem Platz. Über allem eine bleierne Stille. Ruhetag.

Die Mutter des Bräutigams führt das Wort, ihr Mann und ihr Sohn sitzen schweigend daneben. Unter dem Tisch hält Kurt die Hand seiner Braut, während seine Mutter ihr die Zukunft erklärt. Ein kleine Einliegerwohnung im Haus, zwei Zimmer, eine Küche gibt es nicht, wozu auch, dafür ein eigenes Bad. Junges Glück genügt sich selbst. Wer wenig braucht, kennt keine Unzufriedenheit. Wer zur Familie gehören will, muss sich eingliedern, mit anpacken, so eine Gastwirtschaft führt sich nicht von alleine. Im Sommer ist Saison, da wird es anstrengend, und im Winter kümmert man sich um die anfallenden Reparaturen. Ein hartes Leben, vielleicht, aber ein gutes Leben. Ehrliche Arbeit, und man weiß ja, wofür man es tut. Und dann wird hoffentlich bald ein Enkelkind auf dem Weg sein.

Sie schaut Geli an. Sieht ihr in die Augen, die versuchen, in allem das Gute zu sehen. Augen, die jetzt vor Kummer überfließen. Der innere Zwang, es allen recht zu machen, der heimliche Wunsch, die Erwartungen zu enttäuschen. Wie unglaublich schwer es doch ist, man selbst zu werden.

»Sind Sie wütend auf ihn?«

»Warum sollte ich wütend sein?«

»Weil er sich seiner Mutter nicht widersetzt.«

»Er kann das nicht.«

»Aber Sie hätten es gern.«

Geli will etwas erwidern, schafft es aber nicht. Hilflos schüttelt sie den Kopf, fasst sich an die Stirn, reibt sich mit den Fingern über ihre Schläfen. Gedanken, die sie sich nicht einzugestehen wagt, Grenzen, die sie nicht überwinden kann.

»Sie denken, Sie müssen das hinnehmen?«

»Ja.«

»Für ihn.«

»Ja.«

»Aber in Wahrheit wollen Sie das nicht.«

»Nein.«

»Wie alt sind Sie?«

»Im Juni werde ich vierundzwanzig.«

Vierundzwanzig, denkt sie. Als sie in Gelis Alter war, hat sie ihm das Jawort gegeben. In guten wie in schlechten Zeiten, ein Versprechen für den Rest ihres Lebens, ein ewiger Eid. Sie wäre nie auf die Idee gekommen, das alles zu hinterfragen. Sie war sich so sicher. Erst viel später, als sie gegen die Zweifel ankämpfte, die sie wie aus dem Nichts überfallen hatten, fragte sie sich, woher sie so viele Jahre zuvor diese Sicherheit genommen hatte.

Und doch hat sie dieses Versprechen durch ihr ganzes späteres Leben getragen, dieses winzige und doch so bedeutungsschwere Ja vor dem Altar einer katholischen Kirche in Köln.

Ihr Leben neigt sich dem Ende zu, und noch immer ist da so vieles, das sie nicht versteht. Entscheidungen, die sie getroffen hat, ohne zu begreifen, warum, fremde Entscheidungen, in die sie sich gefügt hat, ohne es zu wollen. Was ist der eigene Anteil an dem Weg, den man geht? An welcher Stelle biegt man ab und wohin?

»Sie müssen ihm sagen, was Sie wollen.«

»Warum sieht er nicht, was ich will?«

Weil er genauso gefangen ist wie du, denkt sie. Man sieht nur, was man sehen will. Bis man eines Tages aufwacht und nicht mehr weiß, wer man ist.

Eine Braut und ihr Bräutigam. Träume und Sehnsüchte, eine vorgestellte Welt.

Die Seifenblasen ihres Vaters kommen ihr in den Sinn, die Enttäuschung des kleinen Mädchens über ein zerplatztes Wunder. Er hatte ihr das Verhältnis zwischen Schönheit und Zerbrechlichkeit gezeigt. Ohne Worte, ohne jede Erklärung. Dass es unmöglich ist, die Dinge festzuhalten. Und dass in jedem Verlust der Kern von etwas Neuem liegt.

»Sie glauben, dass alles leicht sein muss«, sagt sie. »Und dass es falsch ist, wenn es nicht leicht ist. Aber das eine hat mit dem anderen nichts zu tun.«

Geli starrt sie an. Sie hört ihre Worte, aber sie versteht sie nicht. »Was meinen Sie damit?«

»Manchmal ist es leicht, miteinander zu reden, manchmal nicht. Wenn Sie nicht mit ihm reden, wird er nie erfahren, was Sie wollen. Und Sie werden nie erfahren, was er will.«

»Und wenn er etwas anderes will als ich?«

»Dann ist das so«, sagt sie. »Aber dann wissen Sie, woran Sie sind.«

Sie bemerkt die Enttäuschung in Gelis Augen, die Verunsicherung, die Angst. Es ist so leicht, anderen Ratschläge zu geben, denkt sie, und so schwer, denen der anderen zu folgen. Für sich selbst ist man ein blinder Fleck.

Sie erinnert sich an die Worte des Abtes, damals im Kreuzgang von Maria Laach, diese eine Frage, die sie in ihrem Kern getroffen hat: Kann man das wirklich, einen Menschen kennen? Nein, denkt sie, das kann man nicht. Am Ende bleibt alles rätselhaft, im Ungefähren.

»Es ist nicht einfach, einen Menschen zu finden, mit

dem man sein Leben teilen will«, sagt sie. »Und wenn man endlich einen gefunden hat, will man glauben, dass alles gut wird. Aber jeder Mensch ist ein Geheimnis. Sich selbst genauso wie den anderen. Man kommt sich nahe, und man entfernt sich voneinander. Man zweifelt an sich und am anderen. Wieder und immer wieder. Es gibt keine Sicherheit, Geli. Nur die Hoffnung und das Vertrauen, dass man es zusammen schon irgendwie hinkriegen wird.«

»Und wenn es schiefgeht?«

»Es gibt nur einen Weg, das herauszufinden.«

»Wollen Sie mir damit sagen, dass die Ehe nichts weiter als ein Versuch ist?«

»Das ganze Leben ist ein Versuch, Geli. Voller Irrtümer und Überraschungen. Ohne Anspruch auf Glück und ohne Schutz vor dem Unglück. Und erst am Ende kann man sagen, ob es gelungen ist.«

»Und wie ist das bei Ihnen?«, fragt Geli zaghaft. »Ist Ihr Leben gelungen?«

»Noch ist es ja nicht vorbei«, sagt sie und lächelt.

Auch Geli lächelt, nicht aus Verständnis, eher aus Unsicherheit. Sie steht auf, streicht ihre Schwesterntracht glatt. Dann hebt sie die abgezogene Bettwäsche vom Boden auf und stopft sie in den Kissenbezug.

»Ich lasse Sie dann mal allein«, sagt sie, geht zur Tür, drückt die Klinke hinunter – und hält mitten in der Bewegung inne. Sie wirkt so schüchtern wie ein kleines Mädchen. »Darf ich Sie noch etwas fragen?«

»Natürlich.«

»Ich liebe meinen Kurt«, sagt Geli schüchtern. »Ich liebe ihn wirklich. Aber reicht das aus, um mein ganzes Leben mit ihm zu verbringen?«

»Das kann ich Ihnen nicht sagen«, erwidert sie. »Das müssen Sie selber herausfinden. Und dabei kann Ihnen niemand helfen.«

25

»Heute sind sie gekommen und haben ihn mitgenommen. Einfach so. Ich habe so furchtbare Angst. Was, wenn er nicht zurückkommt?«
Gussie Adenauer an Ferdinand Zinsser,
Potsdam, 30. Juni 1934

Das Haus in der Augustastraße, der Eingang auf der Giebelseite. Gebaut auf märkischem Sand. Das Licht war anders als in ihrer Heimatstadt, alles war anders. Und doch fühlte sie sich an ihre Kindheit in der Haydnstraße erinnert. Die hohen Bäume zur Straße hin, die schattige Fassade. Die festen Mauern, die ihr das Gefühl gaben, beschützt zu sein, auch wenn sie wusste, dass das nur ein Trugbild war.

Er hatte den Mietvertrag für ein Jahr abgeschlossen. Nach Köln zurückzukehren wäre unmöglich gewesen. Das Haus in der Max-Bruch-Straße war noch immer beschlagnahmt. Und selbst wenn er ein anderes gefunden hätte: Sein Name war verbrannt, seine Anwesenheit wäre als Provokation gewertet worden, das Risiko, dass er in Schutzhaft genommen würde, war zu groß.

Nun also Potsdam. Eine Villengegend in Neubabelsberg. Durchatmen an einem fremden Ort, der Versuch, sich zu ordnen und neu anzufangen.

Für die Kinder war es ein einziges Abenteuer. Sie waren

froh, der engen Gästewohnung im Krankenhaus Hohenlind entkommen zu sein. Sie jagten die Treppen hinauf und wieder hinunter, erforschten die Etagen, stritten sich um die Zimmer.

Nach ein paar Tagen war es so, als hätten sie schon immer hier gewohnt. Es lag an dieser Fähigkeit, die nur Kinder haben, sich eine fremde Wirklichkeit zu eigen zu machen. Jeder Ecke, jedem Winkel eine ganz eigene Bedeutung zu geben, wie in einem geheimen Koordinatensystem, das nur von ihnen selbst zu entschlüsseln war. Sie hatten das Haus erobert, jetzt gehörte es ihnen.

Für sie war es anders. Sobald sie aus der Haustür trat, fühlte sie sich schutzlos, ein Blatt im Wind, ohne Richtung, ohne Ziel. Heimatlos.

Und er war wie ein König ohne Land. Zwar war das Dienststrafverfahren gegen ihn eingestellt worden, aber die Frage seiner Pensionsansprüche war weiter ungeklärt. Noch war Geld da, doch wie lange würde es reichen? Sein Vermögen schmolz dahin, Aussicht auf Einkünfte gab es nicht. Politisch konnte er sich nicht betätigen. Zur Untätigkeit verdammt, kümmerte er sich um den Garten, legte Blumenbeete an, beschnitt Sträucher, mähte den Rasen. Das war jetzt sein Reich: ein paar Hundert eingezäunte Quadratmeter.

Ein Leben wie unter einer Glasglocke. Kaltgestellt in einer ehemaligen preußischen Residenzstadt, ein fragiles Exil, jeder Tag ein Kampf um den Weiterbestand der inneren Haltung. Die ausgedehnte Korrespondenz mit Freunden und Gleichgesinnten, Briefe gegen die Verzweiflung, eine Flucht in beschriebenes Papier. Das einzige Fenster in die Welt waren die Zeitungen und das Radio, die täglichen

Nachrichten niederschmetternd. Das Wechselspiel der Meinungen war eingestellt, die öffentliche Debatte gleichgeschaltet, jegliche Kritik untersagt.

Den Kindern gegenüber gab sie sich fröhlich und unbeschwert, spielte Normalität vor, wo nichts normal war, schuf die Illusion eines beständigen Alltags, je gleichförmiger, desto besser.

Ihr Vater fehlte ihr. Er hatte ein Haus in Tübingen gekauft. Dort lebte er jetzt mit der Mutter, weit entfernt, wie auf einem anderen Stern, unerreichbar.

Der große Saal in der Berliner Philharmonie in der Bernburger Straße, das Konzert war ausverkauft. Sie saßen in der dritten Reihe, er hatte auf teuren Plätzen bestanden. Das Geflüster der Zuhörer um sie herum, raschelnde Kleidung, hier und da hustete jemand. Applaus setzte ein, als der Pianist die Bühne betrat, eine Hand auf den Flügel legte und sich verbeugte. Wilhelm Kempff, schlank und schmal, die braunen Haare nach hinten gekämmt, einer der Besten. Sie dachte: Was, wenn ich jetzt an seiner Stelle da oben stehen würde, in einem schulterfreien Abendkleid, eine Stradivari in der Hand oder eine Guarneri, ein Lächeln auf den Lippen, mit pochendem Herzen?

Sie betrachtete Kempff. Er strahlte Unerschütterlichkeit aus, eine ungeheure Konzentration. Bedächtig hob er seine Frackschöße an und setzte sich, ein Fuß ruhte auf dem Pedal. Er saß aufrecht, legte seine Hände auf die Tasten, sein ganzer Körper auf die bevorstehende Sonate ausgerichtet, im Kopf nur noch Noten und Klang, Melodiefolgen und Kadenzen, ein Verbinden und Einswerden mit dem Raum um ihn herum und den Menschen darin.

Das Geraschel verebbte, das Husten erstarb, bis der ganze Saal in vollkommener Stille dalag und er mit geschlossenen Augen zu spielen begann: Beethovens Klaviersonate Nr. 7, D-Dur, Opus 10, gewidmet der Gräfin Anna Margarete von Browne.

Der erste Satz ein Presto. Das Hauptthema, ein kurzes Übergangsthema, dann ein hinzukommendes Seitenthema, das eine aus dem anderen hervorgehend, von Beethoven auf Notenpapier geworfen, hastig, fiebrig, nur nichts vergessen, die Gedanken schneller als die Hände.

Auf den Tasten Kempffs Finger, die Bezüge herstellten, Verbindungen schufen. Ein wortloser Dialog mit der Musik und durch die Musik. Tonfolgen, Harmonien, der Wechsel vom Forte zum Piano und wieder zurück, ein geheimnisvoller Rhythmus in einer wundersamen Sprache. Ein Geben und Nehmen zwischen der Musik und dem Spielenden, ein unerklärlicher, aber spürbarer Austausch zwischen dem Pianisten und seinem Publikum.

Sie war überwältigt. Sie saß da, die Hände auf die Armlehnen gepresst, ihr war, als würde sie selbst spielen. Der Flügel wurde zu einer Violine, sie spürte, wie ihr Bogen über die Saiten strich, sie vernahm das Schwingen der Saiten.

Dann begann der zweite Satz, Largo e mesto in d-Moll. Der andere Beethoven. Weich und sanft. Das erste, choralartige Thema in Achteln vorangehend, immer wieder verminderte Septakkorde, das zweite wie ein Gesang und schließlich ein drittes Thema, von Vorhalten durchsetzt.

Und wieder war sie zugleich im Kopf des Komponisten und in dem des Pianisten, sie folgte Kempffs Fingern auf den Tasten, sah vor sich, wie die Filzköpfe der Hämmer die Saiten anschlugen, sich im Resonanzkörper des Flügels zu einem chorischen Miteinander verbanden, alles war Klang und Klarheit, Zartheit und Wucht, alles sprach und sang und strebte der Coda zu, ein chromatisches Hinaufstürmen ins Fortissimo und dann wieder zurück ins Pianissimo, sich auflösende Harmonien, suchende Töne, zögernde Stille, ein in seine Einzelteile zerlegtes Thema, Fragmente und Ganzes zugleich, und noch einmal ein Ton und wieder diese Stille, ein klagendes Ausatmen, ein langsames, ins Nichts gedehntes Verklingen.

Wenn Bach die Reinheit war, in Zwangsläufigkeit gegossenes Gefühl, der Zauber des Folgerichtigen, dann war Beethoven das große Zerbersten, die Dynamik der Unbändigkeit, die Magie des Unberechenbaren. Ein Auflehnen gegen die Welt um sich herum, ein Auflehnen gegen sich selbst. Und immer wieder diese Stille zwischen den Tönen, diese einzigartige, kostbare Stille.

Und aus der Stille heraus der dritte Satz. Ein dreiteiliges Menuetto statt des erwartbaren Scherzo. Eine einfache Melodie wie ein Kinderlied, ungekünstelt und leicht – warum dieses Lied und wer sang es? –, der Mittelteil wie eine Gegenstimme, eine abrupte Unterbrechung, und dann wieder, zum Ende hin, dieser wunderbare Gesang.

Wo hatte Beethoven diese Melodie gefunden, die sie mitten ins Herz traf? Alles lag darin, die ganze Welt. Unschuld und Sehnsucht, das Mögliche und das Unmögliche, das Ungefühlte, das Ungedachte, das Ungelebte – der unerfüllte große Traum.

Ihre Hände umklammerten die Lehnen, in ihr ein Sturm, ein Taumeln, seine Hand legte sich auf ihre, sie wandte sich ihm zu, er schaute sie an, er sah in sie hinein und durch sie hindurch, sie versuchte, seinem Blick standzuhalten, es gelang ihr nicht. Sie fühlte sich durchschaut. Aber da war auch dieser Wunsch, sich vor ihm zu verbergen. Lass mich allein, Konrad, dachte sie, zwing mich nicht, mich dir zu erklären!

Sie schloss die Augen. In ihr erklang, wie in einer Schleife, diese so erstaunlich einfache Melodie, und plötzlich wusste sie, wer da sang. Sie selbst war es, ein kleines Mädchen in einem weißen Kinderkleid, singend warf sie einen Stein und sprang auf einem Bein über Gehwegplatten, auf die mit Kreide Zahlen gemalt waren, Himmel und Hölle, sie durfte mit den Fußspitzen nicht die Fugen berühren, sonst war sie aus dem Spiel.

Der vierte Satz, dann eine weitere Sonate, sie bekam kaum etwas davon mit. Sie hörte daran vorbei, während in ihr das Menuett weiterklang, Bilder und Töne aus einer anderen Zeit, die vergangene Welt ihrer Kindheit.

Bis der Applaus sie zurückholte in die Wirklichkeit, das Zeichen zur Pause. Er nickte ihr zu, deutete auf ihre Hände, erst da klatschte sie mit, ihr Gesicht wie erstarrt, in ihr der drängende Wunsch zu fliehen.

Es dauerte ewig, bis sie in der aus dem Saal drängenden Menge das Foyer erreichten.

Sie sagte: »Ich bin gleich wieder da.«

Er fragte: »Wo willst du hin?«

Sie sagte: »Mich frischmachen.«

Er sagte: »Ich hole uns ein Glas Sekt.«

Sie rang sich ein Lächeln ab, ließ ihn stehen und bahnte sich durch die Menge hindurch den Weg zur Damentoilette.

Vor den Spiegeln standen Frauen in Abendgarderobe, die sich die Frisuren richteten und die Wangen puderten, Rouge auftrugen, den Lippenstift erneuerten, die jüngeren plaudernd und kichernd, die älteren mit routiniertem Ernst. Und alle legten diese künstliche Sorglosigkeit an den Tag, als hätte sich in diesem Land nicht das Geringste verändert.

Wie betäubt ging sie an ihnen vorbei, suchte eine freie Kabine, schloss sich ein und ließ sich auf den Deckel der Toilette fallen, erschöpft, verwirrt, den Tränen nah.

Und dann brach alles über ihr zusammen, inmitten der Geräusche um sie herum, den Wasserspülungen, dem Zuschlagen von Kabinentüren, dem Geplapper der Frauen. Ihr ungelebtes Leben, ihre andere Seite. Die ungestillte Sehnsucht, die durch ein Beethoven-Menuett wieder erwacht war, die ungespielte Musik in ihr, all das, auf das sie für ihn verzichtet hatte.

Es war wie ein zweiter Abschied, und diesmal ein endgültiger. Man kann nur ein Leben leben, dachte sie, auch wenn da noch so viele andere Leben in einem sind. Wenn man den Fehler macht, ihnen nachzuhasten, hat man am Ende gar nicht gelebt.

Und obwohl ihr das alles längst klar war und auch damals schon klar gewesen war, nahm ihr der Schmerz den Atem. Was sie fühlte und was sie dachte, passte nicht zusammen. Das Verstehen nützte ihr nichts. Selbst wenn das Verlorene nur vorgestellt war, wog es in diesem Moment schwerer als alles jemals Erlebte.

Und wenn doch eine Musikerin von Rang aus ihr geworden wäre, keine verbitterte Geigenlehrerin, sondern eine gefeierte Virtuosin? Ein verlockender Gedanke, so sinnlos er auch sein mochte. Aber würde sie sich eine solche Frage auch dann stellen, wenn dieses Land noch das alte wäre, wenn man ihn nicht aus dem Amt gejagt hätte, wenn sie weiter ein Leben in Wohlstand führen würde, zu Hause in der Max-Bruch-Straße, eine Köchin und ein Kindermädchen zu ihrer Verfügung, und sie ihre Kinder in vorbestimmten Bahnen erziehen könnte?

Und wenn das wirklich so war, wenn also nur die äußeren Umstände diese grauenhaften Zweifel in ihr hervorgerufen hatten und diese Zweifel damit nur Ausdruck ihrer inneren Schwäche waren, welches Recht besaß sie dann, in einer Toilettenkabine in der Berliner Philharmonie ihrem ungelebten Leben nachzuweinen?

Denn genau das tat sie: Sie weinte.

Eine Frau klopfte an ihre Kabinentür. »Alles in Ordnung mit Ihnen?«

»Ja«, gab sie mit tränenerstickter Stimme zurück. »Alles bestens.«

Ein Klingeln verkündete das nahe Ende der Pause, sie hörte, wie sich der Waschraum leerte. Sie wartete, bis alles still war, erst dann trat sie hinaus, wusch sich die Tränen aus dem Gesicht, tupfte Augen und Wangen mit einem Handtuch ab.

Die Hände auf das Waschbecken gestützt, stand sie da, den Blick auf den Spiegel vor sich gerichtet. Liebst du ihn?, fragten ihre Augen. Ja, dachte sie. Würdest du dich noch einmal für ihn entscheiden?, fragten ihre Augen. Ja, dachte sie und schämte sich für ihren Wankelmut. Und während die Pausenklingel erneut aus dem Foyer herüberschrillte und sie sich vom Spiegel abwandte, um zurück zu ihm zu gehen, der mit einem Glas Sekt auf sie wartete, schwor sie sich, denen, die ihr Land gestohlen hatten, nie wieder Macht über ihr Inneres einzuräumen, ganz egal, was passieren würde.

Es geschah nur wenige Tage später. Sie saßen beim Mittagessen in der Küche, die Kinder waren eben aus der Schule zurückgekommen. Irgendetwas musste dort vorgefallen sein, das sah sie ihnen an. Lotte war schweigsamer als sonst, Paul stocherte lustlos in seinem Essen herum. Nur Libet schien unbeeindruckt zu sein, sie besaß diese eigentümliche Fähigkeit, die Dinge an sich abperlen zu lassen.

»Was ist los?«, fragte sie.

»Nichts«, sagte Lotte.

»Paul?«

»Ist doch egal.«

»Sie hänseln uns«, sagte Libet.

»Wer?«, fragte sie.

»Die anderen.«

»Weil wir aus Köln kommen«, sagte Lotte leise. »Weil wir anders reden als sie.«

Er hatte bislang geschwiegen. Jetzt legte er Messer und Gabel ab. Die Kinder blickten ihn an. Seine rechte Hand spielte mit dem Serviettenring, drehte ihn hin und her.

»Anders zu reden, heißt nicht, schlechter zu reden«, sagte er.

»Sie machen sich über uns lustig«, sagte Paul.

»Als ob wir einen Sprachfehler hätten«, sagte Lotte.

»Vielleicht haben sie ja einen«, sagte er.

»Aber sie sind mehr als wir«, sagte Paul.

»Und deswegen haben sie recht?«, fragte er und schaute

seinen Sohn streng an. Auch wenn er es sich nicht anmerken ließ, spürte sie, dass ihm der Junge leidtat.

»Nein«, sagte Paul kleinlaut.

»Sie denken, dass sie recht haben«, erwiderte er. »Weil sie in der Mehrheit sind. Nur leider ist die Mehrheit eine dumme, verführbare Masse, die nichts weiter gelernt hat, als sich anzupassen. Die tut, was man ihr sagt, und dem blind folgt, der sich zu ihrem Führer aufgeschwungen hat.«

»Bitte, Konrad«, sagte sie.

Selbst wenn die Kinder ihn nicht verstanden – die arglose Wiederholung seiner Worte in der Schule würde ernste Schwierigkeiten heraufbeschwören.

»Ihr seid Kölner«, lenkte er ein. »Ihr kommt aus einer der ältesten Städte Deutschlands. Ihr solltet stolz darauf sein. Wer sich seiner Herkunft schämt, verrät sich am Ende selbst. Und meine Kinder verraten sich nicht. Niemals!«

»Nein«, sagte Paul.

»Nein«, sagte Lotte.

»Wann komme ich endlich in die Schule?«, fragte Georg.

»Dauert noch«, sagte sie.

Dann klingelte es.

Sie zuckte erschrocken zusammen. Etwas sagte ihr, dass das kein normales Klingeln war. Sein starrer Blick verriet ihr, dass es ihm auch so ging. Man spürt das Unheil, wenn es kommt, dachte sie, aber dann ist es schon zu spät.

Libet sprang auf, um zu öffnen, aber er hob Einhalt gebietend die Hand.

»Du bleibst sitzen«, sagte er. »Ihr bleibt alle sitzen!«

Es klingelte erneut.

Er nahm seine Serviette von den Knien, faltete sie zusammen und schob sie durch den Serviettenring. Er ließ sich Zeit dabei, versuchte sich zu sammeln, aber sie sah ihm an, dass ihm das nicht gelang. Die Farbe war aus seinem Gesicht gewichen, seine Hände zitterten. Er schob den Stuhl zurück und erhob sich.

»Konrad!«, sagte sie.

Er verließ die Küche, zog die Tür halb hinter sich zu.

Sie hörte ihn durch die Diele gehen, seine zögernden Schritte auf dem gefliesten Boden, das Öffnen der Haustür, dann eine fremde Stimme.

»Doktor Adenauer?«

»Ja.«

»Geboren 5. Januar 1876 in Köln?«

»Ja.«

Sie hörte das Knistern von Papier, das Überreichen und Auseinanderfalten eines Schreibens, dann Stille. Sie schaute zu den Kindern. Ihre Gesichter reglos, die Münder leicht geöffnet. Sie dachte: Als würden sie versuchen, sich durch ihr Schweigen unsichtbar zu machen. Sie spüren die Gefahr, aber sie verstehen sie nicht.

»Gussie!«, hörte sie ihn rufen.

Sie nickte den Kindern zu und ging hinaus in die Diele.

Er stand in der Haustür, mit dem Rücken zu ihr. Vor ihm auf der Eingangstreppe zwei Männer in den üblichen Staubmänteln der Gestapo, Bartschatten in den unbewegten Gesichtern. Beide trugen Hüte. Hinter ihnen auf der Straße wartete ein dunkler Mercedes, viertürig, mit laufendem Motor. Der Fahrer hatte die Scheibe heruntergelassen, seine Finger klopften gelangweilt auf die Leibung der Fahrertür.

Sie dachte: Jetzt kommen sie nicht mehr in Uniform, jetzt tragen sie Zivil. Und sehen genauso verkleidet aus wie vorher.

»Die Gattin, nehme ich an«, sagte der Gestapobeamte, dessen Stimme sie schon gehört hatte. Und zu ihr, einen Finger an der Hutkrempe: »Gnädige Frau.«

»Was ist hier los?«, fragte sie. Ihr Mund war ganz trocken, es kratzte im Hals, ihre Beine drohten nachzugeben.

Er wandte sich zu ihr um, dabei den Körper merkwürdig verdrehend, das Kinn nach oben gereckt. Das hilflose Ringen um Haltung, in seinen Augen Angst und unbändige Wut, doch seine Stimme klang ruhig und gelassen wie immer. »Sei so lieb und packe mir ein paar Sachen zusammen. Wäsche, Zahnbürste, Zahnpasta, du weißt schon.«

Sie starrte ihn an: »Heißt das ...?«

»Kein Grund, sich aufzuregen«, sagte der Gestapobeamte. »Eine reine Schutzmaßnahme.«

»Das nennen Sie Schutz?«, brach es aus ihr heraus. »Seit wann muss sich der Staat vor seinen eigenen Bürgern schützen? Und wer schützt die Bürger vor diesem Staat?«

»Bitte, Gussie«, sagte er, »du vergisst dich!«

»Fünf Minuten«, sagte der Gestapobeamte. »Sonst bleibt die Zahnbürste hier.«

Mein Gott, Konrad, dachte sie. Das Gefühl vollkommener Ohnmacht, ein schlagartig auf sie herabsinkender Nebel, sich auflösende Konturen. Sein schwarzer Anzug, die Gestapobeamten, der auf der Straße wartende Mercedes.

Sie wich zurück in den Flur, griff nach der Türklinke – nach oben, Kinder, sofort! –, ließ sie an sich vorbeigehen, folgte ihnen die Treppe hinauf, alles wie hinter einem

Schleier. Ihre fassungslosen Blicke, das Entsetzen in ihren Kinderaugen, während sie im Badezimmer seinen Kulturbeutel füllte, hinüber ins Schlafzimmer ging, eine kleine Reisetasche aus dem Schrank zog, frische Unterwäsche hineinstopfte. In der Tür die Kinder, die ihr weiter zuschauten, voller Unverständnis und Angst. Georgs Hände, die sich um Libets Oberarm krampften, Paul und Lotte reglos daneben, Bilder, die sie nie vergessen würde.

Ihre Schritte die Treppe hinunter, die eine Hand am Geländer, in der anderen die Reisetasche, schwer wie Blei. Seine Hand, die beim Überreichen der Tasche kaum merklich über ihre strich. Ein Kuss auf ihre Wange, eine letzte Berührung.

Ohnmächtig schaute sie ihm nach. Einer der Gestapobeamten öffnete die hintere Tür des Mercedes, bedeutete ihm einzusteigen, setzte sich zu ihm in den Fond, während der andere auf dem Beifahrersitz Platz nahm. Zuschlagende Türen, das Anfahren des Wagens, verklingende Motorengeräusche. Die heckengesäumten Vorgärten, ein Säuseln in den Baumkronen, Vogelgezwitscher, und ruhig und leer lag die Straße vor ihr, als wäre nichts geschehen.

Sie schloss die Haustür und starrte auf das dunkle Holz, die Maserung wie das Delta eines Flusses, auseinanderstrebende Linien ins Nirgendwo. Kinderfinger, die nach ihrer Hand griffen, schutzsuchend und tröstend zugleich. Und dann hörte sie Libets zögernde Stimme: »Wird er zurückkommen?«

Zwei Tage lang saß sie zu Hause und wartete auf Nachricht. Aus der Zeitung erfuhr sie von einem geplanten Putsch der SA, der dank dem tatkräftigen Einschreiten des

Führers vereitelt worden sei. Ernst Röhm, der Chef der SA, sei tot, die SA stehe vor ihrer Zerschlagung. Dann übertrug der Rundfunk eine Rede Hitlers aus dem Reichstag.

Wenn mir jemand den Vorwurf entgegenhält, weshalb wir nicht die ordentlichen Gerichte zur Aburteilung herangezogen hätten, dann kann ich ihm nur sagen: In dieser Stunde war ich verantwortlich für das Schicksal der deutschen Nation und damit des deutschen Volkes oberster Gerichtsherr.

Es war ihr unerträglich, seine verhasste Stimme zu hören. Sie schaltete das Radio aus. Des deutschen Volkes oberster Gerichtsherr, dachte sie. Fünf Worte, mit denen das Recht aufgehört hatte, Recht zu sein.

Sie begriff, dass die Verhaftung ihres Mannes Teil einer Säuberungswelle sein musste, aber ihre Anrufe bei der Gestapo blieben erfolglos. Man weigerte sich, ihr Auskunft zu erteilen, man riet ihr, sich in Geduld zu üben, man hielt sie hin. Was mit ihrem Mann geschehen sei, was man ihm vorwerfe, wo er sich aufhalte – all das liege in den Händen höherer Stellen, eine Benachrichtigung darüber könne zum jetzigen Zeitpunkt leider nicht erfolgen. Nicht einmal auf die Frage, ob er überhaupt noch am Leben sei, erhielt sie eine Antwort.

Sie rief Dora Pferdmenges an. Reden, um nicht schweigen zu müssen. »Was soll ich bloß machen, Dora?«

»Gar nichts.«

»Aber irgendetwas muss ich doch tun.«

»Du kannst nichts tun, nur abwarten.«

»Dieses Warten macht mich wahnsinnig.«
»Kümmere dich um die Kinder, sie brauchen dich.«
»Sie brauchen ihren Vater!«
»Er wird zurückkommen, Gussie.«
»Und wenn nicht?«

Für die Kinder war es schrecklich. In der Schule hatte sich die Verhaftung ihres Vaters wie ein Lauffeuer herumgesprochen, die Mitschüler behandelten sie wie Aussätzige, als Abkömmlinge eines Verbrechers, die Brut eines Kriminellen, denn wer verhaftet wurde, musste auch schuldig sein.

Sie sah, wie Lotte und Paul litten, nur Libet hielt sich aufrecht, stellte sich den Verleumdungen entgegen. Mein Mädchen, dachte sie, tapfere, starke Libet, Tochter deines Vaters.

Nach zwei Tagen, die ihr vorkamen wie Monate, drehte sich völlig überraschend ein Schlüssel in der Haustür. Sie hörte Libets hastige Schritte auf der Treppe, drei Stufen auf einmal nehmend, und dann ihren erlösenden Schrei: »Vater!«

Und da stand er, umringt von den Kindern, sie drückten sich an ihn, sie hielten sich fest an ihm, als wollten sie ihn nie wieder loslassen. Er rang sich ein Lächeln ab, strich ihnen unbeholfen übers Haar, die körperliche Nähe überforderte ihn. »Ist ja gut«, sagte er. Die Erschöpfung stand ihm ins Gesicht geschrieben.

Am Abend saßen sie auf der Terrasse, die Kinder schliefen längst, sie hielt seine Hand. Vor ihnen erstreckte sich der

Garten, friedlich und still, die Schatten der Bäume hoben sich schwarz gegen den Nachthimmel ab.

»Was haben die mit dir gemacht, Konrad?«

Er ließ sich Zeit mit der Antwort, seine Augen verschmolzen mit der Dunkelheit. Sie seien mit ihm in einen Wald gefahren, sagte er leise. Eine Stunde oder länger hätten sie ihn in dem Glauben gelassen, sie würden ihn erschießen. Er habe im Fond des Mercedes gesessen, bei laufendem Motor, und auf seinen Tod gewartet. Dann, ohne jede Erklärung, sei der Wagen wieder losgefahren. Kurz darauf habe er sich in einem Verhörzimmer in der Prinz-Albrecht-Straße wiedergefunden, später dann auf der Pritsche einer Kellerzelle, alles ohne jede Begründung.

»Warum tun die so was?«, fragte sie.

»Weil sie es können«, erwiderte er. »Und das Schlimme daran ist: Sie können es jederzeit wieder tun.«

26

»Dein Mann hat mich angerufen und mir von Deinem Zustand berichtet. In der ihm eigenen sachlichen Art. Kein Wort zu viel. Und doch war zu spüren, wie sehr er Dich liebt, Gussieken.«
Ferdinand Zinsser an Gussie Adenauer,
Tübingen, 23. Februar 1948

Sie hat die Augen geschlossen. Was sie anschaut, liegt hinter ihr. Das Ringen, die Kämpfe, das Glück und das Unglück. Sie läuft durch ihr Leben wie ein körperloser Gast. Sie hat sich selbst eingeladen. Und niemand hat sie aufgehalten.

Vielleicht lebt man nur, um sich anschließend erinnern zu können, denkt sie, als würde die Wirklichkeit unablässig Bilder erschaffen, die erst in den Träumen zu leben beginnen. Und manche sogar nur dort.

Etwas streicht über ihre Haut, ein sanfter Druck. Woher kommt diese plötzliche Wärme in ihrer Hand, die ihr den Arm hinaufströmt und sich ausbreitet bis in ihre Brust?

»Gussie«, hört sie eine Stimme sagen, und die Wärme in ihr explodiert.

»Papa«, sagt sie und öffnet die Augen. Und da ist er, sein Gesicht über ihr, er blickt sie an, der Himmel vor dem Fenster spiegelt sich in seiner goldgerahmten Brille.

Er sitzt neben ihrem Bett, hat eine Hand auf die ihre gelegt, sie sieht ihm an, wie sehr ihn ihr Anblick erschreckt, auch wenn er das nie aussprechen würde. Sie kann es ihm nachfühlen, es ginge ihr genauso, wenn sie jetzt an seiner Stelle wäre, und vor ihr läge eines ihrer Kinder, von der Krankheit zernagt, nur noch eine faltige Hülle, ein vergehender Schatten.

»Verrückt«, sagt sie.

»Was?«, fragt er.

»Dass die Tochter älter aussieht als der eigene Vater.«

»Gussie«, sagt er und schüttelt hilflos den Kopf. Nicht um zu leugnen, was sie gerade festgestellt hat, das kann er nicht, eher aus der Verzweiflung darüber, dass ihre Feststellung der Wahrheit entspricht.

»Ich habe mit dem Professor gesprochen«, sagt er.

»Dann weißt du ja alles«, erwidert sie.

»Es gibt immer Hoffnung«, sagt er.

»Das ist lieb von dir, Papa«, sagt sie, »aber darüber bin ich schon lange hinaus. Du bist doch selber Arzt, du weißt, wie die Dinge liegen.«

»Ja«, sagt er. »Natürlich.«

Er blickt sie schweigend an. Seine Augen ertrinken in Traurigkeit.

»Weißt du noch, was du mir damals beigebracht hast?«, sagt sie, um ihn aufzuheitern. »Alles nur Chemie. Und dazu ein bisschen Physik. Kraft und Gegenkraft. Muskeln und Gravitation.«

Er lächelt. Er kann nicht anders. Und für einen Moment sitzen sie wieder zusammen in seinem Arbeitszimmer, seine Brust an ihrem Rücken, er hält den schweren Atlas, und sie schaut staunend auf die Karte der Welt, diese ungeheuer weite Welt, umgeben vom Blau der Ozeane, so unendlich, dass es über den Rand der Seiten fließt und auf ihre Kinderfüße tropft.

»Wo ist denn Mama?«, fragt sie.

»Sie liegt im Bett«, sagt er. »Eine Bronchitis. Nicht dramatisch, aber wenn man nicht aufpasst, wird schnell eine Lungenentzündung draus. Und so eine lange Zugfahrt – man muss das Schicksal ja nicht herausfordern.«

»Nein«, sagt sie und ist froh, dass ihre Mutter nicht mitgekommen ist. Sie würde nur dasitzen und nichts sagen. Und wenn sie etwas sagen würde, wäre es nichts Gutes. Das Zimmer zu kalt, die Aussicht eine Zumutung und die Schwestern unfreundlich. Sie hat immer schon in allem nur das Schlechte gesehen. Als wäre es in sie eingebrannt. So wie das Gute in ihren Vater eingebrannt ist.

Er hat es an mich weitergegeben, denkt sie. Und wieder ist da ihre Kindheit. Das Haus in der Haydnstraße. Die strenge Stimme ihrer Mutter, die durch das Treppenhaus hallt, während sie die Küchenhilfe maßregelt. Das runde Fenster im Dachfirst, durch das sie sich in die Welt hinausträumt. Das ungeduldige Warten auf die Heimkehr des Vaters. Und schließlich seine starken Hände, mit denen er sie zur Begrüßung durch die Luft wirbelt. Hast du einen schönen Tag gehabt, mein Schatz?

»Sie hat mir einen Brief für dich mitgegeben«, sagt er und zieht einen Umschlag aus der Innentasche seines Jacketts. »Es war ihr wichtig.«

Schweres Papier, die Lasche nur hineingesteckt.

»Wärst du so lieb«, sagt sie und deutet auf den Nachttisch.

Er reicht ihr die Brille, sie setzt sie auf.

»Ich hab dich noch nie mit Brille gesehen«, sagt er.

»Und ich dich noch nie ohne«, erwidert sie.

Sie zieht den Brief aus dem Umschlag, faltet ihn auseinander. Zwei Bögen, eng beschrieben mit der eckigen Handschrift ihrer Mutter.

»Meine liebe Tochter«, liest sie und fragt sich, warum ihre Mutter sie nicht bei ihrem Namen nennt, und denkt an die jahrzehntelange Fremdheit zwischen ihnen, dieses ewige Zueinanderwollen und doch nicht Zueinanderkönnen. »Wie gerne hätte ich Dich noch einmal gesehen, und jetzt bleibt mir nur, Dir zu schreiben.«

Sie spürt den Blick ihres Vaters auf sich. Er würde gerne wissen, was die Mutter ihr geschrieben hat, denkt sie, dabei weiß er es doch, es betrifft ihn ja genauso wie sie, der Vater und seine Lieblingstochter, diese schwindelerregende Übereinstimmung im Denken und Fühlen, und die Mutter, die immer davorstand wie vor einer Wand.

»Wir haben es uns gegenseitig nie leichtgemacht«, liest sie und hört die Stimme, die ihr immer fremd geblieben ist. »Von Anfang an nicht, und natürlich, ich war die Mutter, und Du warst das Kind, und was kann ein Kind schon dafür? Wir waren unerreichbar füreinander, es tut weh, das so zu sagen, aber wie sollte ich es sonst sagen, so war es doch, und so ist es bis heute geblieben. Ich habe Dir beim Großwerden zugeschaut und mich bemüht. Genützt hat es nichts. Ich wünschte, ich könnte Dich anschauen, während ich Dir das alles sage, von Angesicht zu Angesicht, aber das geht ja nun leider nicht. Dein Vater lässt mich nicht aus dem Bett, und wahrscheinlich hat er recht damit. Ach, Kind, die Dinge sind nicht so leicht, wie sie sein könnten, und wir sind doch so viel komplizierter, als wir sein müssten. Wir können nicht über unseren Schatten springen, selbst wenn der Sprung nichts weiter wäre als ein kleiner Schritt. Deine Sturheit, die hast Du nicht von Deinem Vater, die hast Du von mir. Wenigstens etwas, auch wenn es nichts Gutes ist.«

Wenigstens etwas, wiederholt sie lautlos für sich. Und denkt, dass die Mutter sich in ihr wiederfinden will. Dass sie etwas weitergeben will von sich, selbst wenn es nichts Gutes ist, dass sie eine Verbundenheit herstellen will, wo keine ist und nie eine war, und dabei gar nicht versteht, dass sie mit ihren Worten die Fremdheit zwischen ihnen nur noch vertieft.

Und doch rührt sie die Hilflosigkeit an, die aus den Worten ihrer Mutter spricht. Dieser Wunsch zu reparieren, was nicht zu reparieren ist. Du kannst nichts dafür, schreibt sie über ihre Tochter und meint sich selbst damit. Als wäre das eigene Wesen nichts weiter als eine Fortschreibung, durch die Herkunft festgelegt, die Erziehung der Eltern, unabänderlich und unüberwindbar.

Aber so ist es nicht, Mama, denkt sie und sieht ihre eigenen Kinder vor sich, die so unterschiedlich waren und es noch immer sind, vom Tag ihrer Geburt an, obwohl sie dieselben Eltern haben. Wann fängt ein Ich an, Ich zu sein?

Sie schaut ihren Vater an, und aus dem Ich wird ein Wir. Er hat sie mehr geliebt als seine anderen Kinder. Würde sie ihn fragen, warum, er wüsste keine Antwort. Die Verbindung zwischen ihnen lässt sich nicht in Worte fassen. Liebe lässt sich nicht beschreiben.

Die Mutter hat das nie begriffen. Sie sah dieses Leuchten in den Augen ihrer Tochter, das nicht ihr galt, ebenso wenig wie der Stolz im Blick ihres Mannes, und ihr blieb nur der Neid.

»Ach, Kind«, liest sie weiter, »das Herz tut mir weh. Du liegst da in Deinem Bett und ich in meinem, so viele hundert Kilometer voneinander entfernt. Ich weiß nicht, ob wir uns in diesem Leben noch einmal sehen, ich wünsche es so sehr und fürchte es zugleich. Du hast mir immer übelgenommen, dass ich Deinen Heiratsplänen damals so skeptisch gegenüberstand. Ein Mann, kaum jünger als Dein eigener Vater, und auch noch Katholik. Und Du mit Deinem eigenen Kopf. Ich dachte, Du gibst Deinen Glauben auf und Dich selbst dazu und dass es nicht gutgehen könne. Und dass es eine Sünde ist. Verzeih mir, dass ich so mit Dir rede, aber es will und muss doch heraus.

Später dann, in der dunklen Zeit, dachte ich, jetzt reißt er Dich und die Kinder mit sich in den Abgrund. Und ist es nicht im Letzten so gekommen, auch wenn Du das alles überlebt hast? Und jetzt liegst du da und wirst immer weniger, und Deine alte Mutter muss hilflos zuschauen und kann nichts tun, als auf Gott zu vertrauen, dass er Dich trotz allem aufnehmen wird in sein Himmelreich.«

Was sie da liest, macht sie wütend. Der rechte Glauben. Als ob Gott die Protestanten an der himmlischen Pforte bevorzugen würde. Und wenn es gar kein Himmelreich gibt, Mama?

»Ich habe versucht, es so gut zu machen, wie ich konnte. Ich wünsche mir, dass auch Du das von Dir sagen kannst, wenn es so weit ist. Ich schließe meinen Brief in der Hoffnung, dass Du mir vergibst, was zu vergeben ist, und es zum Frieden kommt zwischen uns. Du bist ja und bleibst mein geliebtes Kind! Unser guter Gemeindepfarrer hier in Tübingen sprach in einer seiner letzten Predigten von der Gnade. Er zitierte aus dem Gedicht eines im letzten Kriegswinter hingerichteten Theologen, Dietrich Bonhoeffer: ›Von guten Mächten wunderbar geborgen, erwarten wir getrost, was kommen mag. Gott ist bei uns am Abend und am Morgen und ganz gewiss an jedem neuen Tag.‹ Diese Verse haben mich gewärmt, vielleicht geht es Dir genauso. Ich umarme Dich. In Liebe, Deine Mutter.«

Sie lässt den Brief sinken. Erst jetzt bemerkt sie, dass ihre Hände zittern.

Ihr Vater sieht es auch. »Sie liebt dich«, sagt er. »Auch wenn es nicht so scheint.«

»Ich sie doch auch«, sagt sie. »Nur eben auf andere Art.«

»Die Menschen sind verschieden, Gussie. Die einen können ihre Gefühle zeigen, die anderen nicht.«

»Hab ich mir Konrad deshalb ausgesucht?«, fragt sie.

»Das kannst nur du beantworten.«

Kann ich das wirklich?, denkt sie.

»Darf ich dich was fragen, Papa?«

»Natürlich.«

»Hast du jemals Zweifel an deiner Ehe gehabt?«

»Bitte, das ist kein Thema zwischen einem Vater und seiner Tochter.«

»Einer Sterbenden kann man alles sagen. Also, hast du?«

Er zögert mit der Antwort. »Das gehört wohl dazu.«

»Und wie hast du sie überwunden?«

Er lächelt. Mit diesem Wissen, das nur die Jahre bringen. »Man kann einen Menschen nicht ändern, Gussie.«

»Nein«, sagt sie. »Das kann man nicht.«

Er schaut sie liebevoll an. »Ein Rest von Fremdheit bleibt immer. Auch uns selbst gegenüber. Wir glauben, uns im anderen zu erkennen und den anderen in uns. Aber in Wahrheit erkennen wir immer nur ein kleines Stück. Von uns selbst genau wie vom anderen.«

»Danke, Papa.«

»Wofür?«

»Für dieses kleine Stück von dir.«

27

»Eine neue Umgebung, ein neues Haus. Man richtet sich ein, man passt sich an. Aber man schafft es nicht anzukommen. Immer fühlt man sich wie in der Fremde.«
Gussie Adenauer an Ferdinand Zinsser, Neubabelsberg, 5. Januar 1935

Der Wind zerrte an den Fensterläden, der Regen prasselte gegen die hölzernen Lamellen. Es war viel zu mild für die Jahreszeit, ein Januar ohne jeden Schnee und ohne Sonne, der Himmel ein ewiges Grau, dazu diese unablässige, kaum erträgliche Nässe.

Sie saßen beim Abendessen in der Küche. Die Kinder stritten sich um die Butter, den Käse, die Wurst. Er schwieg. Fuhr mit dem Messer durch seine mit Schinken belegte Brotscheibe, führte das abgeschnittene Stück mit der Gabel zum Mund, begann zu kauen, während sie dachte: Manieren um jeden Preis, Regeln und Rituale. Er hält sich daran fest, er beharrt darauf, er macht einfach weiter, als wäre nichts, als könnte er so seiner erzwungenen Tatenlosigkeit trotzen. Seine Verzweiflung offen zu zeigen, käme für ihn einer Kapitulation gleich.

»Heute sind es genau zwei Jahre«, sagte sie.

»Bitte?«, fragte er.

»Seit Hitler die Macht übernommen hat.«

Schweigen machte sich am Tisch breit. Er hob den Kopf, blickte sie vorwurfsvoll an. Er mochte es nicht, wenn sie vor den Kindern politische Themen ansprach. Wortlos wandte er sich wieder seinem Teller zu. Aber anstatt weiterzuessen, legte er Gabel und Messer beiseite, tupfte sich mit der Serviette den Mund ab und schaute mit einem Lächeln in die Runde. »Was haltet ihr davon, umzuziehen?«

»Umziehen?«, fragte sie überrascht. »Wohin denn?«

Er sagte, er habe Max vor Kurzem gebeten, sich in der alten Heimat umzusehen. Der Junge sei herumgefahren und habe ein Haus für sie gefunden. In Rhöndorf, gegenüber von Bonn. Nicht Köln, aber auch nicht weit weg. Gleich am Wald, direkt unterhalb vom Drachenfels, mit Blick über den Rhein. Es sei so günstig, dass man es sich leisten könne.

Die Kinder waren begeistert. So sehr sie das Haus in der Augustastraße auch liebten, so wenig waren sie in der neuen Umgebung heimisch geworden.

»Und passend zu Schorschs Einschulung ist es auch«, sagte er. »Da ersparen wir ihm einen späteren Wechsel.«

»Endlich Schule«, sagte Georg.

»Du weißt ja gar nicht, wovon du redest«, sagte Paul.

»Hör auf, ihm Angst zu machen«, sagte Lotte.

Georg schaute sie mit großen Augen an. »Wieso denn Angst?«

»Siehst du, jetzt fürchtet er sich«, sagte Lotte.

»Tut er doch gar nicht«, sagte Paul.

»Tu ich doch gar nicht«, sagte Georg.

Lotte sah Paul verächtlich an. »Sagst das ja eh nur, weil dich in der Schule keiner leiden kann.«

»Das stimmt nicht.«

»Stimmt wohl!«

»Vater!«, sagte Libet.

Er schlug mit der flachen Hand auf den Tisch. »Schluss jetzt!« Dann wandte er sich an sie: »Also, Gussie, was sagst du dazu?«

Sie sah sich mit Umzugsunternehmern verhandeln, um den Preis feilschen, Nachlässe herausschlagen. Sie sah sich Kisten packen, tagelang, mit Schwielen an den Fingern und schmerzendem Rücken. Sie fragte sich, welchen Sinn es machte, die eine Fremde gegen eine andere einzutauschen, von einem Provisorium ins nächste zu wechseln. Sie dachte: Er verändert die Kulisse, aber die Probleme löst er damit nicht.

Er sagte: »Ich habe dich etwas gefragt.«

»Entschuldige«, erwiderte sie und rang sich ein Lächeln ab. Und dachte: Er bittet seinen Sohn darum, ein Haus zu suchen, und sagt mir nichts davon. Er trifft Entscheidungen für sich und seine Familie und fragt mich nicht einmal. Als wäre es selbstverständlich, dass ich mich füge. In ihr regte sich Widerspruch. Aber dann dachte sie: Lass ihn! Nimm ihm nicht auch noch die Hoheit über das Letzte, was ihm geblieben ist – seine eigene Familie.

»Warum nicht«, sagte sie. »Eine gute Idee.«

Später im Bett lag sie schlaflos da und lauschte auf seinen Atem. Von draußen drang das Licht des Mondes herein, milchig und fahl. Er hatte ihr den Rücken zugedreht. Seine knochige Schulter im Schattenriss des Fensters wie ein schroffes Gebirge, ein schmaler Grat.

»Konrad?«, fragte sie in die Stille.

Er antwortete nicht.

»Ich bin so furchtbar müde«, sagte sie leise. »Du weißt nicht, wie sehr.«

28

»Jetzt also von der Stadt aufs Land. Das Haus ist entzückend, die Kinder fühlen sich wohl. Auch Konrad hält sich tapfer. Und doch ist mir das Herz schwer. Ich stehe im Garten und schaue über den Fluss hinüber auf mein geliebtes Köln – so nah und doch so unendlich weit entfernt.«
Gussie Adenauer an Ferdinand Zinsser,
Rhöndorf, 5. Mai 1935

Löwenburgstraße 76 in Rhöndorf. Der Blick nach Süden über das Rheintal, glitzerndes Wasser im Sonnenlicht, in der Ferne die ersten Weinberge. Schönheit, die wehtat. Auf der anderen Seite des Flusses lag Bonn und noch weiter nördlich, mehr Ahnung als klares Bild, ihre Heimatstadt, die Türme des Doms, so nah und so fern zugleich.

Nach außen gab sie sich unbekümmert und heiter, beim Gang zum Bäcker ebenso wie an der Theke in der Metzgerei, so wie sie es von ihm gelernt hatte, damals, als sie ihm bei seinen öffentlichen Auftritten zur Seite gestanden hatte – mein Gott, wie lange war das her? –, eine stets gut gelaunte, lachende Frau, immer zu Scherzen aufgelegt, nie um einen flotten Spruch verlegen. Eine zweite Haut.

In ihr das schleichende Gift des Misstrauens, vor den anderen, vor sich selbst. Dieser grauenhafte Zwang, sich immer und überall zu kontrollieren, die Sorge vor einer unbedachten Äußerung, das ständige Gefühl, sich verstecken zu müssen. Als ob es ein richtiges Leben im falschen geben könnte.

Anders als sie blühten die Kinder auf. Frühmorgens den Berg hinunter, die Mädchen in die Volksschule, Paul mit der Fähre über den Rhein nach Bad Godesberg zum Aloisiuskolleg. Um sie herum der vertraute rheinische Dialekt – hier fühlten sie sich wieder ganz heimisch. Am Nachmittag schwärmten sie aus in den Wald, den Vögeln lauschen und dem Wind in den Baumkronen. Durchs Unterholz streifen, geheime Pfade anlegen, versteckte Lager bauen. So unbeschwert hatte sie ihre Kinder schon lange nicht mehr erlebt.

Aus der Schule brachten sie die Welt mit nach Hause. Arglos und naiv.

Lotte erzählte vom Vater einer Mitschülerin, einem hohen Tier in der Kreisverwaltung der Partei, der seine Tochter angewiesen hatte, unter ihren Klassenkameradinnen Mitgliedsanträge für die Eltern zu verteilen. Und Pauls Geschichtslehrer, ein gewisser Doktor Brettschneider, hatte im Unterricht das Deutsche Reich mit dem Römischen Imperium verglichen und Hitler einen neuen Caesar genannt.

»Das müsst ihr euch mal vorstellen«, sagte Paul begeistert, und seine Wangen glühten. »Caesar, der größte Feldherr, den es je gab!«

Sie erkannte ihn nicht wieder. Ihr empfindsamer, nachdenklicher Sohn Paul, der seit einem Besuch bei seinem Vater in der Abtei Maria Laach davon träumte, Mönch zu werden, so sehr hatte ihn dieser Ort der Stille beeindruckt, der Schutz bot vor der Welt da draußen. Sie hatte darin die vorübergehende Schwärmerei eines einsamen, entwurzelten Kindes gesehen, aber er hatte daran festgehalten. Und jetzt das hier. Als hätte die Bemerkung seines Geschichtslehrers eine bislang unbekannte Seite in ihm geweckt. Diesen heimlichen Wunsch so vieler Jungen, ein Held zu sein, über sich hinauszuwachsen, Teil zu sein von etwas, das größer ist als man selbst. Diese versteckte Sehnsucht, dazuzugehören, sich einreihen zu dürfen als Gleicher unter Gleichen, nicht mehr anders zu sein als die anderen.

»Besser, du erzählst deinem Vater nichts davon«, sagte sie.

»Warum denn nicht?«, fragte Paul.

Sie sagte: »Das regt ihn nur unnötig auf.« Und dann: »Was wir zu Hause miteinander besprechen, hat da draußen nichts verloren. Nicht auf der Straße, nicht in der Schule.«

»In der Schule sind meine Freunde«, sagte Paul.

»Es gibt Dinge, die man selbst seinen Freunden besser nicht sagt.«

»Aber …«

»Du kapierst es einfach nicht, oder?«, mischte Lotte sich ein.

»Was kapier ich nicht?«

»Dass sie Vater im Visier haben. Dass sie nur darauf warten, ihm irgendwas anhängen zu können. Willst du, dass er wieder wegmuss?«

»Was haben denn meine Freunde damit zu tun?«

»Sie haben Eltern«, sagte Lotte.

»Na und?«

»Erklär du's ihm, Mama«, sagte Lotte.

»Manchmal sagt man Dinge, ohne nachzudenken«, sagte sie. »Ich will nur, dass ihr vorsichtig seid.«

Auf Pauls Gesicht breitete sich eine tiefe Traurigkeit aus. »Da ist es endlich mal schön, nicht so fremd wie vorher – und dann soll man die ganze Zeit aufpassen und vorsichtig sein? Und alles nur, weil wir Adenauer heißen!« Wütend sprang er auf und rannte hinaus, seine Schritte auf der Treppe wie Schläge in ihr Gesicht.

»Der beruhigt sich schon wieder«, sagte Lotte.

Sie nickte und dachte: Hoffentlich. Das neue Deutschland. Die Reihen fest geschlossen. Sie müssen gar nichts tun. Einfach nur abwarten, bis uns die Nerven durchgehen. Bis wir uns selbst zerfleischt haben. Eine Implosion ist genauso effektiv wie eine Explosion, man sieht sie nur nicht.

Paul saß in seinem Zimmer auf dem Boden, auf den Holzdielen vor ihm eine kleine Armee von Zinnsoldaten, bemalte Figuren, die er in Reihen angeordnet hatte, die vorderen kniend, die hinteren stehend, ihre Gewehre auf einen imaginären Feind gerichtet.

»Darf ich?«, fragte sie und setzte sich zu ihm. Sie dachte: Er will Mönch werden und spielt Krieg. Das Verlangen nach Klarheit und Eindeutigkeit, der Kampf des Guten gegen das Böse. Und natürlich wird das Böse besiegt. Aber wer besiegt das Böse, wenn es sich für das Gute ausgibt?

Aus einer Pappschachtel nahm Paul weitere Soldaten, die er in einer zweiten Linie aufbaute, einen neben dem anderen, die gegnerischen Truppen, blau-weiß-rote Uniformen, auch sie mit Gewehren im Anschlag, dann ein paar Kanonen und schließlich einen Offizier auf einem Schimmel, der einen Säbel in den Himmel streckte, während das Pferd unter ihm auf den Hinterhufen tänzelte. Das Zeichen zum Angriff.

»Wer ist das?«, fragte sie vorsichtig.

»Napoleon«, sagte Paul, ohne den Kopf zu heben, die Augen weiter auf den winzigen Reiter gerichtet. »Sieht man doch.«

»Und die anderen?«, fragte sie.

»Die Preußen«, sagte er. »Völkerschlacht bei Leipzig. Die Russen, Engländer und Österreicher fehlen noch. Die Schweden auch.«

Sie strich Paul behutsam über die blonden Haare. »Man kann sich seine Familie nicht aussuchen«, sagte sie. »Niemand kann das. Nicht mal Napoleon. Man hat die Eltern, die man hat, genau wie die Geschwister. Man muss mit ihnen klarkommen, ob man will oder nicht.«

»Ich will ja«, sagte er leise.

»Komm mal her«, erwiderte sie und zog ihn vorsichtig an sich. Er wehrte sich nicht. Sein Kopf an ihrer Brust, ihr Großer, vor Kurzem zwölf Jahre alt geworden und jetzt wie ein kleines Kind, das sie tröstend im Arm hielt.

»Warum ist das alles so?«, fragte er. »Was haben wir diesem blöden Hitler getan?«

»Nichts«, sagte sie.

»Warum verfolgt er Vater dann?«

»Weil Vater eine andere Meinung hat als er.«

»Warum ändert Vater seine Meinung nicht einfach?«

»Und dann?«, fragte sie.

»Dann kann er wieder Oberbürgermeister sein, und wir können zurück nach Köln.«

»Dafür müsste er seine Überzeugungen aufgeben. Alles, woran er glaubt.«

»Na und?«

»Könntest du das? Aufgeben, woran du glaubst?«

Paul schüttelte stumm den Kopf. Entsetzen in seinem Blick. Sein Glaube war ihm heilig. Sie wusste, dass er jetzt an Gott dachte und sich wie ein Verräter vorkam.

»Stell dir vor, einer deiner Klassenkameraden würde plötzlich behaupten, du seist kein Mensch, sondern ein Tier.«

»Was denn für ein Tier?«

»Zum Beispiel ein Hund. Was würdest du ihm sagen?«

»Dass er spinnt! Sieht doch jeder, dass ich kein Hund bin.«

»Und wenn er es einfach weiter behauptet?«

»Dann würde ich ihm eine reinhauen.«

»Und wenn er einfach dabei bleibt und die anderen aufstachelt und plötzlich alle sagen, dass du ein Hund bist?«

Er schaute sie an und schwieg. Das gleiche Schweigen wie das seines Vaters, die gleiche Skepsis in seinem durchdringenden Blick.

Sie fragte: »Verstehst du, was ich dir damit sagen will?«

Sein Körper in ihren Armen versteifte sich, sein Mund begann zu zittern, aber er schwieg weiter.

Sie sagte: »Du weißt, dass du ein Mensch bist und kein Hund, egal, was die anderen in dir sehen, was sie über dich denken oder behaupten. Was würde von dir übrigbleiben, wenn du anfangen würdest, auf allen vieren zu gehen und wie ein Hund zu bellen?«

»Ich würde aufhören, ein Mensch zu sein.«

»Wäre es das wert?«

»Nein«, flüsterte er.

»Siehst du«, sagte sie. »Und deshalb gibt dein Vater seine Meinung nicht auf. Weder für Herrn Hitler noch für irgendjemand sonst.«

Er nickte beschämt und stieß dabei mit dem Knie gegen die Armee vor sich. Der Napoleon auf seinem Schimmel fiel um.

Sie dachte: Mein Ältester, mein Großer. Sein schmächtiger Jungenkörper an ihrer Brust, sein Kopf in ihren Armen, seine blonden Haare, die nach Unschuld rochen. Ihre Kinder. Jedes war so anders als das andere, und in jedem steckte ein Stück ihres Vaters.

Wo war sie in ihnen?

29

»Es war so schön, bei Dir zu sein und Dich noch einmal in den Armen zu halten. Du wirst mir schrecklich fehlen. Auf dem Weg zurück im Zug dachte ich: Wir müssen alle unseren Frieden machen. Mit uns und der Welt. Mit den guten Dingen wie den schlechten – so gut es irgend geht.«
Ferdinand Zinsser an Gussie Adenauer,
Tübingen, 25. Februar 1948

Sie reist zurück in der Zeit. Sie hört ihre Kinder lachen und weinen. Sie verbindet ihnen die blutenden Knie, die sie sich beim Spielen aufgeschlagen haben. Sie legt ihnen feuchte Handtücher auf die Stirn, um ihr Fieber zu senken, sie lauscht den Geheimnissen, die sie ihr anvertrauen, sie schlichtet Streit, wenn sie sich in die Haare kriegen.

»Hör auf, deinen Bruder zu ärgern.«

»Schorsch hat angefangen!«

»Hab ich nicht!«

»Und jetzt lügt er auch noch!«

»Paul!«

»Was?«

»Du bist der Ältere.«

»Und er ist ein Lügner!«

»Bin ich nicht.«

»Bist du wohl!«

Sie hat ihnen die Erde erklärt und den Himmel. Sie wusste auf fast jede Frage eine Antwort. Und wenn sie keine Antwort wusste, hat sie ein Machtwort gesprochen. Sie hat sie beim Großwerden beobachtet und sich selbst beim Älterwerden. Sie denkt: Sie sind uns nur geliehen. Und fragt sich, woher dieser merkwürdige Wunsch kommt, nach dem eigenen Tod in ihnen weiterzuleben.

Sie sieht ihre Tochter Lotte vor sich, sie steht auf einem Hocker im Haus in der Max-Bruch-Straße, sie backen Plätzchen zusammen. Ihre kleinen Hände sind mehlbestäubt, sie ist noch keine sechs.

»Was willst du später mal werden, Lotte?«

»So wie du.«

»›So wie du‹ ist kein Beruf.«

»Was ist ein Beruf?«

»Das, was man arbeitet. Um für sich zu sorgen.«

»Du sorgst doch für mich.«

»Nicht für immer.«

»Warum nicht?«

»Irgendwann wirst du groß sein und eigene Kinder haben. Wer soll für sie sorgen, wenn nicht du?«

»Ich will nicht groß werden, Mama, niemals!«

Es tut ihr weh, an die Welt ihrer Kinder zu denken: die ständige Sorge vor der Verhaftung des Vaters, die Angst, die Familie könnte auseinandergerissen werden. Wo Unbeschwertheit und Unbekümmertheit hätten sein sollen, herrschten Vorsicht und Verschwiegenheit. Was zu Hause richtig war, galt draußen als falsch. Dabei wünschten sie sich doch nur, dazuzugehören.

Ein Herbsttag in Rhöndorf, die zehnjährige Libet, ein schluchzendes Etwas, den Kopf in einem Sofakissen vergraben.

»Warum weinst du, Libet?«

»Ich will nicht anders sein, Mama!«

»Wer sagt, dass du anders bist?«

»Alle. Die in der Schule. Auch die Lehrer.«

»Nur weil du Adenauer heißt?«

»Ja.«

»Glaubst du, sie haben recht?«

»Ich weiß nicht, irgendwie schon.«

»Jeder Mensch ist anders, Libet. Gott sei Dank! Stell dir vor, wir wären alle gleich. Wir würden alle dasselbe denken und sagen und fühlen. Wir würden uns zu Tode langweilen. Als würde die Welt stehenbleiben und aufhören sich zu drehen. Würdest du so leben wollen?«

»Nein, Mama.«

Ihre Kinder hatten keine Wahl. Sie konnten nichts für die Überzeugungen ihrer Eltern. Die Konsequenzen musste sie mittragen, ungefragt und ohne ihnen entrinnen zu können. Sie sind vor allem eins: Davongekommene. Und trotzdem: Was kann man seinen Kindern anderes mitgeben als das, was man ist?

Vor ein paar Tagen war Koko bei ihr. Sie dachte: wie ähnlich er seinem Vater ist. Dieselbe abwartende Zurückhaltung, dasselbe Unbehagen gegenüber den eigenen Gefühlen, dieselbe Umständlichkeit.

»Es gibt da etwas, das ich dir … bevor du … ich möchte dir danken.«

»Wofür?«

»Jeder Mensch hat eine Mutter. Nicht alle haben eine gute. Ich hatte zwei gute, eine im Himmel und eine auf der Erde.«

Die Art, wie er sie dabei angeschaut hat. Sie hätte losheulen mögen.

Als sie jung war, glaubte sie an die Macht der eigenen Entscheidungen. Freiheit hieß, das Schicksal selbst zu bestimmen. Jetzt ist sie sich nicht mehr sicher. Sie denkt: Wir folgen einem unbewussten Plan. Manche nennen es Bestimmung, andere nennen es Gott. Sie weiß nicht, wie sie es nennen soll.

Sie und er, eine Frau und ihr Mann. Sie sind einander gefolgt. Wer von ihnen hat den Weg bestimmt?

Sie denkt: Man geht aufeinander zu und treibt voneinander weg. Man spricht miteinander und redet aneinander vorbei. Jedes Gespräch ist nur eine Mutmaßung. Was man sagt, ist nicht das, was man meint, und was man hört, ist nicht das, was gesagt wurde. Je klarer ein Gedanke, desto unklarer der nächste. Jeder Versuch eines Verstehens birgt die Möglichkeit des Scheiterns in sich. Nicht einmal die Liebe schützt vor Missverständnissen.

Wenn sie an ihre Kindheit denkt, sieht sie nur sich selbst und ihren Vater. Ihre Mutter kommt in dem Bild nicht vor. Aber sie war da, die ganze Zeit.

Noch nie wusste sie so wenig wie jetzt, da das Band zwischen ihrem Leben und dem Tod mit jedem Tag dünner wird. Die Gewissheiten schwinden. Aber vielleicht liegt die Freiheit ja gerade darin: sich von den Gewissheiten zu verabschieden und nichts mehr zu wissen.

30

»Hört das denn nie auf, Papa? Wie soll man leben, wenn man sich ständig fragen muss: Was werden sie uns als Nächstes antun?«
Gussie Adenauer an Ferdinand Zinsser, Rhöndorf, 11. Juli 1935

Sie hatte so sehr auf ein Durchatmen gehofft, aber die Schikanen gingen weiter. Die Gestapo beobachtete jeden seiner Schritte und damit auch die seiner Familie. Anweisung von ganz oben.

Die Schatten waren immer da. Zu Fuß, in angemessenem Abstand, die Mantelkrägen hochgeschlagen, die Hutkrempen tief in die Stirn gezogen, oder in parkenden Autos, alles im Blick. An der Menge der auf dem Bordstein liegenden Zigarettenstummel ließ sich ablesen, wie lange sie schon dasaßen.

Sie goss sich in der Küche eine Tasse Kaffee ein und schaute hinaus zu dem Mann in dem dunklen Mercedes. Eines dieser ausdruckslosen Allerweltsgesichter, die man im Vorbeilaufen niemals wahrnehmen würde. Sie stellte sich vor, wie er jede ihrer Bewegungen und die entsprechenden Uhrzeiten mit Bleistift auf seinem Notizblock festhielt.

9.10 Uhr: Frau A. verlässt das Haus.
11.02 Uhr: Frau A. kehrt zurück (Tragetasche mit Einkäufen).
14.07 Uhr: Kinder kommen von der Schule nach Hause.
16.13 Uhr: A. arbeitet im Garten (Rosen).

Und später dann ein getippter Bericht mit Durchschlag für seinen Vorgesetzten, abgeheftet in einer Akte.

»Pass doch auf, Mama!«, sagte Libet.

Der heiße Kaffee war beim Eingießen über den Tassenrand gelaufen und von der Untertasse auf die Tischdecke. Erst jetzt merkte sie, dass sie sich die Hand verbrannt hatte.

Sie drehte das Wasser am Spülbecken auf, sah zu, wie es über ihre geröteten Finger lief. Keine Spur von Schmerz, nur Wut. Und wieder ein Blick durchs Fenster zu dem parkenden Wagen vor dem Zaun.

Sie nahm die randvolle Tasse und ging zur Haustür. Bei jedem Schritt tropfte Kaffee auf den Boden, es war ihr egal. Sie durchquerte den Vorgarten und ging auf den Mercedes zu. Der Mann hinter dem Lenkrad starrte sie an. Sie trat an die Fahrerseite und hielt ihm die dampfende Tasse entgegen.

»Frisch aufgebrüht«, sagte sie. »Nicht dass Sie noch einschlafen.« Sie deutete auf den Notizblock in seiner Hand. »Und für Ihre Akten: schwarz und ohne Zucker.«

Er antwortete nicht. Glotzte sie einfach nur an, schnippte seine brennende Zigarette aus dem Fenster und drehte die Scheibe hoch, aufreizend langsam, so dass die Dichtgummis quietschten. Dann wandte er sich ab. Zur Schau gestellte Gleichgültigkeit, als gäbe es sie gar nicht.

Und sie stand da, keinen Meter von ihm entfernt, angespannt und zitternd, die freie Hand vor Zorn zur Faust geballt, in der anderen die Tasse mit dem Kaffee.

Sie schleuderte die Tasse zu Boden. Das Zerspringen des Porzellans, Scherben, die über die Gehsteigplatten tanzten und gegen die Autotür prallten. Die herausgeschnippte Zigarettenkippe verlosch zischend auf dem Bordstein, der Kaffee spritzte ihr auf Schuhe und Strümpfe.

Libet erwartete sie erschrocken in der Haustür. »Wer ist der fremde Mann da in dem Auto?«

»Da ist niemand!«

»Aber ich sehe ihn doch.«

»Dann tu so, als ob du ihn nicht sehen würdest. Schau einfach durch ihn hindurch, und stell dir vor, es gäbe ihn nicht.«

»Das kann ich nicht.«

»Doch, das kannst du!«

Wie sollte ein kleines Mädchen wie Libet das verstehen? Aber obwohl sie es nicht verstand, wandte sie sich wieder dem Mercedes zu, blickte auf den Mann hinter dem Lenkrad und sagte leise: »Er ist weg, Mama.«

Ihm erzählte sie nichts von alldem. Sie wusste, er würde es nicht gutheißen. Er würde ihr vorwerfen, ihnen in die Falle gegangen zu sein, ihnen den Anlass geboten zu haben, auf den sie warteten.

Sie hatte Angst. Noch immer war nicht klar, wie das Gerichtsverfahren um seine Pensionsansprüche ausgehen würde. Wenn er den Prozess verlor, wären sie finanziell am Ende.

Und dann?

Nichts geschah. Noch am selben Tag verschwand der Mercedes. Und kein anderer Wagen nahm seinen Platz ein. Sie ging die Straßen entlang, suchte die Bordsteine nach Zigarettenkippen ab. Nichts. Auch bei ihren Besuchen im Dorf, den Einkäufen, die sie erledigte, den sonntäglichen Kirchgängen: keine Spur mehr von den Beschattern.

Sie saß mit ihm in seinem Arbeitszimmer, schaute hinaus in den Garten und fragte sich, ob sie ihre Überwachung eingestellt hatten. Ob es sein konnte, dass sie keine Bedrohung mehr in ihm sahen und ihn endlich in Ruhe ließen?

»Worüber denkst du nach?«, fragte er.

»Über nichts«, sagte sie.

»Dora Pferdmenges hat geschrieben«, sagte er und begann ihr den Brief vorzulesen. Und nach diesem ersten einen weiteren und noch einen. Briefe von Freunden und politischen Weggefährten, Briefe, die Verbundenheit ausdrückten oder finanzielle Unterstützung anboten, Briefe von denen, die noch übrig waren.

So viele, die sich in den letzten zwei Jahren von ihm abgewandt hatten. Die Angst, mit in den Abgrund gerissen zu werden, die Sorge vor möglichen Konsequenzen. Für die Karriere, die gesellschaftliche Stellung, die Familie. Und dabei immer der uneingestandene Ekel vor der eigenen Feigheit, überdeckt von den immer gleichen Rechtfertigungen. Als wäre Haltung etwas, das nur von den Umständen abhängt, die leider, leider eben nicht beeinflussbar sind.

Ihr passt euch an, dachte sie, und beruft euch auf die

falschen Wahrheiten in den Zeitungen. Ihr lügt euch euer Leben schön, um nicht von eurer eigenen Kleinmütigkeit erdrückt zu werden.

Weil er wusste, dass sie vor der Zustellung heimlich geöffnet und gelesen wurden, las er ihr auch seine eigenen Briefe vor. Sie half ihm dabei, Namen abzukürzen und gewisse Formulierungen abzuschwächen oder ins Nebulöse zu wenden, um die Empfänger nicht in Schwierigkeiten zu bringen.

»Mama!«, schrie Georg und deutete begeistert aus dem Fenster.

Vor dem Haus war der Rhöndorfer Junggesellen-Schützenverein aufmarschiert und schwenkte seine Fahnen. Ein alter Brauch, mit dem der Verein Spenden sammelte. Die örtliche Feuerwehrkappelle spielte den Badenweiler Marsch. Ein Ständchen zu Ehren des neuen Dorfbewohners und seiner Familie. Er bedankte sich mit ein paar Flaschen Wein, die man gemeinsam leerte. In einem Dorf zu wohnen, hieß, sich einzufügen. Sie ließen ihn hochleben, rheinische Leichtigkeit an einem lauen Sommerabend, und am Ende ein Zehner für die Vereinskasse.

Sie sagte: »Jetzt sind wir endlich angekommen.«

Er sagte: »Ich wünschte, du hättest recht.«

Seine Skepsis war begründet. Natürlich hatten sie die Überwachung nicht eingestellt. Der Auftritt des Schützenvereins war der Ortsgruppe der NSDAP gemeldet worden, und die hatte den Gauleiter Grohé in Köln informiert. Der machte daraus eine Störung der öffentlichen Ruhe und Ordnung. Dass die Kapelle ausgerechnet den Lieblingsmarsch des Führers gespielt hatte, begriff er als gezielte Provokation, hinter der nur Adenauer selbst stecken konnte. Er bewirkte eine sofortige Ausweisung des staatsfeindlichen Störers aus dem Regierungsbezirk Köln, gültig ab dem 20. August, auf unbestimmte Zeit, per Einschreiben zuzustellen.

Sie sah auf den Brief und dann in seine Augen. Ein Boxer ohne Deckung. Keine Kraft mehr, um die Arme hochzureißen. Ein einziger Schlag aufs Kinn, nicht fest, aber präzise, wegsackende Beine, das Aufschlagen des Körpers auf dem Ringboden, das Aufschreien aus den Zuschauerrängen, das Anzählen durch den Ringrichter – acht, neun, zehn – und aus!

Er verschwand in seinem Arbeitszimmer und kam bis zum Abend nicht mehr heraus.

»Was ist denn mit Vater?«, fragte Paul.

»Nichts«, sagte sie. »Nur seine üblichen Kopfschmerzen.«

Es dauerte ein paar Tage, bis er eine Unterkunft gefunden hatte, ein kleines Zimmer in einem Erholungsheim für katholische Priester, in Unkel, jenseits der Grenze des Regierungsbezirks, sechs Kilometer von Rhöndorf entfernt. Den Kindern gegenüber redete er die erzwungene Lage schön. Was waren schon sechs Kilometer? Ein Steinwurf, nicht mehr! Aber seine Zuversicht wirkte aufgesetzt, sein Optimismus gezwungen, seine zur Schau gestellte gute Laune künstlich.

Die Kinder taten so, als würden sie das alles nicht bemerken. Er spielte Theater, sie spielten Theater. Und sie stand ohnmächtig daneben, schaute diesen schlechten Schauspielern in ihrem noch viel schlechteren Stück zu, und das Herz wollte ihr zerspringen.

»Ich besuche dich«, versprach Paul. »Jeden Tag. Mit dem Fahrrad. Ist ja nicht weit.«

Er strich seinem Sohn über das Haar und nickte. Ein mühsam aufgesetztes Lächeln, die Lippen schmal wie ein Strich. »Ihr passt auf eure Mutter auf«, sagte er zu den Mädchen. »Und auf Schorsch!«

»Ich brauch keinen Aufpasser«, sagte Georg.

»Machen wir«, sagte Lotte.

»Komm bald wieder, Vater«, sagte Libet.

Er antwortete nicht, seine Mundwinkel zitterten, sein Blick eine offene Wunde. Ach, Konrad! Sie umarmte ihn. Die Haut seiner Hände wie Papier, sein Anzug eine fadenscheinige Hülle.

»Gott allein, Gussie«, sagte er leise. »Gott allein!«

Die Kinder an sich gedrückt, sah sie ihm schweigend nach, wie er mit seiner ledernen Reisetasche in der Hand die Straße hinunterging, groß und hager, mit hängenden Schultern, während sie dachte: Wir sitzen in einem leckgeschlagenen Boot und treiben steuerlos über das Meer, unserem Untergang entgegen.

31

»Manchmal denke ich: Das alles ist eine Prüfung. Als würde Gott mich auf die Probe stellen. Aber es ist ja nicht Gott, der hinter alldem steckt, es sind die Menschen selbst und ihr gottloser Anführer.«
Gussie Adenauer an Ferdinand Zinsser,
Rhöndorf, 18. September 1935

Zum zweiten Mal war sie auf sich allein gestellt. Und wieder wusste sie nicht, wie lange es dauern würde. Die Kinder bestimmten ihre Tage, gaben ihr Halt. Sie übte mit ihnen für die Schule und ließ sich von ihnen bei der Gartenarbeit helfen; sie kochte mit ihnen Marmelade ein und hörte mit ihnen Schallplatten. Hans Albers, Zarah Leander, die Comedian Harmonists. Manchmal tanzte sie dazu. Brachte Lotte und Libet den Foxtrott bei, die Rumba, den Tango, während Georg begeistert in die Hände klatschte und Paul still danebensaß und lateinische Vokabeln lernte.

Die Tage wurden kürzer, die Blätter an den Bäumen begannen sich herbstlich zu färben, schon bald würden die ersten fallen. Sie stand vor dem Spiegel im Bad und trug Lippenstift auf, ihr Haar glänzte in der Nachmittagssonne. Sie ließ den Blick über ihr Gesicht wandern, fuhr sich mit den Händen über die Wangen, sah, wie die Haut unter ihren Fingern nachgab. In drei Monaten werde ich vierzig, dachte sie, nicht mehr lang, und ich bin eine alte Frau.

»Wieso hast du so ein schönes Kleid an?«, fragte Georg, als sie die Treppe herunterkam.

»Für Vater«, sagte Lotte.

»Heute ist ein besonderer Tag«, sagte Libet.

»Was denn für ein Tag?«, fragte Georg.

»Verstehst du sowieso nicht«, sagte Paul.

»Verstehe ich wohl«, sagte Georg.

»Um acht ist er im Bett«, sagte sie zu Paul. »Ich verlass mich auf euch!«

»Viel Spaß, Mama«, sagte Lotte.

Die kurze Busfahrt am Rheinufer entlang: das glitzernde Wasser in der untergehenden Sonne, der Fluss und die dahinterliegenden Hügel in leuchtendes Rot getaucht.

Wie damals in den Ferien, dachte sie, ein kleines Mädchen auf einem Steg am Walchensee, baumelnde Kinderbeine über dem kieseligen Grund, der Vater an ihrer Seite, die Haare auf seinen Beinen unter der hochgekrempelten Hose, mit seinen Zehen ließ er das Wasser aufspritzen.

Ihr Staunen, als er ihr die Sonne erklärte. Dass sie so viel größer sei als die Erde und dass sie nur so klein aussehe, weil sie so weit weg war; und dass sie so heiß sei, dass man in ihr verdampfen würde, wenn man ihr zu nahe käme; und dass im Jahr 1815 der Vulkan Tambora ausgebrochen sei, auf der indonesischen Insel Sumbawa auf der anderen Seite der Erde; und dass die dabei ausgeworfene Asche die Sonne so sehr verdunkelt habe, dass es auf der ganzen Welt ein Jahr ohne Sommer gab und es zu Missernten kam und Hungersnöten. Und dann hatte er in den Himmel gezeigt und gesagt: Ohne die Sonne da oben, Gussie, gäbe es hier unten auf der Erde kein Leben!

»Meine Sonne«, sagte Konrad und nahm sie in den Arm. Sie schaute sich in dem ungelüfteten winzigen Zimmer um. Auf Bett und Tisch verstreut lagen Bücher und Papiere, aber nirgendwo waren der erwartete Blumenstrauß oder wenigstens eine Schachtel Pralinen zu sehen.

Er fragte: »Was ist denn?«

Sie sagte: »Was soll denn sein?«

»Hast du Hunger?«

»Wieso denn Hunger?«

»Ich habe einen Tisch für uns reserviert.«

»Ach ja?«

»Ja.«

Ungläubig sah sie zu, wie er Hut und Mantel nahm und das Licht löschte. Und ihr seinen Arm reichte, als wäre nichts. Mit dieser strengen, ausgesuchten Höflichkeit, die ihm schon immer zu eigen war und die sie ihm jetzt am liebsten um die Ohren gehauen hätte.

»Wollen wir?«, fragte er.

»Ja«, sagte sie.

Auf dem Weg zum Restaurant sagte sie kein Wort. Auch er schwieg. Die engen Gassen von Unkel, die windschiefen Fachwerkhäuser, das uralte Kopfsteinpflaster. Je näher sie der Uferpromenade kamen, desto wütender wurde sie. Keine Bemerkung zu ihrem Kleid, ihren Haaren, ihrem Lippenstift. Sechzehn Jahre, und er hatte es einfach vergessen!

»Da vorne ist es«, sagte er und deutete auf den Eingang des Rheinhotel Schulz. Das erste Haus am Platz.

Der Oberkellner führte sie durch das Restaurant an einen kleinen Tisch gleich neben einem der riesigen Panoramafenster mit Blick auf den Rhein, in dessen Fluten sich die Lichter des Hotels spiegelten. Um sie herum die anderen Gäste, dazwischen Kellner mit Rollwagen. Sie musste an Chandolin denken, ihre Urlaube im Paradies, das Grand Hotel vor den Gipfeln der Walliser Alpen, verbummelte Nachmittage auf der sonnenbeschienenen Terrasse. Mein Gott, wie lange war das her – in einem fernen Land, in einer fernen Zeit, in einem anderen Leben.

Ein zweiter Kellner trat an den Tisch, in der Hand eine Blumenvase, darin ein großer Strauß bunter Schnittblumen, sorgfältig arrangiert. Lächelnd und mit einer angedeuteten Verbeugung stellte er die Vase ab – »Wenn ich mir erlauben darf, Ihnen meine herzlichsten Glückwünsche auszusprechen« – und verschwand wieder. Und sie starrte auf die Blumen, überwältigt und ohne zu begreifen, bevor ihr das verhaltene Lächeln in seinem Gesicht alles verriet.

»Hast du wirklich geglaubt, ich hätte es vergessen?«, fragte er. »Oder mir wäre nicht das wunderschöne Kleid aufgefallen, das du trägst?«

Sie brauchte einen Moment, um sich zu fassen.

»Du bist ein richtiger Schuft, Konrad, weißt du das?«

»Manchmal.«

»Allerdings der beste, den ich kriegen konnte.«

»Jetzt übertreibst du.«

»Nein, das tue ich nicht!«

Er nahm ihre Hand und küsste sie, während sie dachte: Sie können ihn verbannen, uns das Leben unter einem gemeinsamen Dach nehmen – auseinanderreißen können sie uns nicht.

Das Essen war vom Feinsten, der Rehrücken köstlich, dazu ein ausgesucht guter Rheinwein, das Schokoladenparfait so vorzüglich, wie sie lange keines mehr gegessen hatte, der Dessertwein aus der Pfalz ein Gedicht.

Und er aufgeräumt wie selten, zu Scherzen aufgelegt, sein trockener Humor, den sie so schmerzlich vermisst hatte. Und dabei unterhielten sie sich über die drei Großen, über Koko, der sein Jurastudium abgeschlossen und vor Kurzem eine Stelle bei der AEG angetreten hatte; über Max, der nach seinem Referendarexamen zum Dr. iur. promovierte; und über Ria, ihre geliebte kleine Ria, die ihr mit ihren Kinderhänden eine magische Welt erschlossen hatte und jetzt in Heidelberg studierte, um Dolmetscherin zu werden.

Erst beim Kaffee, als der Abend seinem Ende zuging, wurde er wieder nachdenklich.

»Sechzehn lange Jahre, Gussie.«

»Von denen ich keines missen möchte.«

»Ein Witwer mit drei Kindern.«

»Die mir vom ersten Tag an ans Herz gewachsen sind.«

»Ein Politiker, der immer nur mit seiner Arbeit verheiratet war.«

»Na ja, nicht nur«, erwiderte sie lachend. »Auch mit mir.«

»Und jetzt das«, fuhr er fort, als hätte er ihren Einwand gar nicht gehört. »Alles, was mir gilt, trifft auch dich. Ich hätte dir das nicht antun dürfen. Niemals!«

»Warum sagst du so was?«, fragte sie, legte ihre Hand auf seine, fuhr mit dem Finger über seinen Ehering. »Du bist mein Mann, und ich bin deine Frau. In guten wie in schlechten Zeiten. Nach der Ebbe kommt die Flut, Konrad, und nach dem Regen die Sonne. Nicht einmal ein Herr Hitler hat die Macht, das zu ändern. Jedenfalls nicht, solange wir sie ihm nicht geben.«

»Das deutsche Volk hat sie ihm längst gegeben.«

»Er wird sie nicht ewig behalten. Irgendwann wird dieser grauenvolle Spuk vorbei sein.«

»Und dann?«

»Baust du etwas Neues auf.«

»Ich bin ein alter Mann, Gussie.«

»Träume sind keine Frage des Alters.«

Er lächelte schmerzlich, wollte den Arm heben, um den Oberkellner um die Rechnung zu bitten, aber sie hinderte ihn daran, den Blick auf die Schiebetüren mit dem geriffelten Milchglas gerichtet, die das Restaurant von einem angrenzenden Saal trennten.

»Hörst du das?«

»Was?«

»Dieses Lied!« Sie lauschte. Ihr Oberkörper begann sich unvermittelt hin und her zu wiegen, sie summte die Melodie mit und schnippte mit den Fingern den Rhythmus dazu. Und dann fing sie an zu singen, auf ihrem Gesicht ein seliges Lächeln, sie konnte nicht anders.

Jeden könnt ich küssen,
und jeder soll wissen,
ich bin augenblicklich
so über-, überglücklich.

Er starrte sie erschrocken an. »Was ist in dich gefahren, Gussie, beherrsche dich!«

»Marta Eggerth«, erwiderte sie voller Überschwang und stand auf. »*Schön wie der junge Frühling*, der Schlager des Jahres!«

Sie ging hinüber zu den Schiebetüren, zog sie einen Spalt breit auf. Mitten im Saal kniete eine Putzfrau, neben sich einen Eimer mit Wischwasser, und schrubbte mit einer Bürste die Bodendielen. Sie bemerkte nicht, dass sie beobachtet wurde. Auf einem Tisch hinter ihr stand ein Grammophon, dessen Nadel über die Rillen einer Vinyl-Schallplatte hüpfte.

Schön wie der junge Frühling
ist meine Welt,
seit ich den Mann gefunden,
der mir gefällt.

Während die Putzfrau ahnungslos weiterschrubbte, ging sie zurück zum Tisch und hielt ihm auffordernd die Hand hin.

Er reagierte nicht. Saß mit steifen Schultern da, den Blick gesenkt, und tat so, als würde das alles gerade gar nicht passieren.

»Wenn du nicht sofort aufstehst und mit mir tanzt, mache ich dir eine Szene«, sagte sie. »Zum ersten Mal in sechzehn Jahren.«

Er hob den Kopf. Der Oberkellner schaute neugierig zu ihnen herüber, genau wie einige Gäste, denen weder die Musik aus dem Saal noch die Frau in dem wunderschönen Kleid entgangen war, die viel jünger wirkte, als sie war, und ihren wesentlich älteren Ehemann zum Tanzen aufforderte.

»Du hast die Wahl«, sagte sie.

»Bitte Gussie, ich habe Kopfschmerzen.«

»Du hast immer Kopfschmerzen.«

»Ich kann nicht tanzen.«

»Ich bring's dir bei.«

»Das ist doch lächerlich«, zischte er, schob seinen Stuhl zurück und stand auf. »Und absolut nicht angemessen.«

»Angemessen ist, dass es einem gutgeht, dass man lacht und Spaß hat«, gab sie zurück und zog ihn mit sich in den Saal. »Dass man sich nicht vergräbt, sondern das Leben genießt. Du hast nur ein Leben, mein Schatz, und ich auch!«

Sie schob die Türen zum Restaurant zu.

Die Putzfrau zuckte erschrocken zusammen, die Seifenlauge tropfte von der Bürste in ihrer Hand auf den Boden.

Noch gestern war der Himmel
so grau, so grau.
Heut ist derselbe Himmel
so blau, so blau.

Sie legte seinen Arm um ihre Taille und begann mit ihm zu tanzen. Ließ sich von dem wunderbaren Swing-Rhythmus des Klaviers mitreißen, begleitet von den Streichern, und darüber Marta Eggerths berückende Sopranstimme, so herrlich sorglos und das Leben umarmend.

Du hast mit deinen Küssen
mein Herz entfacht.
Ich bin in deinen Armen
erwacht.

Hörst du das, Konrad, dachte sie, es kann so einfach sein und so schön.

Sie führte ihn, zögernd erst, dann immer schneller, sie genoss seine Unsicherheit, die vertauschten Rollen, während sie immer sicherer wurde und fordernder.

Immer möcht ich singen,
im Tanze mich schwingen.
Immer möcht ich lachen
und was Verrücktes machen.

Sie schob ihn, sie drehte ihn und sich mit ihm. Schneller und immer schneller tanzten sie durch den Saal, sie schaute ihn an, wie im Rausch, die Wände flogen an ihnen vorbei. Ich liebe dich, Konrad, dachte sie. Ich werde nicht zulassen, dass dieser Hitler dich zerbricht. Wir sind stärker als dieses alberne, verlogene Tausendjährige Reich. Du wirst nicht zerbrechen, hörst du?!

32

»Als Kind hast Du immer davon geträumt, fliegen zu können, die Welt von oben zu betrachten. Über allem zu schweben, leicht wie eine Feder – was für eine herrliche Vorstellung! Daran musste ich heute denken.«
Ferdinand Zinsser an Gussie Adenauer,
Tübingen, 26. Februar 1948

»Frau Adenauer«, hört sie eine Frauenstimme leise sagen. »Schlafen Sie?«

Nein, denkt sie, ich schlafe nicht, ich tanze durch mein Leben. *Schön wie der junge Frühling*. Mit dem Mann, den ich liebe.

Sie öffnet die Augen, ihr ist schwindlig von all den Drehungen und all dem Schwung, alles in ihr ist Musik, und für einen Moment glaubt sie, die singende Marta Eggerth vor sich zu sehen. Aber das lächelnde Gesicht über ihr gehört jemand anderem.

»Geli«, sagt sie. »Wie schön.«

Die blonden Haare der Schwester, ihre rosigen Wangen, Augen so blau wie das Meer.

»Ich hoffe, ich störe Sie nicht«, sagt Geli und errötet. »Ich soll Ihnen eine neue Spritze …« Sie deutet auf den Medikamentenwagen neben sich. Das Licht der Deckenlampe spiegelt sich in dem Glasfläschchen mit dem Morphium. Daneben der Gummischlauch zum Abbinden.

»Ja, natürlich«, erwidert sie. »Die Spritze.«

Das Morphium lässt sie ihre Schmerzen vergessen und hilft ihr beim Träumen. Es führt sie in ein Zwischenreich, nicht schlafend, nicht wach, alles wird hell und klar und das Schwere leicht. Sie schaut zu, wie Geli die Nadel in den Gummipfropfen des Fläschchens sticht und die gelbbraune Flüssigkeit in die Spritze zieht. »Haben Sie mit ihm geredet?«, fragt sie.

»Mit wem?«

»Ihrem Verlobten.«

Geli hält inne. Ihre Hände zittern leicht. Der Boden des Glasfläschchens schlägt auf das Metall des Rollwagens, ein helles Klirren.

»Ja«, sagt sie. »Hab ich.«

»Und?«

Geli zieht die Spritze aus dem Fläschchen, drückt den Kolben herunter, um die Luft aus der Nadelspitze zu pressen. »Es war anders, als ich gedacht hab.«

»Schlimmer?«

»Besser«, sagt Geli und lächelt. »Viel besser.«

Und dann beginnt sie zu erzählen. Dass sie mit dem Kurt spazieren gegangen sei, in den Weinbergen oberhalb der Gaststätte seiner Eltern. Und dass sie sich ein Herz gefasst habe, so wie sie ihr geraten habe, und ihm einfach gesagt habe, wie es in ihr aussieht. Dass sie ihn liebe, aufrichtig und mit ganzer Seele, aber dass sie ihr Leben nicht aufgeben könne und wolle, weil sie sich mit dem einen wie mit dem anderen verraten würde. Und ihn dann, trotz aller Liebe, irgendwann hassen würde. Aber eigentlich ja gar nicht ihn, sondern bloß sich selbst, eben weil sie sich verraten hätte. Und dass sie damit nicht nur sich selbst unglücklich machen würde, sondern auch ihn, obwohl er gar nichts dafür könne.

»Und wie hat Kurt darauf reagiert?«

»Er hat mich mit großen Augen angeschaut und geschwiegen.«

Ganz merkwürdig sei das gewesen, dieses Schweigen, sagt Geli. Sie habe gedacht, jetzt sei alles aus. Aber dann habe er eben doch etwas gesagt. Dass er sie genauso liebe wie sie ihn. Und dass er nicht wolle, dass sie unglücklich werde, nur weil er das tue, was seine Eltern von ihm erwarten. Dass er in Wahrheit genauso wenig wie sie Ausflugsgäste bewirten wolle und dass ihm die Vorstellung, sein Leben lang mit seinen Eltern unter einem Dach zu wohnen, also nicht sein Leben lang, aber doch so lange, bis sie tot seien –, dass ihm diese Vorstellung ein Graus sei. Und dass er heilfroh sei, dass sie ihm gesagt habe, was sie ihm gesagt habe.

»Und dann hat er mich geküsst«, sagt Geli. »Mitten im Weinberg, und ich war erleichtert wie verrückt. Und hab so sicher wie noch nie gewusst, dass er der Richtige für mich ist.«

Der Richtige, denkt sie. Überzeugt zu sein, ohne das hinterfragen zu müssen. Einfach nur dem zu folgen, was das Herz einem sagt. »Ein schönes Gefühl, oder?«

»Ein wunderbares Gefühl.«

»Und wie ging es weiter?«

Der Kurt habe sie an die Hand genommen, sagt Geli, ganz fest, und dann seien sie zusammen hinuntergelaufen zur Gaststätte seiner Eltern, die wegen des Ruhetags geschlossen hatte. Der Vater vom Kurt habe auf der Terrasse gestanden und die Tische und Stühle abgeschliffen, um sie neu zu lackieren für die Ausflugssaison, und der Kurt habe gesagt, wir müssen reden, Papa! Und dann habe er seine Mutter dazugerufen, die in der Gaststube die Tischdecken ausbesserte. Und plötzlich hätten sie zu viert auf der Terrasse gestanden, das Herz habe ihr wie wild in der Brust geschlagen, und die Stimme vom Kurt habe gezittert. Er habe seinen Eltern gesagt, dass er ihnen dankbar sei für alles, was sie für ihn getan hätten, aber dass er …

Seine Mutter habe ihn unterbrochen und gefragt, was er damit sagen wolle. Ganz gereizt sei sie gewesen. Und die Stimme vom Kurt habe noch mehr gezittert. Und dann habe er gesagt, dass er seinen eigenen Weg gehen wolle, mit der Geli an seiner Seite, aber ohne Gaststätte und Ausflugsgäste. Dass er sich was Eigenes mit ihr aufbauen wolle und dass er eine gemeinsame Wohnung für sie suchen werde, in Bonn, und dass es nicht anders gehe. Dann habe er nichts mehr gesagt, und seine Mutter habe ihn erst blöde angeglotzt und dann die Geli angezischt, dass sie ihr den Jungen ganz verdreht habe und schuld sei, wenn jetzt alles den Bach runtergehe.

Aber da habe sich der Vater vom Kurt eingemischt, der sonst so gut wie nie irgendwas sage, und seine Frau angeherrscht, dass es das gute Recht vom Kurt sei, sich was Eigenes aufzubauen, und dass er seinen Segen habe und die Geli auch. Seine Frau habe angefangen zu heulen und sei in der Gaststube verschwunden, und der Vater vom Kurt habe gesagt, dass er seit der Geburt vom Kurt Geld zurückgelegt habe für die Zukunft und dass er das jetzt bekomme, weil die Zukunft jetzt beginne. Und dann habe er sich den Schleifstaub von seinem Arbeitskittel geklopft und den Kurt umarmt und die Geli auch und ihnen Glück gewünscht für ihr gemeinsames Leben.

Sie sieht die drei vor sich, auf der Terrasse eines Ausflugslokals, den Vater und das junge Paar. Sie kann Gelis Erleichterung spüren, eben noch war alles eng und bedrohlich, und jetzt liegt die Zukunft wie ein offenes Feld vor ihr, weit und groß und grenzenlos.

»Sie können stolz auf sich sein, Geli.«

»Ehrlich?«

»Ganz ehrlich!«

Die Schwester schaut sie an und lächelt. Und dann beugt sie sich über sie, ganz unvermittelt, und umarmt sie fest. Sie spürt Gelis Herzschlag und in jedem Schlag ein Stück vom Glück der anderen, die blonden Locken liegen auf ihren Wangen, die Haut riecht nach Seife, eine Spur von Lavendel, rein und frisch, und sie denkt, wie schön das ist, umarmt zu werden von dieser jungen Frau, die so überschwänglich ist, so voll von Hoffnung und Glück.

»Ohne Sie«, flüstert Geli, »hätte ich das nicht geschafft.«

»Doch, hätten Sie«, flüstert sie zurück und streicht der Schwester mit ihrer müden Hand über den Rücken. »Es hätte vielleicht ein bisschen länger gedauert, aber geschafft hätten Sie es, da bin ich ganz sicher.«

Geli löst sich von ihr und richtet sich auf. »Sie sind so lieb«, sagt sie. Und fügt leise hinzu: »Ich werde Sie schrecklich vermissen.«

»Ich Sie auch.«

»Wollen wir dann?«, fragt Geli und deutet auf die Spritze.

»Ja«, sagt sie und schließt die Augen. Das Hochschieben des Ärmels ihres Nachthemdes, der Gummischlauch, der sich um ihren Arm legt und mit einem Ruck zugezogen wird, das Tasten von Gelis Fingern in ihrer Armbeuge auf der Suche nach einer Vene. Und schließlich: der Einstich der Nadel und der leichte Druck, als das Morphium in ihre Blutbahn gelangt.

Er ist nicht zerbrochen, denkt sie, er hat einfach weitergemacht. Hat der Angst getrotzt, seinen Kopfschmerzen, der ewigen Unsicherheit. Hat den jahrelangen Prozess um seine Pensionsansprüche zu Ende geführt und schließlich gewonnen. Hat geduldig gewartet, bis seine Ausweisung aufgehoben wurde und er wieder mit seiner Familie zusammenleben durfte. Hat ein Grundstück gekauft, in Hanglage, oben am Zennigsweg, mit Blick über das Rheintal. Hat ihren Bruder Ernst, der Architekt war, beauftragt, ein Haus zu entwerfen. Hat schmale, in Stein gefasste Terrassen angelegt, der Sonne zugewandt, und Rosen gezogen. Und als sein Garten fertig war, saßen sie an warmen Sommerabenden dort und kamen sich vor wie in Italien.

Ach, Konrad! Das Reden mit dir und das Schweigen. All die Stunden, die an uns vorbeigerast sind, die Tage, die Wochen. Die Monate, aus denen Jahre wurden und dann ein ganzes Leben.

Sie würde so gerne noch einmal im Garten sitzen, eine halbe Stunde vielleicht oder auch nur ein paar Minuten, die Frühlingssonne spüren, den Duft der Frühblüher einatmen. Einmal noch nach Süden schauen und fliegend dem eigenen Blick folgen, den Rhein hinauf, seiner Quelle entgegen, und über seine Quelle hinaus. Den Bergen hinter dem Horizont entgegen, und über die Berge hinweg bis ans Meer. Dort würde sie stehen, mit nackten Füßen auf rund geschliffenen Kieseln, in den sanft auslaufenden Wellen, den Blick hinüber nach Afrika gerichtet, in ihrem

Kopf den Atlas ihres Vaters, die bunten Landkarten ihrer Kindertage. Dort würde sie stehen und die Welt umarmen – diese große, unbekannte, unbegreifliche Welt.

So vieles in ihr, das Kind geblieben ist.

Seine Erfindungen, das Kind in ihm – sie muss lächeln, wenn sie daran denkt. Eine Abblendungsscheibe für Pkw-Fahrer, eine Blendschutzbrille für Fußgänger, eine Teekanne mit Heizstab, ein elektrischer Brotröster, ein von innen beleuchtetes Stopfei. Das verzweifelte Bemühen, seinem Dasein Halt zu geben, Struktur, einen Sinn.

All die Briefe, die sie verschickt hat, die ungezählten Bittschreiben, die Gespräche mit Freunden und Anwälten. All die heimlichen und offenen Versuche, ihm seine Würde zurückzugeben, seine Ehre, sein Leben. Dieses andauernde Ringen darum, das Ausgeschlossensein zu ertragen, die Familie zu schützen, die eigene Existenz zu sichern.

Um sie herum nahm der Wahnsinn immer weiter zu, im Reich und außerhalb des Reiches. Der Anschluss Österreichs, die Sudetenkrise, die Münchner Konferenz.

Sie denkt an den Uhrmacher Georg Elser, diesen einzelgängerischen, in sich gekehrten Mann, der zu Hause in seiner Werkstatt eine Bombe gebaut hatte, tagelang, wochenlang. Der sich Nacht für Nacht heimlich einschließen ließ im Münchner Bürgerbräukeller, um eine Aussparung in einen der Stützpfeiler zu kratzen, nur ein paar Meter entfernt von dem Platz, an dem Hitler Tage später eine Rede halten würde. Der seinen tödlichen Apparat in dem Hohlraum unter der Holzvertäfelung verbarg und den Zeitzünder aktivierte. Der alles richtig gemacht hatte und trotzdem scheiterte, weil Hitler den Bürgerbräukeller bereits verlassen hatte, als der Sprengsatz detonierte. Der beim Versuch, die Schweizer Grenze zu überschreiten, von deutschen Zöllnern gefasst und Jahre später im Konzentrationslager Dachau ermordet wurde.

Sie denkt: Nur dreizehn Minuten haben damals gefehlt, um den Lauf der Geschichte entscheidend zu verändern. Dreizehn Minuten – und durch den Mut eines Einzelnen wäre die Welt heute eine andere.

33

»Richte doch bitte auch Deinem Mann ganz herzliche Weihnachtsgrüße von Deiner Mutter und mir aus. Und gib den Kindern einen dicken Kuss von ihrem alten Großvater.«

Ferdinand Zinsser an Gussie Adenauer,
Tübingen, 21. Dezember 1942

Seit Tagen war sie mit den Vorbereitungen beschäftigt gewesen. Der örtliche Metzger hatte ihr zwei Dutzend Wiener Würstchen versprochen, bei einem Bauern in der Nähe hatte sie eine Gans ergattert, und mit Georg war sie für einen Sack Kartoffeln und Rotkohl mit dem Fahrrad bis nach Bornheim gefahren. Für die restlichen Zutaten hatte sie ihre seit Wochen aufgesparten Lebensmittelkarten eingelöst. Schließlich war es ihr sogar gelungen, Maronen zu ergattern. Was war eine Weihnachtsgans schon ohne eine entsprechende Füllung?

Wenigstens am Heiligen Abend und an den Feiertagen wollte sie den Kindern das Gefühl des Mangels ersparen.

Ria war mit ihrem Mann Walter, einem an der Heimatfront unabkömmlichen Ingenieur, und den beiden Kindern da, Jan und Bärbel. Dazu Kokos Frau Lola und Max' Frau Gisela, die Männer weiterhin im Feld, aber in sicherer Entfernung von den Fronten im Osten und in Nordafrika.

Paul hatte zwei Tage Urlaub von seinem Sanitätsbataillon erhalten.

Lotte und Libet schmückten den Baum. Aus Wachsresten hatten sie Kerzen gezogen, die sie auf die Zweige steckten, dazu kamen der alte Weihnachtsschmuck und die Krippe mit den bemalten Figuren, die all die vergangenen Umzüge mitgemacht hatten.

Sie war jetzt Großmutter. Der dreijährige Jan saß auf ihrem Schoß, sie las ihm die Weihnachtsgeschichte vor. Von der Volkszählung des Kaisers Augustus las sie, von Marias und Josefs Weg nach Bethlehem, der verzweifelten Suche nach einer Herberge, von dem Stall, in dem Maria ihr Kind gebar, und von den heiligen drei Königen, die dem Stern folgten, der sie zum Jesuskind führte. Und während sie vorlas, gerührt vom ergriffenen Staunen ihres kleinen Enkels, dachte sie an Gott. Ihren Gott, der nicht verhindert hatte, dass dieser sinnlose Krieg begann, und der jetzt aus den Weiten seines Himmels zuschaute, wie er weiterging, weiter und immer weiter. Zu glauben hieß, sich an etwas hinzugeben, das jenseits allen Verstehens lag. Gott war größer als der Verstand. Der Glaube ließ sich nicht beweisen. Aber durfte sich deswegen alles mit ihm begründen lassen?

»Ochse und Esel«, sagte Jan. Und dann: »Weiterlesen!«

Also las sie weiter. Gab den heiligen Worten eine Stimme, ohne ihrem Sinn zu folgen. Die Sätze verließen ihren Mund, aber sie hörte sie nicht. Als wäre sie unempfänglich geworden für die frohe Botschaft, die sie da verkündete.

»Zeit für die Bescherung«, erlöste Ria sie.

Jan sprang von ihrem Schoß, die Familie versammelte

sich um den Baum, unter dem die Geschenke lagen, eingeschlagen in buntes Papier, das schon im letzten Jahr demselben Zweck gedient hatte. Mit Libet und Lotte hatte sie sorgsam die alten Falten herausgebügelt.

Die erwartungsvollen Augen der Kinder, die Kleineren voller Ungeduld, die Größeren mit gespielter Gelassenheit, die jungen Erwachsenen mit nachsichtigem Lächeln.

Er hob die Geschenke hoch, las die Namen vor, die darauf geschrieben standen, und verteilte sie. Und sie lauschte auf das Rascheln des Papiers, das Jauchzen, wenn ein Wunsch sich erfüllt hatte, nahm Umarmungen und Dankesküsse entgegen, genoss die Wärme der Kerzen, den harzigen Duft des Baumes, die Stimmen um sich herum, dieses fröhliche Lachen und Plaudern, diesen Moment der Gemeinsamkeit, in dem jeder mit sich selbst beschäftigt war und sich doch alle miteinander verbunden fühlten.

»Das hier ist für dich«, sagte er und reichte ihr eine flache Schachtel. Er beobachtete sie, gespannt, unsicher, ob er das Richtige ausgewählt hatte, während sie das Geschenkpapier aufschlug und die Schachtel öffnete. Darin lag ein Kleid, cremefarben mit aufgedruckten Rosenblüten in einem zarten Rosaton. Sie nahm es heraus, der fließende Stoff luftig zwischen ihren Fingern. Sie betrachtete es überwältigt, es war wunderschön.

»Erkennst du es?«, fragte er.

»Natürlich«, sagte sie und schaute hinüber zu seinem Lieblingsgemälde, für das sie vor vielen Jahren Modell gesessen hatte. Sie in ihren Zwanzigern, mit einem Sommerhut vor einer dunkelgrünen Blätterwand, in diesem Kleid, das sie so sehr geliebt hatte.

»Du hast es nachmachen lassen?«, fragte sie überrascht.

»Der Schnitt ist anders«, sagte er. »Moderner, wie man mir versichert hat, und raffinierter. Aber die Farben und das Muster, das war mir wichtig.«

»Wie hast du das geschafft?«

»Einfach war es nicht, das muss ich zugeben.«

»So einen Stoff«, sagte sie. »In diesen Zeiten.«

»Für dich, Gussie. Zu jeder Zeit, in allen Zeiten!«

Und sie dachte: Das ist die schönste Liebeserklärung, die er mir je gemacht hat.

»Soll ich es anprobieren?«, fragte sie.

»Dafür ist es ja da«, sagte er.

Sie ging nach oben und zog sich um, aufgeregt wie ein junges Mädchen. Spürte mit einem Schauer den zarten Stoff auf ihrer Haut und fühlte sich zurückversetzt ins Haus ihrer Eltern, in das Zimmer ihrer Kindheit, in jenen magischen Moment, als sie sich am Morgen ihrer Hochzeit im Spiegel zum ersten Mal als Braut gesehen hatte, neben sich ihre Mutter, die staunend gesagt hatte: »Wie schön du bist.«

Als sie zurück ins Wohnzimmer kam, schien es ihr, als würde er sie mit demselben sprachlosen Staunen anschauen wie dreiundzwanzig Jahre zuvor vor dem Altar der Kirche in Köln-Lindenthal, und sie dachte: als würden wir ein zweites Mal heiraten.

Der Esstisch war festlich gedeckt, auch wenn es nur das traditionelle Essen am Heiligen Abend gab: Wiener Würstchen mit Kartoffelsalat. Die gefüllte Gans war erst für den nächsten Tag vorgesehen.

Lola und Gisela wirkten bedrückt, ihnen war anzumerken, wie sehr ihnen Koko und Max fehlten. Zwei Soldaten von Hunderttausenden, zwei im Krieg geschlossene Ehen. Die Sorge ein ständiger Begleiter, nagend, zermürbend, und jeden Tag in der Zeitung die Listen der Gefallenen.

Für Lola und Gisela klang die Formel »Bis dass der Tod euch scheidet« nicht nach dem Versprechen, gemeinsam alt zu werden, sondern eher nach der Drohung, jung auseinandergerissen zu werden.

Auch Paul war in sich gekehrt. Als würde er sich fragen, warum seine beiden großen Brüder ins Feld geschickt worden waren, in eine namenlose Fremde, die der Krieg noch fremder machte, während er nur Sanitätsdienst leisten musste, so nah an seinem Elternhaus, dass er seinen Einsatzort mit dem Fahrrad erreichen konnte.

Sie betrachtete ihren Ältesten, der bis zu seiner Einberufung Theologie studiert hatte, so wie er es sich schon als Zwölfjähriger vorgenommen hatte. Er wirkte so weich, war noch immer so jung. Dabei trug er dieselbe Kompromisslosigkeit wie sein Vater in sich, dasselbe unverbrüchliche Festhalten an den eigenen Überzeugungen.

»Können wir dann anfangen?«, fragte Georg ungeduldig, den Blick auf die verlockenden Würstchen vor sich gerichtet, dampfend auf einer silbernen Platte, und daneben die große Schüssel mit dem Kartoffelsalat.

Sein Vater faltete die Hände, um das Tischgebet zu sprechen. »Herr, wir danken dir an diesem Heiligen Abend«, sagte er und hielt plötzlich inne, als wäre er nicht sicher, wofür er dem Erschaffer der Welt danken sollte angesichts des millionenfachen Leids, das sein eigenes Land über die Welt gebracht hatte. »An diesem Heiligen Abend«, wiederholte er, »an dem wir, vereint im Kreise unserer Familie, der Geburt Jesu Christi gedenken.« Und wieder machte er eine Pause und räusperte sich. »Wir wollen auch Koko und Max in unser Gebet einschließen«, fuhr er stockend fort und schaute sie an. »Unsere Söhne.« Und mit Blick auf Lola und Gisela, auf Ria und die Kinder: »Eure Brüder und Ehemänner, die nicht hier sein können.«

Und wieder machte er eine Pause, und sie wusste, woran er jetzt dachte. Dass seine Söhne in einem ungerechten Krieg kämpften. Und dass sie, wenn sie schon kämpfen mussten, auf der falschen Seite kämpften. Und dass er nicht wünschen konnte, dass dieser Krieg von Deutschland gewonnen wurde, und als Vater trotzdem hoffte, dass sie und all die Tausenden von Kameraden, die für ihren verbrecherischen Führer ihr Blut gaben und das Blut anderer vergossen, mit dem Leben davonkamen. Und dass die Niederlage, die sein gesunder Menschenverstand so sehr herbeisehnte, eine gnädige wäre und der Abgrund, in den Deutschland geführt worden war, es nicht auf ewig verschlucken würde.

Die anderen warteten darauf, dass er weitersprach, aber er sprach nicht weiter. Als wäre es ihm unmöglich, die richtigen Worte zu finden.

Sie legte eine Hand auf sein Knie und drückte es. Und als er noch immer nichts sagte, sprach sie für ihn und sagte leise: »Amen!«

»Na endlich«, sagte Georg und nahm sich zwei Würstchen.

Die anderen lachten und brachen mit ihrem Lachen den Bann. Es wurde geplappert und gescherzt, Geschichten aus dem Alltag machten die Runde, Anekdoten über die kleinen und großen Katastrophen aus der Kindheit. Wie Georg einmal das Badezimmer unter Wasser gesetzt und

Libet eine ihrer Puppen kaputtoperiert hatte, so dass ein Bein und ein Arm wieder angenäht werden mussten. Ein »Wisst ihr noch?« und ein »Was haben wir gelacht!«, und über allem das Gefühl einer großen Eintracht.

Nach dem Essen wurde *Mensch ärgere dich nicht* gespielt, zwei Spieler pro Farbe: Sie mit Georg, er mit Libet, Lotte mit Paul und Ria mit ihrem Mann. Jan durfte ab und zu würfeln, und die acht Monate alte Bärbel saß brabbelnd auf dem Schoß ihrer Mutter und griff immer wieder nach den hölzernen Spielfiguren.

»Nicht mogeln«, flüsterte sie Georg zu, wenn er eine Figur zu weit vorschob. Und er flüsterte zurück: »Mogeln gehört dazu, Mama, sonst macht es keinen Spaß!« Und als sie gewonnen hatten, sagte er: »Siehst du, hat keiner was gemerkt.«

»Von wegen«, sagte Libet.

»Wir sind ja nicht doof«, sagte Lotte.

»Und wie doof ihr seid«, sagte Georg.

Doch noch bevor die Mädchen etwas erwidern konnten, ertönte aus dem Radio, das ihr Vater eingeschaltet hatte, die Weihnachtsringsendung des Großdeutschen Rundfunks. Soldaten und Angehörige tauschten Weihnachtsgrüße aus. Die Stimmen von Besatzungsmitgliedern zweier U-Boote waren zu hören, von Piloten der Luftwaffe und von Frontsoldaten aus den Kampfgebieten im Osten und in Nordafrika. Und dann sagte der Sprecher mit weihevollem Pathos in der Stimme:

Die Heimat dankt, und mit ihr danken die Kameraden an allen Fronten. Damit hat sich auch der Ring unserer Übertragung am heutigen Heiligabend geschlossen.

Unter dem tiefen Eindruck dieser letzten Stunden sollen sich nun noch einmal alle unsere Kameraden an den Übertragungsstellen in Ost und West, in Nord und Süd melden und durch ihre Stimmen noch einmal Zeugnis ablegen von dem ungeheuren Raum, über den sich unsere Sendung spannt. Achtung, ich rufe noch einmal den Eismeerhafen Liinahamari!

Aus dem Radio kam atmosphärisches Rauschen, begleitet von einem Knistern. Und dann, weit weg und leicht verzerrt: »*Hier ist der Eismeerhafen Liinahamari.*«

Und wieder der Sprecher, der nacheinander die zugeschalteten Stationen aufrief. Und dann die Stationen, die ihm pflichtschuldig antworteten, eine endlose Litanei:

»*Hier ist Stalingrad. Hier ist die Front an der Wolga.*«
»*Achtung, noch einmal die Lappland-Front!*«
»*Hier ist die Baracke im finnischen Winterwald.*«
»*Achtung, noch einmal Südfrankreich, die Luftwaffe!*«
»*Hier ist ein Feldflugplatz in Südfrankreich.*«
»*Und noch einmal die Kriegsmarine und das Heer in Südfrankreich!*«
»*Hier ist La Ciotat an der französischen Riviera!*«
»*Achtung, Achtung, noch einmal der Kampfraum um Rschew!*«
»*Hier ist die Front südwestlich Toropez und Kalinin, der Kampfraum um Rschew.*«
»*Achtung, der Ruf noch einmal zum Golf von Biskaya!*«
»*Hier ist die Hafenstadt an der südfranzösischen Atlantikküste.*«

»Achtung, noch einmal Leningrad!«
»Hier ist die Front vor Leningrad und am Wolchow.«
»Achtung, die Kanalküste!«
»Hier Sicherungsverbände der Kriegsmarine am Kanal.«
»Achtung, noch einmal die Kaukasus-Front!«
»Hier meldet sich die Front im Kaukasus.«
»Achtung, die U-Boot-Fahrer im Atlantik!«
»Hier ist ein Unterseeboot-Stützpunkt am Atlantik.«
»Achtung, Catania!«
»Hier ist die Mittelmeerfront und Afrika.«
»Achtung, Zakopane!«
»Aus dem Heeresgenesungsheim in der Tatra grüßen die Verwundeten ihre Kameraden an den Fronten.«
»Achtung, noch einmal Kreta!«
»Hier ist Kreta, Posten im Mittelmeer.«
»Achtung, noch einmal der Schwarzmeerhafen!«
»Hier ist noch einmal der Schwarzmeerhafen auf der Halbinsel Krim. Wir bitten euch, Kameraden, jetzt in das schöne alte deutsche Weihnachtslied Stille Nacht mit einzustimmen!«

Und dann begannen zahllose Soldatenstimmen in den zugeschalteten Außenstationen gemeinsam das Lied zu singen, begleitet von einem Klavier:

Stille Nacht, heilige Nacht,
alles schläft, einsam wacht
nur das traute, hochheilige Paar,
holder Knabe im lockigen Haar …

Und als könnten sie sich diesem kollektiven Singen nicht entziehen, stimmten auch Gisela und Lola ein, dann Ria und Walter, die Kinder, er und schließlich sogar sie selbst.

… schlaf in himmlischer Ruh,
schlaf in himmlischer Ruh.

34

»Für ein paar Stunden glaubten wir, der Spuk wäre endlich vorbei. Dann hörten wir seine Stimme im Rundfunk und wussten: Es war alles umsonst.«
Gussie Adenauer an Ferdinand Zinsser,
Rhöndorf, 24. Juli 1944

Auch wenn Stalingrad die Wende bedeutet hatte – der Krieg ging weiter. Er lehrte sie zwischen den Zeilen zu lesen. Die Lügen, die in den Zeitungen standen, mit der Wirklichkeit abzugleichen – den immer häufigeren Bombenangriffen, der zunehmenden Lebensmittelknappheit, der stetig wachsenden Zahl von Witwen und Waisen.

Dann kam der 20. Juli 1944. Sie hörten die Führerrede gemeinsam im Radio, in der Nacht nach dem Attentat. Er drehte die Lautstärke herunter, er wollte nicht, dass die Kinder aufwachten.

Eine ganz kleine Clique ehrgeiziger, gewissenloser und zugleich unvernünftiger, verbrecherisch-dummer Offiziere hat ein Komplott geschmiedet, um mich zu beseitigen und zugleich mit mir den Stab praktisch der deutschen Wehrmachtführung auszurotten. Die Bombe, die von dem Obersten Graf von Stauffenberg gelegt wurde, krepierte zwei Meter an meiner rechten Seite. Sie hat eine Reihe von mir teurer Mitarbeiter sehr schwer verletzt, einer ist gestorben. Ich selbst bin völlig unverletzt, bis auf ganz kleine Hautabschürfungen, Prellungen oder Verbrennungen.

Seine ihr so verhasste Stimme, die übertriebene Artikulation, das unverhohlene Triumphieren angesichts des gescheiterten Versuches, ihn aus dem Leben zu befördern.

»Ist dir klar, was das heißt, Gussie?«

Sie nickte stumm.

Am nächsten Tag fuhren sie nach Bonn. Das Haus von Dr. Vollmar lag in einer ruhigen Wohngegend. Kleine Straßen mit gepflegten Einfamilienhäusern, von den Bombern der Alliierten bislang verschont, als wäre der Krieg weit weg.

Sie kannten sich seit Jahren. Dass er Zahnarzt war, erleichterte vieles. Sie konnten so tun, als wären sie seine Patienten. Statt sich jedoch in der Praxis behandeln zu lassen, gingen sie hinauf in seine Privatwohnung. Schon lange trafen sie sich regelmäßig dort, eine kleine, verschwiegene Gruppe, Weggefährten aus einer besseren, längst vergangenen Zeit. Sie tauschten an der Zensur vorbeigeschriebene Briefe Gleichgesinnter aus, diskutierten über die Möglichkeiten und die Unmöglichkeiten des Widerstandes, spekulierten über das, was aus Deutschland werden könnte, wenn der ganze Wahnsinn endlich vorbei wäre. Ein Zusammensein unter Freunden, das die eigene Macht- und Hilflosigkeit ein wenig erträglicher machte.

»Die anderen sind schon da«, sagte Vollmars Frau und deutete hinüber ins Wohnzimmer. Die ruhige Gelassenheit, die sie sonst ausstrahlte, war wie weggeblasen.

Josef Giesen war gekommen, der ehemalige Kölner Gartenbaudirektor, den man nach der Machtübernahme aus dem Amt entfernt hatte; der Historiker Paul Franken, der seit Kriegsbeginn in Diensten der militärischen Abwehr stand; der frühere Oberstabsarzt Dr. Mathias Schellenberger, der wie sie in Rhöndorf lebte; die Universitätsdozentin Maria Schlüter-Hermkes; der Journalist und jetzige Major Fritz Schliebusch, dem der Dienst an der Front bislang erspart geblieben war.

Angespannt sprachen sie über Stauffenbergs gescheitertes Attentat und die Folgen. Eingefallene Wangen, die Gesichter grau vor Angst – man konnte ihnen ansehen, dass sie sich vorstellten, ihr Name stehe in einem von der Gestapo sichergestellten Brief oder ein Verhafteter verrate sie bei einem Verhör. Dann würden sie sich umgehend selbst im Netz der Spinne wiederfinden.

»Es wird Säuberungen geben«, sagte Josef Giesen. »Sie werden nicht eher ruhen, bis sämtliche an der Tat Beteiligten gefasst und hingerichtet sind.«

Paul Franken schüttelte den Kopf. »Dabei wird es nicht bleiben«, sagte er. »In der Abwehr laufen die Drähte heiß. Sie werden auf breiter Front aufräumen. Jetzt haben sie Carte blanche, jeden zu beseitigen, der ihnen im Weg steht. Alte Gegner, neue Gegner, ganz egal.«

Mein Konrad, dachte sie, und ihre Brust wurde plötzlich ganz eng. Die Widerständler um Stauffenberg hatten ihm eine führende Rolle in einer neu zu bildenden Regierung angeboten. Er hatte sich skeptisch gezeigt. Es gab monarchistische und antirepublikanische Tendenzen in ihren Reihen. Demokratisch sollte das politische System, das ihnen vorschwebte, jedenfalls nicht sein. Also hatte er abgelehnt.

Sie dachte: Das wird ihm nichts nützen. Gar nichts!

Die anderen schauten ihn fragend an. Er saß reglos da, seine Miene wie immer undurchdringlich.

»Wir können uns nicht mehr treffen«, sagte er ruhig. »Es ist zu gefährlich. Ihr müsst euch schützen und alles vernichten, was mit mir zu tun hat. Briefe, Dokumente. Es darf nie eine Verbindung zwischen uns gegeben haben.«

Sie senkten die Köpfe, starrten schweigend vor sich hin. Sie wussten, dass er recht hatte.

Langsam stand er auf, zog sein Jackett glatt, reichte jedem von ihnen die Hand, förmlich wie immer, auf Abstand bedacht. Nicht einmal unter Umständen wie diesen konnte er seine Gefühle offen zeigen.

»Was auch immer geschehen wird«, sagte Fritz Schliebusch, und seine Stimme bebte leicht. »Das alles hier hat mir eine Menge bedeutet. Ich wäre verrückt geworden ohne unsere Zusammenkünfte.«

»Gott sei mit dir, Fritz«, erwiderte er. »Und mit euch allen.«

Sie dachte: Jetzt bin ich die Einzige, die noch an seiner Seite steht. Er wird alles tun, um mich da rauszuhalten. Am Ende wird er allein sein. So wie immer.

Am Abend, die Kinder waren schon im Bett, sah sie ihn dastehen, im Garten, vor einer Metallschale, in der er kompromittierende Papiere verbrannte. Adresslisten, Korrespondenzen, persönliche Aufzeichnungen. Die Flammen ließen sein Gesicht rötlich schimmern.

Er sieht aus wie ein Indianer, dachte sie, der letzte Mohikaner.

Wie viel Einsamkeit kann ein Mensch ertragen?

35

»Sie wissen so gut, wie sie uns quälen können. Und sie genießen es. Aber nicht einmal das Wissen um ihre Durchschaubarkeit macht es erträglicher.«
Gussie Adenauer an Ferdinand Zinsser, Rhöndorf, 15. August 1944

Am nächsten Morgen erschienen sieben Männer in schwarzen Ledermänteln im Zennigsweg. Sie stellten das ganze Haus auf den Kopf, beschlagnahmten Akten, Briefe, Unterlagen. Ließen in den Zimmern den Geruch ihrer Mäntel zurück und verschwanden wieder. Und er stand in seinem Arbeitszimmer am Fenster und sagte: »Sie werden wiederkommen, Gussie. Ganz sicher!«

Einen Monat später, Ende August, verhafteten sie ihn. Morgens um sechs, diesmal waren sie nur zu zweit. Der Ältere zeigte ihm den Haftbefehl. »Fünf Minuten, Herr Adenauer«, sagte er. »Nicht dass das hier noch sentimental wird.«

Er hatte sich auf diesen Augenblick vorbereitet, trotzdem zitterten seine Hände so sehr, dass sie ihm die Krawatte binden musste. Als sie die Treppe hinuntergingen, hielt er sich am Geländer fest. Sie reichte ihm die kleine Tasche mit dem Notwendigsten, die seit Wochen neben der Garderobe bereitstand.

»Gussie«, sagte er leise und nahm sie in den Arm.

Sie hatte sich einen Morgenmantel über ihr Nachthemd geworfen. Seine Hand auf ihrem Rücken, ihre nackten Füße auf den Steinplatten. Sie merkte, dass sie zitterte. »Sag mir, dass alles gut wird, Konrad!«

Mühsam rang er sich ein Lächeln ab. »Grüß die Kinder von mir.«

Sie führten ihn den Weg zur Straße hinunter, der Schein der aufgehenden Sonne strich über seine Schultern. Dann war er plötzlich verschwunden, als hätte er sich im Schatten der Büsche und Bäume aufgelöst.

Hinter ihr in der Haustür tauchte die verschlafene Libet auf. »Was ist passiert, Mama?«

»Gar nichts« sagte sie und drückte sie an sich. »Alles in Ordnung.«

Sie zog sich an so schnell sie konnte. Machte Frühstück, gab sich den Kindern gegenüber den Anschein von Normalität. Er habe nur rasch nach Bonn gemusst, ein dringender Termin im Rathaus, am Nachmittag sei er wieder zurück. Ungeduldig wartete sie, bis sie mit ihren Schulranzen das Haus verlassen hatten, dann schminkte sie sich hastig, stürzte aus dem Haus und lief den Berg hinunter.

Ihr Ziel war eine der Villen in Hanglage mit Blick auf den Rhein: das Haus des Schweizer Generalkonsuls Franz-Rudolph von Weiss und seiner Frau Hannelore, alte Freunde aus den glücklichen Jahren in Köln.

Sie saßen auf ihrer Terrasse beim Frühstück, elegant gekleidet wie immer, ein perfektes Paar, behütet von der eidgenössischen Neutralität. Über ihnen eine gestreifte Markise, gelb und weiß, auf dem Tisch Meissener Porzellan, vor ihnen der glitzernde Fluss, ein Frachtschiff, das die Wellen teilte, das Tuckern drang bis zu ihnen herauf. Ein Bild des Friedens mitten im Krieg, wäre da nicht am anderen Ufer das zerbombte Bonn gewesen, eine trostlose Wüste aus Stein.

»Setz dich doch«, sagte Hannelore. »Darf ich dir eine Tasse Kaffee …?«

»Sie haben Konrad verhaftet!«, unterbrach sie die Freundin leise.

Der Konsul erstarrte. Er legte das Brötchen, in das er gerade beißen wollte, zurück auf den Teller.

»Wann?«, fragte er.

»Heute Morgen um sechs«, sagte sie. »Es hat keine zehn Minuten gedauert, wir konnten uns nicht einmal richtig voneinander verabschieden.«

Der Konsul schaute hinüber zu seiner Frau, die seinen Blick erwiderte. Ein stummes Einverständnis. Und sie dachte: Sie sind weder verwundert noch überrascht, sie haben damit gerechnet.

»Wohin haben sie ihn gebracht?«, fragte er.

»Ich weiß es nicht«, erwiderte sie. »Deswegen bin ich hier.«

Er nahm ihre Hände, tätschelte sie hilflos. Der Siegelring an seinem kleinen Finger glänzte in der Sonne. Das Wappen seiner Familie. Wieder ein Blick zu seiner Frau, dann schob er seinen Stuhl zurück und erhob sich. »Ich kümmere mich darum«, sagte er. »Jetzt gleich. Aber es kann dauern, du weißt, wie sie sind. Und versprechen kann ich nichts.«

»Natürlich nicht«, sagte sie. Und dann: »Ich danke dir.«

Das Haus, das ihr Bruder Ernst für sie gebaut hatte. Damals eine Hoffnung, jetzt nichts weiter als eine leblose Hülle aus Stein. Der Widerhall ihrer rastlosen Schritte auf dem Parkett. Sie würde stundenlang warten müssen, zur Untätigkeit verdammt, ihren düsteren Gedanken ausgeliefert.

Sie stellte es sich vor, obwohl sie es nicht wollte: die nackten Wände eines Verhörraums und darin er, zusammengesunken auf einem Stuhl, eine Schreibtischlampe auf ihn gerichtet, sein ausdrucksloses Gesicht in gleißende Helle getaucht. Dann eine Männerstimme, schmeichelnd erst, nach einer Weile schreiend. Sein zusammenzuckender Körper, der Wunsch, sich die Ohren zuzuhalten, von den Handschellen verhindert. Dazu die immer gleichen Fragen, die immer gleichen Drohungen, stundenlang. Dann eine Pause, erschöpftes Dahindämmern, die Hoffnung, endlich schlafen zu können. Und wieder der Stuhl, die Lampe, die Fragen, weiter und immer weiter. Wie lange würde er widerstehen können?

Die Stunden tropften an ihr vorbei, geronnene Zeit. Sie sehnte sich nach den Kindern und hatte doch Angst davor, ihnen die Wahrheit sagen zu müssen.

Sie hörte sie den Weg heraufkommen, lachend und scherzend. Ihr wurde klar, dass sie kein Mittagessen vorbereitet hatte. Dann standen sie vor ihr, starrten sie erschrocken an, und sie begriff, dass sie selbst es war, die sie so erschreckte, der Ausdruck in ihren Augen, die Angst, die sie ausstrahlte.

Sie berichtete ihnen alles. Die Großen schwiegen. Libet schaute sie vorwurfsvoll an: »Warum hast du uns das nicht schon heute Morgen erzählt, Mama?«

Georg fragte: »Und wann kommt er wieder?«

Paul schnauzte ihn an: »Was für eine blöde Frage!«

»Wieso?«

»Weil er vielleicht gar nicht wiederkommt. Deshalb!«

Die Miene seines kleinen Bruders verzog sich. Angst und Unverständnis, er stand kurz davor, in Tränen auszubrechen. »Stimmt das, Mama?«

»Ich will so etwas nie wieder hören«, wandte sie sich an Paul. »Nicht von dir, nicht von euch, nicht in diesem Haus. Haben wir uns verstanden?«

Paul nickte. »Entschuldige, Mama.«

»Entschuldige dich lieber bei deinem Bruder.«

»Tut mir leid, Schorsch.«

»Schon gut«, sagte Georg.

Lotte und Libet sagten nichts.

Die Ungewissheit war lähmend und kaum auszuhalten. Am späten Nachmittag kam Franz-Rudolph von Weiss. Endlich! Sein heller Sommeranzug tauchte zwischen den Stauden im Vorgarten auf, das Einstecktuch passend zur seidenen Krawatte. Er sah besorgt aus, aber er hatte Neuigkeiten, wenigstens das. Er habe mit dem zuständigen Staatsanwalt reden können, sagte er, der habe sich zuerst gewunden, es sei ihm leider nicht möglich, Informationen zu laufenden Ermittlungsverfahren an unbeteiligte Dritte weiterzugeben und so weiter, aber dann sei er schließlich doch mit der Sprache herausgerückt. Die bevorstehende Niederlage habe ihm die Zunge gelöst, mutmaßte er, die unausgesprochene Erwartung, nach der Kapitulation eine Gegenleistung in Anspruch nehmen zu können, etwa ein positives Leumundszeugnis oder dergleichen.

»Wusste er, wo sie ihn hingebracht haben?«, fragte sie ungeduldig.

Von Weiss nickte. »In ein Barackenlager auf dem Kölner Messegelände, ein Außenlager des KZ Buchenwald.«

»Buchenwald«, wiederholte sie tonlos. »Mein Gott!«

»Es nützt nichts, wenn du dich verrückt machst.«

»Werden sie ihn dorthin bringen?«

»Bitte Gussie, das ist sinnlos.«

»Er wird das nicht überleben, Franz. Niemals!«

Er legte ihr die Hände auf die Schultern. »Du musst dich beruhigen. Bitte!«

Der Druck seiner Finger, die Dringlichkeit seiner Worte. Sie versuchte tief durchzuatmen, er hatte ja recht, es nützte nichts.

»Was passiert jetzt?«, fragte sie.

»Ich habe ein wenig herumtelefoniert und meine Kontakte spielen lassen«, erwiderte er. »Es geht ihm so weit gut. Ich habe darum gebeten, dass du ihn besuchen kannst.«

Ein Hoffnungsschimmer. »Wann?«

»Morgen Nachmittag.«

36

»Sie haben ihn wieder verhaftet. Die Kinder sind wie gelähmt, genau wie ich. Die Vorstellung, ihn zu verlieren, macht uns alle krank. Was soll nur werden?«
Gussie Adenauer an Ferdinand Zinsser,
Rhöndorf, 29. August 1944

Sie hatte die ganze Nacht wachgelegen und nachgedacht. Wenn sie etwas finden wollten, würden sie etwas finden. Und wenn nicht, würden sie etwas konstruieren. Absichten ersinnen, die es nicht gab, Kontakte unterstellen, die nie bestanden hatten, Beweise fälschen, wo keine waren. Sie musste ihn da rausholen, solange noch Zeit war. Nichts zu unternehmen, hieß seinen Untergang zu besiegeln. Aber was konnte sie tun?

Als der Morgen graute, hatte sie eine vage Idee, noch weit entfernt von einem Plan, aber konkret genug, um genauer darüber nachzudenken. In ihrem Kopf lauter lose Fäden, Leerstellen, Unwägbarkeiten – die Umrisse eines Bildes, die Details noch im Nebel.

Allein konnte sie das niemals schaffen, sie brauchte Unterstützer. Sie schrieb mögliche Namen auf, dazu die Rolle, die jeder von ihnen spielen sollte. Sie wusste: Fiel einer von ihnen aus, war der ganze Plan Makulatur.

Und wenn sich niemand finden würde, der ihr half?

len. Sie hatten ihn mit einem Sammeltransport hierhergebracht. Er hatte sich nicht beschwert, er wollte sie nicht provozieren. Und dann, kaum angekommen, traf er auf Zander.

»Zander?«, fragte sie.

»Eugen Zander«, sagte er. »Einer von Josef Giesens Leuten, ein ehemaliger Arbeiter aus dem Gartenbauamt. Er ist der Lagerälteste hier. Du kennst ihn, er hat vor Jahren die Eibe in unserem Garten in der Max-Bruch-Straße beschnitten.«

Sie versuchte sich zu erinnern. Es gelang ihr nicht.

»Er war ganz erschrocken, mich zu sehen«, fuhr er fort. »›Sie hier, Doktor Adenauer‹, hat er gesagt, und dann hat er mich hier in der Kleiderkammer untergebracht, damit ich nicht in einer dieser entsetzlichen Baracken … Ich bin ihm so dankbar, ich kann dir gar nicht sagen, wie sehr. Und weißt du, wer auch hier ist? Doktor Richartz!«

»Der Arzt?«

»Ja«, sagte er. »Der Lotte damals wegen ihres Keuchhustens behandelt hat.«

Sie starrte ihn an. Es war verrückt, aber plötzlich fügte sich alles zusammen.

»Was ist?«, fragte er.

»Kannst du den beiden vertrauen?«

»Wem?«

»Diesem Zander und Doktor Richartz?«

»Sie sind Häftlinge wie ich. Wir stehen auf derselben Seite, aber …«

Sie winkte ab. Eine halbe Stunde, keine Minute länger.

»Du musst hier raus, Konrad«, sagte sie. »So schnell es irgend geht.«

Er schaute sie ungläubig an.

»Vielleicht habe ich einen Weg gefunden«, sagte sie, verwundert über die Entschlossenheit in ihrer Stimme. »Aber dazu brauchen wir diesen Zander. Und Doktor Richartz!«

»Was redest du denn da?«

»Vor allem aber kommt es auf dich an. Und auf deine Fähigkeiten als Schauspieler!«

37

»Ihn in den Händen dieser Unmenschen zu wissen, macht mich verrückt, untätig zu bleiben, noch viel mehr. Frage mich nicht, was ich damit meine, aber ich stehe vor einer der schwersten Entscheidungen meines Lebens.«
Gussie Adenauer an Ferdinand Zinsser,
Rhöndorf, 31. August 1944

Es war nicht leicht gewesen, ihm seine Zustimmung abzuringen. Trotz aller Zweifel und Vorbehalte hatte er sich schließlich doch zu allem bereit erklärt und ihr versprochen, mit Zander und Dr. Richartz zu reden.

Zurück in Rhöndorf hatte sie Konsul von Weiss eingeweiht. Sie brauchte ihn als Verbindungsmann, um Nachrichten ins Lager zu schmuggeln und Konrad über den Zeitpunkt der Flucht zu informieren. Dann hatte sie Joseph Vollmar angerufen und ihn gebeten, die Freunde zusammenzurufen, es sei dringend, es gehe darum, Konrad zur Flucht zu verhelfen. Noch am Abend hatte er sie zurückgerufen. Sie würden sich in drei Tagen treffen, am späten Nachmittag, nach dem Ende seiner Sprechstunde.

Jetzt stand sie an der Reling der Rheinfähre. Die Hände auf den Lenker ihres Fahrrads gelegt, sah sie sich vorsichtig um. Das Heck, die Steuerkabine, der Bug. Die Passagiere, die wie sie ans andere Ufer fuhren. Körper und Gesichter, im Wind wehende Haare. Doch auch wenn das Deck der Fähre frei zu sein schien von etwaigen Beschattern – die Angst blieb.

Die Fahrt in die Stadt hinein, ihre Füße auf den Pedalen. Der Wechsel von unversehrten und zerstörten Fassaden, der Geruch nach verbrannten Dachsparren, der Staub eingestürzter Mauern. Und über allem wölbte sich ein wolkenloser, blauer, wunderschöner Augusthimmel.

Das Zahnarztschild neben dem Hauseingang, sie brauchte einen Moment, um ihren Finger auf den Klingelknopf zu legen, und einen weiteren, um die Klingel tatsächlich zu drücken. Wenn die Freunde ihren Vorschlag ablehnten, wäre alles verloren.

Die Haustür öffnete sich, Joseph Vollmar nickte ihr zu. »Komm rein.«

Sie schauten sie erwartungsvoll an. Das Ehepaar Vollmar, Josef Giesen, Paul Franken, Dr. Schellenberger und Fritz Schliebusch. Schon jetzt war sie ihnen mehr als dankbar. Dass sie gekommen waren, bedeutete, dass sie bereit waren, das eigene Leben aufs Spiel zu setzen. Und das alles zu einem Zeitpunkt, an dem der Zusammenbruch des Reiches nur noch eine Frage von Monaten war. Wenn sie aufflogen, würden sie den ersehnten Neuanfang nicht mehr erleben.

»Wie geht es ihm?«, fragte Josef Giesen.

»Nicht gut«, sagte sie. Und dann: »Das alles hier fällt mir nicht leicht.«

»Du hast keinen Grund, dich zu entschuldigen, Gussie!«

»Die Sache ist riskant.«

»Das ganze Leben ist riskant.«

Die Bemerkung war scherzhaft gemeint, aber niemand lachte.

»Es gibt da einen Mitgefangenen, der sich ihm verpflichtet fühlt«, sagte sie. »Eugen Zander, ein ehemaliger Gartenarbeiter und Kommunist. Seit neun Jahren in Haft. Er ist der Lagerälteste und bereit zu helfen. Genau wie der Lagerarzt, Doktor Richartz, ebenfalls ein Häftling.«

»Du hast also einen Plan«, sagte Fritz Schliebusch.

»Ja«, erwiderte sie. »Und du spielst die wichtigste Rolle darin.«

»Ich?«

»Du trägst eine Uniform, du bist Major. Und dein Sohn ist ebenfalls Soldat.«

»Du willst meinen Jungen da mit reinziehen?«

»Ich will meinen Mann da rausholen. Nicht nur für mich. Für Deutschland. Für die Zeit danach.«

Fritz Schliebusch schaute sie skeptisch an. »Und weiter?«

»Wir brauchen einen Dienstwagen. Und Papiere. Echter Stempel, falsche Unterschrift. Für eine Überstellung nach Berlin.«

Und dann erzählte sie, was sie sich ausgedacht hatte. Den möglichen Ablauf einer Befreiungsaktion. Schaute in die Augen der anderen und kam sich lächerlich vor. Plötzlich erschien ihr das alles völlig unrealistisch. Nichts weiter als die albernen Gedanken einer verzweifelten Ehefrau, die nicht das Recht hatte, Unbeteiligte mit in ihr persönliches Unglück hineinzuziehen.

»Das hört sich verrückt an«, sagte Josef Giesen.

»Ich weiß«, sagte sie niedergeschlagen. »Aber etwas Besseres habe ich nicht zu bieten.«

»Das wird niemals funktionieren«, sagte Paul Franken.

»Doch, wird es«, sagte Fritz Schliebusch und blickte sie entschlossen an. »Weil es funktionieren *muss*!«

38

»Kennst Du das, Papa? Dieses Gefühl, keine Wahl zu haben und sehenden Auges ins Unglück zu laufen?«
Gussie Adenauer an Ferdinand Zinsser,
Rhöndorf, 3. September 1944

Sie saß zu Hause, ihre Kinder um sich, starrte unentwegt auf das Telefon und wartete. Keiner von ihnen sagte ein Wort. Es hätte längst klingeln sollen, schon vor einer Stunde, aber der Apparat aus schwarzem Bakelit blieb stumm. Sie begann sich zu fragen, ob etwas schiefgegangen war, ob jemand sie verraten hatte, vielleicht einer der Häftlinge aus dem Lager, der sich Hafterleichterungen versprach, oder eine Schwester aus dem Krankenhaus, die – wie auch immer – Wind von der Sache bekommen hatte.

»Mama«, sagte Georg.

»Lass sie in Ruhe«, sagte Paul.

»Ich will doch nur was wissen.«

»Nicht jetzt!«

»Was ist denn, Schorsch?«, fragte sie.

»Wann gibt's Abendbrot? Ich hab Hunger!«

Libet stand auf, nahm ihn bei der Hand. »Komm, Schorschie, ab mit uns in die Küche.«

Der erste Teil des Planes hatte funktioniert. Konsul von Weiss hatte ihn im Lager besucht und den Ablauf der

Aktion besprochen. Zander und Richartz hatten keine Sekunde gezögert und ihre Rollen perfekt gespielt. Wie verabredet, hatte er einen Herzanfall simuliert. Dr. Richartz hatte Lebensgefahr attestiert und die Lagerleitung informiert. Der Häftling Adenauer müsse sofort ins Krankenhaus Hohenlind, nur die dortigen Herzspezialisten könnten ihn noch retten.

Heute dann, eine Woche nach seiner stationären Aufnahme in Hohenlind, war das riskante Vorhaben in seine entscheidende Phase getreten. Am späten Vormittag war Fritz Schliebusch in Uniform und Begleitung zweier junger Soldaten – der eine sein Sohn, der andere der von Josef Giesen – in einem eigens organisierten Dienstwagen vor der Klinik vorgefahren und hatte mithilfe gefälschter Papiere verlangt, den Patienten Adenauer zum Verhör nach Berlin zu überstellen. Um kurz nach eins hatte Paul Franken sie angerufen, um ihr mitzuteilen, dass bis hierhin alles gutgegangen war.

Und dann? Was war danach passiert?

Geplant gewesen war, dass Schliebusch mit ihm statt nach Berlin in den Westerwald fahren würde, nach Hachenburg zur Nistermühle, einer abgelegenen Pension, in der er sich unter dem Namen Dr. Weber einquartieren würde. Danach sollte Schliebusch sich telefonisch bei ihr melden.

»Irgendwas muss schiefgegangen sein«, sagte sie.

»Alles wird gut, Mama«, sagte Lotte.

»Nichts wird gut«, fuhr sie auf. »Gar nichts!«

Alles zu viel, dachte sie, und alles falsch gemacht! Die Angst um ihn hatte sie blind werden und die Verantwortung ihren Kindern gegenüber vergessen lassen. Niemals hätte sie ihre Freunde mit hineinziehen dürfen. War nicht von Anfang an klar gewesen, dass diese ganz und gar verrückte und wahnsinnige Idee zum Scheitern verurteilt war? Und jetzt war sie schuld an alldem, sie allein!

»Mama«, sagte Paul.

»Was?«

»Das Telefon!«

Erst jetzt bemerkte sie, dass es klingelte. Sie riss den Hörer von der Gabel. »Ja?«

»Fritz hier.«

Als würde ihr Herz explodieren. »Und?«

»Doktor Weber hat Quartier bezogen.«

Er legte auf, und sie ließ den Hörer sinken. Grenzenlose Erleichterung, grenzenlose Erschöpfung. Keine Gefühle mehr, nur ein großes Nichts.

Und ihre Kinder, denen zuliebe sie sich zu einem Lächeln zwang.

»Du hattest recht, Lotte, alles wird gut.«

39

»… und auch wenn Dir das vielleicht nicht hilft: Du hast keinen Grund, Dich schuldig zu fühlen. Jede Mutter in Deiner Situation hätte dasselbe getan. Und jeder Vater auch.«
Ferdinand Zinsser an Gussie Adenauer,
Tübingen, 27. Februar 1948

Hat sie damals wirklich geglaubt, dass alles gut werden würde? Wie naiv sie war, wie stur und verblendet. Wie hatte sie sich nur ernsthaft einreden können, sie würden sein Verschwinden einfach so hinnehmen und sie oder die Kinder straflos davonkommen lassen?

Obwohl sie die Folgen ihres Handelns vorher sorgsam bedacht hatte und überzeugt war, sie sei bereit, den Preis dafür zu bezahlen – wie erschrocken war sie, als sie begreifen musste, wie hoch dieser Preis tatsächlich war.

Sie hat sich oft gefragt, ob ihr Leben einem geheimen Plan folgt. Nie hätte sie sich vorstellen können, an einen Punkt zu gelangen, an dem alle Zuversicht aufgebraucht sein und es keine Hoffnung mehr geben würde. Zu groß war das Vertrauen, das ihr Vater ihr mitgegeben hatte – in sich und in die Welt.

Und dann stand sie da, und alles, an das sie je geglaubt hatte, fiel wie ein Kartenhaus in sich zusammen.

Dieser Trugschluss, sie könne alles im Griff haben. Erkennen zu müssen, dass sie ausgeliefert war. Begreifen zu müssen, dass nicht sie selbst entschied, was mit ihr geschah – und nicht nur mit ihr.

Und Gott? Wo war der?

Sie denkt an den Pfarrer und seine wulstigen Finger, die Art, wie er sie angestarrt hat. »Ist Ihnen klar, was Sie da sagen, Fräulein Zinsser?« – »Wir sprechen hier über eine Ordnung, die größer ist als Sie.« – »Gott steht über den Menschen, nicht umgekehrt.«

Es gibt Orte, an denen Gott nicht existiert. Niemand bereitet einen darauf vor. Wer es nicht selbst erlebt hat, kann es sich nicht vorstellen.

40

»Und immer neigen wir dazu, uns die Dinge schönzureden. Als wüssten wir es nicht besser.«
Gussie Adenauer an Ferdinand Zinsser, Rhöndorf, 13. September 1944

Zwei Wochen nach seiner Flucht standen sie vor der Tür, in ihren Allerweltsgesichtern nichts als Gleichgültigkeit.

Man müsse sie bitten, sie zu begleiten, sagte der Größere der beiden, ein dringendes Gespräch, leider unaufschiebbar, es seien da gewisse Fragen aufgetaucht, die geklärt werden müssten. Und ja, es sei durchaus ratsam, ein wenig Wäsche und Hygieneartikel mitzunehmen, falls es länger dauern sollte. Nicht dass man davon ausgehe, letztlich hänge das nur von ihr ab, aber man wisse ja nie, es gebe da gewisse Erfahrungswerte. Dazu ein schmales Lächeln, als Drohung gemeint oder zur Einschüchterung, was keinen Unterschied machte.

»Und meine Kinder?«, fragte sie.

»Wie gesagt«, gab er zurück, »es dauert vermutlich nicht lange. Wenn Sie sich zugänglich zeigen, sind Sie heute Abend wieder zu Hause.«

Zugänglich, dachte sie, ein anderes Wort für aufgeben, eine zynische Umschreibung für ihr erwartetes Zusammenbrechen unter dem Druck des Verhörs.

Lotte und Libet und Georg, keine Zeit für Erklärungen. Ein paar hastige mütterliche Anweisungen, die sinnlose Bitte, sich keine Sorgen zu machen. Und nach den Umarmungen ein letzter Blick über die Schulter zurück, flankiert von den beiden Gestapomännern, die sie mit sich zogen, die Hände mit festem Griff um ihre Oberarme geschlossen.

Der eine saß am Steuer, rauchend, der andere neben ihr auf der Rückbank, durch das geöffnete Fahrerfenster wehte ihr ständig ein Luftzug ins Gesicht. Ihr war kalt, am Fahrtwind lag es nicht.

Die gewundene Straße den Berg hinunter und dann am Rheinufer entlang Richtung Köln. Der Weg nach Hause, dachte sie und umklammerte den Griff ihrer Handtasche, vermeintlich zurück in die alte Heimat, aber in Wahrheit in eine unbekannte Hölle.

Das zerbombte Köln, die Reste der Häuser wie steinerne Gerippe an mühsam freigeräumten Straßen. Und rechts und links an Trümmerhaufen vorbeihastende Menschen, das verzweifelte Aufrechterhalten des Alltags, ihre Kleidung das einzig Unbeschädigte in dieser zerstörten Stadt.

Der Fahrer verringerte die Geschwindigkeit, bog von der Komödienstraße auf den Appellhofplatz ab. Das Gestapohaus lag vollkommen unversehrt da, an der Ecke zur Elisenstraße, als hätte der Teufel selbst seine schützende Hand darüber gehalten.

Sie führten sie die Treppe hinauf ins dritte Stockwerk und durch einen Gang zu einem der zahllosen Büros. Ein kurzes Klopfen, das Warten auf eine Antwort, ein knappes »Herein« aus dem Inneren, und der Größere der beiden öffnete die Tür. »Frau Adenauer ist jetzt da.«

Er nickte einem Kommissar zu, der hinter seinem Schreibtisch saß.

Der Kommissar blickte auf, scheinbar herausgerissen aus einer wichtigen Arbeit, schob die Papiere zusammen, ließ sie in einer Schublade verschwinden, erhob sich und kam auf sie zu, die Hand ausgestreckt, in seinem Gesicht ein joviales Lächeln, als wäre sie eine gute Freundin, die er schon lange nicht mehr gesehen hatte, oder jemand, dessen Bekanntschaft er schon immer habe machen wollen.

»Verehrte gnädige Frau«, sagte er mit einer auffallend hohen Stimme. »Wie schön.«

Ihr blieb nichts anderes übrig, als ihm die Hand zu geben, er hatte weiche, gepflegte Finger, sein Händedruck war warm und verbindlich.

»Bethke«, stellte er sich vor und fragte im selben Atemzug: »Darf ich?«

Ohne ihre Antwort abzuwarten, trat er hinter sie. Sie roch sein süßliches Rasierwasser, die Brillantine in seinen Haaren, während er ihr aus dem Mantel half. Er zog ihn über einen Kleiderbügel und hängte ihn an einen Garderobenständer neben der Tür. Dann nickte er den beiden Gestapomännern zu, die das Büro verließen. Er schloss die Tür hinter ihnen. Jetzt war sie allein mit ihm.

»Bitte«, sagte er und deutete auf den Stuhl vor seinem Schreibtisch, ehe er selbst auf der anderen Seite Platz nahm, ein kleiner, fast zarter Mann, Anfang vierzig vielleicht, lebendige Augen unter einer fliehenden Stirn, die auffällig gemusterte Krawatte passte nicht zu dem braunen Wollstoff seines Anzugs.

Sie setzte sich, was blieb ihr auch übrig. Wäre es nicht

um Leben und Tod gegangen, sie hätte das alles als Schmierenkomödie abgetan.

Die übertriebene Art, mit der er ein nicht existierendes Staubkorn von der Schreibtischplatte wischte und sich dann in seinem Schreibtischstuhl nach hinten lehnte, die Hände über dem Bauch gefaltet, und sie freundlich anlächelte – er sah sich selbst als Schauspieler, der jederzeit von einer Rolle in die nächste wechseln konnte, je nach Bedarf. Er freute sich offensichtlich auf das vor ihm liegende Zweipersonenstück, das sich als schneller Einakter oder tragisches Schauspiel epischer Länge erweisen konnte, je nachdem, in welche Richtung sich das Drama entwickeln würde. Wer konnte vorher schon sagen, mit welcher Art von Mitspieler man es diesmal zu tun haben würde? Das zeigte sich immer erst im Verlauf der Aufführung. Immer neu und immer anders.

»Was darf ich Ihnen bringen lassen?«, fragte er. »Ein Wasser, einen Kaffee, vielleicht einen Cognac?«

»Nichts«, sagte sie tonlos. »Ich bin wunschlos glücklich.«

»Wunschlos glücklich?«, wiederholte er. »Tatsächlich? Ich muss zugeben, dass ich mir das kaum vorstellen kann.«

Sie sah ihn offen an. »Bitte«, sagte sie. »Wenn Sie dann freundlicherweise zur Sache kommen könnten.«

Das nervöse Zucken seiner Augen zeigte ihr, dass er nicht mit einer solchen Reaktion gerechnet hatte. Sperrigkeit ja, natürlich, vielleicht auch ein wenig Tränenseligkeit, aber dieses selbstbewusste Auftreten, noch dazu in seinem Büro – er wirkte fast ein wenig beleidigt.

»Mich persönlich interessiert das alles nicht«, sagte er

mit aufgesetzter Gelassenheit. »Ich als Privatmann mische mich nicht in die politischen oder weltanschaulichen Verstrickungen meiner Mitmenschen ein. Allerdings sitze ich hier nicht als Privatmann, sondern als Vertreter eines staatlichen Organs. Und in dieser Funktion muss ich Sie aufrichtig warnen. Mit diesem Ton verschlimmern Sie Ihre Situation in völlig überflüssiger Weise. Und das ist jammerschade. Denn wenn ich das ganz *entre nous* hinzufügen darf: Eine so attraktive, kluge Frau wie Sie sollte doch wissen, dass es keinen Sinn macht, sich mit der Staatsmacht anzulegen. Und dass Sie weder sich noch Ihrem Mann damit einen Gefallen tun.«

»Was wollen Sie von mir?«, fragte sie.

»Aber das wissen Sie doch«, sagte er.

»Wenn ich es wüsste, würde ich nicht fragen.«

Er schaute sie mitleidig an. »Was dagegen, wenn ich rauche?« Er wartete ihre Antwort nicht ab, nestelte ein Päckchen filterloser Zigaretten und ein Klappfeuerzeug aus der Innentasche seines Sakkos, klopfte eine Zigarette aus dem Päckchen, drehte sie zwischen seinen Fingern hin und her, zündete sie an und nahm einen tiefen Zug. »Ein scheußliches Laster«, sagte er und stieß den Rauch langsam aus. »Aber in diesen Zeiten des Mangels und der Entbehrung – man muss genießen, solange man kann, meinen Sie nicht?«

Sie verzichtete auf eine Erwiderung, schaute stattdessen an ihm vorbei aus dem Fenster und über die ausgebombten Häuser hinüber zu den unversehrt gebliebenen Türmen des Doms. Die beiden steinernen Kreuzblumen auf ihren Spitzen vor dem Grau des Himmels, so nah und doch so unendlich weit entfernt.

»Ich mache das schon eine ganze Weile«, sagte er. »Sie sind nicht die Erste, die hier sitzt.« Und dann: »Es gibt da bestimmte, immer gleiche Muster. Die einen zeigen sich unterwürfig, von Beginn an. Wissen, dass es zwecklos ist, sich zu widersetzen. Hoffen, sich durch Kooperation gewisse Vorteile zu verschaffen oder das, was ihnen blüht, abzumildern. Dann gibt es jene, die so tun, als wüssten sie von nichts. Als würde Nichtwissen vor Strafe schützen. Und schließlich sind da die Aufsässigen, die Widerborstigen, die Gegenwehr mit Klugheit verwechseln und sich dem Sturm offen entgegenstellen. Sie halten sich für die Schlausten, dabei sind sie die Dümmsten.«

Erneut zog er an der Zigarette und stieß den Rauch langsam aus, den Blick unverwandt auf sie gerichtet. »Zu welcher Gruppe gehören Sie, Frau Adenauer? Nein, warten Sie, ich ziehe die Frage zurück. Wir kennen ja beide die Antwort.«

»Umso besser«, sagte sie und spürte, wie ihr Herz schneller zu schlagen begann. »Dann wäre das ja geklärt.«

Er lächelte gönnerhaft. »Sie machen das wirklich gut, Frau Adenauer. Wie Sie Ihr Unbehagen verstecken, Ihre Angst. Wie Sie auszuweichen versuchen. Nur, wissen Sie, funktioniert das alles hier nicht. Das sind alles nur Scheingefechte. Überflüssig und völlig bedeutungslos.«

Und noch immer diese widerwärtige Höflichkeit. In seinem Gesicht, seinen Gesten. Kein lautes Wort, stattdessen der unverändert freundliche Tonfall. Diese penetrante Gewissheit der Macht.

»Glauben Sie an Gott?«, fragte sie.

»An Gott?«, fragte er überrascht zurück.

»Ja«, sagte sie. »Aber ich meine nicht Ihren Führer auf dem Obersalzberg. Sondern den da oben im Himmel, den Einzigen, der zählt.«

Sein Lächeln erstarb, er kniff die Augen zusammen. Ihr schien, als würde seine Haut die Farbe des Rauches annehmen, der um sein Gesicht waberte.

»Ich will Ihnen nicht zu nahetreten«, sagte sie. »Aber vielleicht sind Sie ja derjenige, der Scheingefechte führt.«

Er glotzte sie an, überrumpelt von ihrer Unverfrorenheit. Asche fiel von seiner Zigarette auf die Schreibtischplatte.

»Ihre Asche«, sagte sie. »Nicht, dass sich da was einbrennt.«

Er starrte auf den grauen Haufen verbrannten Tabaks, brauchte einen Moment, um sich zu fassen. Und dann wieder dieses eisige Lächeln, während er die Asche mit dem kleinen Finger vom Tisch wischte und sagte: »Das Einzige, was ich über Gott weiß, ist, dass er nicht da ist, wenn man ihn braucht.«

Sie dachte: Es lässt ihn nicht kalt. Es macht ihm etwas aus, auch wenn er schon Hunderte solcher Verhöre geführt hat. Sie musterte ihn. Ein kleiner Stellvertreter der Macht, der behauptete, die Dinge nicht persönlich zu nehmen, und in Wahrheit nichts anderes tat, als Rache zu üben für das, was ihm im Laufe seines Lebens an Demütigungen zugefügt worden war. Wahrscheinlich glaubte er, auf der richtigen Seite zu stehen. Vielleicht war er sogar davon überzeugt, in seiner albernen Krawatte, die nicht zu seinem Anzug passte. Aber selbst er musste wissen, dass der Krieg längst verloren war und mit dem Krieg das Tausendjährige Reich.

Er drückte seine Zigarette in einem billigen Blechaschenbecher aus. Er ließ sich Zeit dabei. Ihr wurde klar, dass er zurückkehrte zu seiner Routine, den jahrelang eingeübten Gesten, dieser vorgespielten Selbstgewissheit, die sein Gegenüber einschüchtern und verunsichern sollte.

»Wissen Sie, was ich an dieser Art von Gesprächen am meisten mag«, sagte er. »Ihren unterhaltsamen Charakter. Sie sind nie langweilig.« Und dann: »Gehen Sie gerne in den Zoo, Frau Adenauer? Ich persönlich liebe es.«

Er machte eine Pause, seine Finger strichen wie zufällig über den Rand des Aschenbechers. Aber natürlich war nichts, was er tat, zufällig. Das hier war sein Terrain, sein Spiel. Hier galten seine Regeln.

»Wissen Sie, wer es mir vor allem angetan hat?«, fragte er und lieferte selbst die Antwort. »Die Rudeltiere. Besonders die Paviane, wie sie auf ihrem Felsen zusammensitzen, sich gegenseitig die Läuse aus dem Fell kratzen und hintenrum auf nichts anderes als den eigenen Vorteil bedacht sind. Gier und Egoismus, getarnt als soziales Verhalten. Genau wie bei uns Menschen. Lüge und Verstellung, ein einziges großes Theater, das Leben ein dauernder Kampf. Oben lächeln, unten treten. Und immer die Angst, zu kurz zu kommen, übervorteilt zu werden. Und du stehst da und schaust zu. Alles liegt offen vor dir, die ganze menschliche Komödie, aufgeführt von einer Horde Paviane.« Er schob den Aschenbecher zur Seite und legte seine gespreizten Finger aufeinander. »Verstehen Sie, was ich meine?«

»Nein.«

»Wirklich nicht? Dabei ist die Sache ganz einfach: Ich will etwas von Ihnen, das Sie mir nicht geben wollen.«

»Ich wüsste nicht, was das sein sollte.«

»Natürlich nicht. Das gehört ja zu dem Spiel dazu. Sie spielen Ihre Rolle, ich meine. Aber wie komme ich an das, was ich so gerne von Ihnen hätte? Verstellung, List? Das funktioniert vielleicht bei einem dieser gewöhnlichen Durchschnittstypen, mit denen ich es in der Regel zu tun habe. Aber nicht bei Ihnen. Dazu sind Sie viel zu intelligent.«

»Und?«, fragte sie zurück. »Was funktioniert bei mir?«

»Direktheit, Ehrlichkeit. Nicht lange um den heißen Brei herumreden.«

»Aber genau das tun Sie doch die ganze Zeit: herumreden.«

»Erwischt«, sagte er und hob mit einem bedauernden Lächeln die Hände. »Wobei Sie nicht vergessen dürfen, dass man sich erst mal ein Bild verschaffen muss. Man weiß ja nicht, mit wem man es zu tun hat. Selbstverständlich erhält man im Vorfeld gewisse Informationen, aber erst der persönliche Eindruck entscheidet darüber, wie man am besten vorgeht. Nehmen Sie zum Beispiel Ihre Frage nach Gott. Der Hinweis auf eine höhere Instanz, höher als wir einfachen Menschen, höher sogar als unser geliebter Führer. *Chapeau!* Ein Appell an die Moral Ihres Gegenübers und gleichzeitig eine Mahnung an sein Gewissen.«

»Und?«, fragte sie. »Haben Sie eins?«

»Ich persönlich durchaus. In meiner beruflichen Funktion hingegen sind derlei moralische Verrenkungen eher hinderlich.«

Sie fühlte sich plötzlich erschöpft. Eine ungeheure Müdigkeit begann Besitz von ihr zu ergreifen. Und auch wenn ihr klar war, dass er genau das beabsichtigte – sie war machtlos dagegen.

»Sie müssen entschuldigen«, sagte er. »Ich sehe, ich langweile Sie mit meinen Betrachtungen. Also werde ich es kurz machen. Eine simple, ehrliche Frage mit der Bitte um eine ebensolche Antwort: Wo ist Ihr Mann?«

»Das weiß ich nicht.«

»Das wissen Sie nicht?«

»Nein!«

Er schüttelte den Kopf. In seinem Blick Tadel und Enttäuschung. »Frau Adenauer, bitte! Ich verstehe Ihr Problem, aber Sie müssen auch meines verstehen. Ein hochdekorierter Offizier der Wehrmacht hat versucht, unseren geliebten Führer auszulöschen. Denselben Führer, dem er in einem heiligen Eid ewige Treue geschworen hat. Eine solch infame Tat verlangt nach Vergeltung. Sie werden nachvollziehen können, dass es meine Pflicht ist, sämtliche Mitverschwörer aus dem Verkehr zu ziehen.«

»Mein Mann hat nichts damit zu tun.«

»Ihr Mann hat sich der Untersuchung einer möglichen Mittäterschaft durch Flucht entzogen. Warum sollte er fliehen, wenn er unschuldig ist? Einmal ganz davon abgesehen, dass die Sache minutiös geplant war. So etwas geht nur mit Unterstützung. Wer hat ihm dabei geholfen? Sie vielleicht?«

Sie verkniff sich eine Antwort. Alles, was sie sagte, würde ihre Lage nur erschweren. Ihre Erschöpfung wurde immer größer. Sie hatte diesen Kommissar für dümmer gehalten, als er tatsächlich war. Erst hatte er mit ihr gespielt, jetzt schlug er zu.

»Ich will die Sache nicht unnötig verkomplizieren«,

sagte er. »Und deswegen mache ich Ihnen einen Vorschlag: Wir vergessen die Flucht Ihres Mannes und die Frage, wer sie geplant und für eine reibungslose Durchführung gesorgt hat. Dafür sagen Sie mir, wo er sich aufhält.«

»Ich weiß nicht, wo er ist«, erwiderte sie leise. Sie hörte das Zittern in ihrer Stimme und dachte: Wie soll er dir glauben, wenn du so erbärmlich schlecht lügst?

Er legte seine Unterarme auf die Schreibtischplatte und beugte sich nach vorne. Wieder roch sie sein Rasierwasser, seinen Raucheratem. Ihr wurde übel. Dazu sein durchdringender Blick und darin die schweigend gestellte mitleidige Frage: Wozu das alles, Frau Adenauer? Und sie, die versuchte, seinem Blick standzuhalten, während sie sich wegwünschte, egal wohin, nur fort von hier, und dabei spürte, wie sie es einfach nicht länger schaffte. Plötzlich fühlte sie sich kraftlos, ließ den Kopf sinken und wusste im selben Moment, dass nichts auf der Welt sie mehr retten würde.

»Ich dachte, wir wären uns einig«, hörte sie ihn sagen. »Ich dachte wirklich, wir kämen da gemeinsam raus. Da versuche ich alles, den Knoten zwischen uns zu zerschlagen und Ihnen eine Brücke zu bauen, und Sie weigern sich standhaft, sie zu überqueren.«

Sein Stuhl quietschte. Sie zwang sich aufzublicken. Er saß da, entspannt zurückgelehnt, die Hände im Nacken verschränkt.

»Ich fürchte, Sie lassen mir keine Wahl«, sagte er. Und dann: »Sie haben zwei Töchter – korrigieren Sie mich, wenn ich da etwas durcheinanderbringe –, Charlotte, genannt Lotte, und Elisabeth, genannt Libet, neunzehn und sechzehn Jahre alt. Wenn Sie mir nicht helfen, kann ich die beiden da nicht raushalten. Dann muss ich sie einbestellen, und dann …«

Er ließ den Satz in der Luft hängen, löste seine Hände, beugte sich erneut vor und öffnete eine der Schreibtischschubladen. Während er hineingriff, sagte er: »Ich gebe Ihnen zwanzig Minuten. Denken Sie in Ruhe über alles nach, und treffen Sie Ihre Entscheidung. Ich bin sicher, Sie werden das Richtige tun.«

Er zog eine Akte aus der Schublade, legte sie auf den Schreibtisch und drehte sie mit den Fingerspitzen so zu ihr, dass sie sie aufschlagen konnte. Dann erhob er sich, trat wortlos an ihr vorbei und verließ das Büro.

Und sie saß da und starrte auf die geschlossene Akte, minutenlang, bevor sie es nicht mehr aushielt und den Pappdeckel aufklappte.

Nichts als Fotos. Eins über dem anderen. Schwarzweißaufnahmen von Baracken, Wachtürmen und Zäunen. Dazwischen abgemagerte Frauengestalten in gestreifter Häftlingskleidung, mehr tot als lebendig, Gespenstern gleich.

Sie drehte die Fotos um und las, was hinten geschrieben stand: Mauthausen, Ravensbrück, Bergen-Belsen.

In ihrem Kopf ein Sturm, alles in ihr schrie, ihr Körper eine einzige Verkrampfung. Konrad oder Lotte und Libet. Der Verrat an ihrem Mann gegen das Leben ihrer Töchter. Eine sadistische Quälerei, ausgeheckt im kranken Hirn eines Gestapokommissars, eine Wahl, die keine war. Das Brausen in ihren Ohren wurde lauter und immer lauter, ihre Glieder waren wie gelähmt, es war, als würde ihr Herz aufhören zu schlagen. Kein Denken mehr, kein Fühlen, sie löste sich auf, es gab sie nicht mehr. Und plötzlich merkte sie, dass ihr Mund sich bewegte, sie zählte, stumm erst, dann laut, einundzwanzig, zweiundzwanzig, sie zählte die Sekunden, dann die Minuten, sechzehn, siebzehn, achtzehn.

Bis sich die Tür wieder öffnete. Seine Ledersohlen auf dem gebohnerten Linoleum, der Gestank seines Rasierwassers, der Rauch in seinem Anzug. Er setzte sich. Ein kurzer Moment der Stille, unendlich lang, und dann seine Stimme, freundlich, fast heiter: »Und? Sind Sie zu einer Entscheidung gelangt?«

»Nistermühle«, hörte sie sich sagen, mit einer Stimme, die ihr ganz fremd war. »Bei Hachenburg im Westerwald.«

41

»Was aber das Schlimmste ist: dieses grauenhafte Gefühl der Scham. Zu wissen, dass man nicht stark genug war.«
Gussie Adenauer an Ferdinand Zinsser, Rhöndorf, 19. Oktober 1944

Und wieder saß sie im Auto auf der Rückbank, einer der beiden Gestapomänner neben ihr, der andere vor ihr am Steuer, rauchend wie auf der Hinfahrt, die Scheibe auf seiner Seite halb heruntergekurbelt.

»Ich danke Ihnen«, hatte der Kommissar zu ihr gesagt, eingehüllt in seine süßliche Duftwolke. Er hatte sich eine Zigarette angezündet, den Rauch zu ihr herübergeblasen und sie angelächelt. Dann hatte er unter die Schreibtischplatte gefasst, ein kaum merkliches Summen, die Tür hatte sich geöffnet, und die beiden Männer waren erschienen.

Wortlos hatten sie auf Anweisungen gewartet, stumme Knechte der Macht, während er, noch immer lächelnd, zu ihr gesagt hatte: »Das war's.« Und dann, auf die beiden Männer deutend: »Bitte, die Herren warten auf Sie.«

Sie hatte sich erhoben, ihre Knie zitterten, die Hände waren wie erfroren um den Griff der Handtasche geklammert, während er etwas notierte, ein einzelnes Wort, das sie nicht lesen konnte. Er hatte das Blatt vom Notizblock gerissen und einem der beiden Männer gereicht. Der Mann hatte einen kurzen Blick darauf geworfen und genickt.

Sie schaute aus dem Wagenfenster. Es hatte zu nieseln begonnen, ein feiner, stetiger Schleier vor den vorbeiziehenden Fassaden, reihenweise ausgebrannte Mauerreste, dazwischen einzelne Häuser, die von den Bomben verschont geblieben waren.

Der Wagen fuhr über die Aachener Straße stadtauswärts, sie verstand nicht, warum. Rhöndorf lag im Süden, auf der anderen Seite des Rheins, und jetzt ließen sie den Fluss hinter sich. Sie dachte: Wohin wollen die, wohin bringen die mich?

»Entschuldigung«, sagte sie, »aber … das ist die falsche Richtung.«

Keine Antwort von dem Mann neben ihr, keine vom Fahrer. Nur das Brummen des Motors und das Geräusch des Fahrtwinds.

Quälend lange Minuten später, jenseits der Stadtgrenze, bog der Wagen nach Norden ab. Einige Kilometer fuhren sie auf einer Landstraße durch abgemähte Felder, der alten Abtei von Brauweiler entgegen. Und plötzlich wusste sie, was auf dem Zettel gestanden hatte, den Kommissar Bethke dem Mann in seinem Büro gegeben hatte.

Der Wagen hielt auf ein graues Tor zu, das sich wie von Geisterhand öffnete und den Blick freigab auf den Hof der Haftanstalt, die in der ehemaligen Abtei eingerichtet worden war. Gefangene statt Mönche, Haft statt Gebet, die Hölle im Haus Gottes.

Sie bedeuteten ihr auszusteigen. Sie sah auf ihre Beine, die sich aus dem Fußraum des Wagens schoben, trat auf den gepflasterten Hof mit Füßen, die nicht ihr zu gehören schienen, folgte den beiden Männern wie eine Marionette hinüber zur Pforte und dachte: Das bin nicht ich!

Die Männer übergaben sie an eine uniformierte Aufseherin mit fleischigen Wangen, die flachsblonden Haare zu einem Dutt zusammengesteckt. Name, Geburtsdatum, Adresse – mit schnarrender Stimme abgefragt und notiert. Ein Stapel wurde ihr hingeschoben. Eine graue Wolldecke, darauf gefaltete Häftlingskleidung aus verwaschenem Drillich und ein Kopftuch.

»Mitkommen!«

Die Absätze der Uniformierten, die durch den Gang hallten. Es roch nach Kohlsuppe und Schweiß. Dann: ein Raum, in dem nichts weiter als eine hölzerne Bank stand.

»Ausziehen!«

Sie legte ihre Kleidung auf der Bank ab, streifte sich die Häftlingskluft über, band das Kopftuch in ihrem Nacken, während die Aufseherin ihre Handtasche leerte und sämtliche Gegenstände auf einem Formular vermerkte, das in einem Klemmbrett steckte.

»Unterschreiben!«

Und wieder ein Gang, abblätternde Farbe auf Zellentüren, Jammern und Stöhnen, ganz nah und gleichzeitig wie von weit her. Ein Schlüssel, der sich in einem Schloss drehte, metallisches Hallen. Ein paar Quadratmeter Zelle, Wände mit eingeritzten Botschaften, Hilferufe ins Nichts. Ein Tisch, ein Stuhl, eine Pritsche. Ein Eimer für ihre Notdurft, mit einem Deckel verschlossen. Ein Fensterloch, zu hoch, um hindurchzuschauen, ein graues Stück Himmel, die Aussicht ins Jenseits.

Dann saß sie da, auf der schmalen Pritsche, die Wolldecke gegen die Kälte um ihre Schultern gelegt, ihre Zähne schlugen klappernd aufeinander, in ihrem Körper ein unkontrollierbares Zucken, die Muskeln jeglichem Befehl entzogen.

Kein Denken, kein Fühlen. Nur dieser Schmerz, von innen und außen zugleich, die Wände der Zelle, die auf sie zustürzten und sie unter sich begruben.

Bilder, die in ihr aufstiegen und gleich wieder verschwanden, ohne greifbar zu werden. Die Kinder, verlassen im Rhöndorfer Haus, der Garten zugewuchert. Und er in der Nistermühle, ein Buch in der Hand, das zu Boden fiel, als sie ihn aus seinem Zimmer zerrten. Sie stand daneben und konnte nur hilflos zusehen. Unverständnis in seinem Blick. Und dann begriff er. Starrte sie an, kein Vorwurf, nur Unglaube. Stumm formten seine Lippen ihren Namen.

Und dazu diese Stille. Die nackte Glühbirne über ihr wie eine schwarze Sonne, das Schweigen in ihr grenzenlos. Ihre Unfähigkeit, das Atmen einzustellen. Ihr schlagendes Herz, das sie am Leben hielt, gegen ihren Willen. Dahinschleichende Stunden, zeitlose Nacht, ein langsames Zerrinnen ins Nichts.

»Aufstehen!«

Sie zwang sich, die Augen zu öffnen, frierend unter ihrer Wolldecke, ihr Körper wie zerschlagen. Hinter dem Fensterloch über ihrem Kopf die Ahnung des heraufziehenden Morgens. Und in der Zellentür eine andere Aufseherin, uniformiert wie die erste, eine gedrungene Frau mit teilnahmslosem Blick.

»Mitkommen!«

Sie mühte sich von der Pritsche. Rasende Kopfschmerzen, ihr war schwindlig. Raus aus der Zelle, den Gang hinunter, der Aufseherin hinterher. Sie konnte kaum Schritt halten, stolperte mehr, als dass sie ging, band sich dabei das Kopftuch um, ihre Finger waren taub, sie verstand nicht, was los war, kein klarer Gedanke in ihrem Kopf, den Blick auf den uniformierten Rücken vor sich geheftet, zogen Wände und Zellentüren an ihr vorbei, bis sie sich schließlich in einem Raum voller Mitgefangener wiederfand, im ehemaligen Refektorium der Abtei.

Wärme und Gestank, der Schweiß dreißig ungewaschener Frauen in Häftlingskopftüchern, die schweigend dasaßen, auf hölzernen Schemeln, neben sich Eimer mit milchiger Lauge oder Körbe zerschossener Uniformen, auf ihren Schößen feldgraue Jacken und Hosen. Die einen stopften mit Nadel und Faden die von Gewehr- und MG-Kugeln gerissenen Löcher, die anderen scheuerten mit Kernseife und Bürsten eingetrocknetes Blut aus den Feldblusen – und bei alldem fiel kein einziges Wort.

Die Aufseherin wies ihr einen freien Platz zu, reichte ihr Nähzeug und eine kleine Schere. Ging hinüber zu einer zweiten Uniformierten am Kopfende des Raumes, einer brünetten Mittzwanzigerin, setzte sich neben sie und begann, leise mit ihr zu reden. Und ab und zu ein Lachen der beiden, hell und spitz, wie Hohn in diesem mit Schweigen und Angst gefüllten Raum.

Die Uniformjacke, die sie stopfte, war an der Brust durchschossen, auf Höhe des Herzens. Sie dachte an Koko und Max, denen das Schicksal bislang gnädig gewesen war, anders als dem jungen Landser, der diese Jacke getragen hatte, irgendwo im Osten, vielleicht im Kaukasus oder in den endlosen Steppen zwischen Wolga und Don, und der jetzt in der dunklen Erde lag, von Würmern zerfressen, verscharrt in einem namenlosen Grab.

Wo bist du, Konrad?

Hatten sie ihn schon abgeholt? Natürlich hatten sie das, gestern schon. Ein rascher Anruf dieses Bethke bei seinem Vorgesetzten, ein eilig zusammengestellter Sturmtrupp, der überraschende Zugriff in der Mühle, die Fahrt nach Köln und dann sein durch Schläge gebrochener, zusammengesunkener Körper beim Verhör, eine Lampe auf sein erschöpftes Gesicht gerichtet, und die immer gleichen Fragen, die ewig sich wiederholende Aufforderung, endlich zu gestehen, was er nicht gestehen konnte, die Forderung nach den Namen der Mitverschwörer, die er nicht kannte. Dann würde Bethke, der sich in der Aufführung seines Lebens wähnte, die Tonart wechseln, übergehen vom einfühlsamen Flüstern zum heiseren Brüllen: Jetzt liefern Sie uns die Schweinehunde endlich ans Messer, Adenauer, sonst hängen Sie morgen in Plötzensee am Fleischerhaken! Und er mit dem immer gleichen hilflosen Kopfschütteln, stammelnd und kaum noch hörbar: Ich habe damit nichts zu tun! Und dann sein zerschundener Leib auf der Pritsche einer winzigen Zelle im Keller des Gestapohauses am Appellhofplatz, eine ausweglos durchwachte Nacht und am heutigen Morgen, während sie auf einem Schemel in einer Haftanstalt die Uniformen toter Soldaten flickte, die Fortsetzung des gestrigen Verhörs, der gleiche Ablauf, Bethke in allerbester Form, erfrischt von der Vorstellung, dass ihm die Verhaftung des prominenten Dr. Adenauer ohne jeden Zweifel eine Beförderung einbringen würde, vielleicht sogar die namentliche Erwähnung in einem Zeitungsartikel. Und zu Hause ihre Kinder, alleingelassen und in völliger Ungewissheit über das Schicksal der Eltern.

Eine Glocke schrillte zur Mittagspause. Eine dünne Suppe, ein Kanten hart gewordenes Brot. Sie bekam kaum einen Bissen hinunter, neben ihr die gierigen Blicke der mitgefangenen Frauen – wenn du's nicht willst, gib's mir –, und sie dachte: Wie wenig es doch braucht, damit der Mensch des Menschen Wolf wird.

Dann wieder die Glocke, und es ging weiter, die beiden Aufseherinnen schritten die Reihen ab, prüften die Qualität der geleisteten Arbeit, kontrollierten, wie viel in welcher Zeit geschafft worden war. Sie trieben an, forderten mehr Einsatz, drohten mit der Streichung von Rationen. Und immer wieder dieses höhnische Lachen, Stunde um Stunde, während sich in ihr ein Gedanke vor alles andere schob, zwingend und unausweichlich: dass sie all das verdiente, dass ihr all das zu Recht zustieß, weil sie ihn verraten hatte, in ihrer Kleinmut, ihrer Feigheit, ihrer Angst. Und dazu die bohrende Frage, wie sie überhaupt weiterleben konnte mit einer solchen Schuld und einer solchen Schande. Sie wusste um ihre Fehler, sie kannte ihre Schwächen. Sie hatte gezweifelt, immer wieder, an sich, an ihm, an der gemeinsam verbrachten Zeit, aber nie hatte sie sich als gescheitert gefühlt, immer war da ein Rest von Vertrauen und Zuversicht gewesen. Bis gestern. Bis dieser Bethke sie lächelnd gefragt hatte: Und? Sind Sie zu einer Entscheidung gelangt?

Vor den Fenstern die einsetzende Dämmerung. Und wieder das Schrillen der Glocke. Das Ende der Arbeit. Und in ihr nur noch der Wunsch, dass alles ein Ende haben möge.

Die Aufseherinnen gingen durch die Reihen, mit Tabletts, auf die die Häftlinge ihre Fingerhüte, das Stopfgarn und die Scheren warfen.

Sie ließ ihre eigene Schere in ihren Schoß fallen und griff, während sie Fingerhut und Garn ablegte, blitzschnell nach einer der Scheren, die bereits auf dem Tablett lagen.

Die Aufseherin, die nicht bemerkt hatte, dass sie ihre eigene Schere hatte verschwinden lassen, sah nur die zweite Schere in ihrer Hand. »Was soll das?«, schrie die Frau sie an. »Na los!«

»Entschuldigung«, sagte sie leise und legte die zweite Schere wie befohlen auf das Tablett. Und schob hinter dem Rücken der weitergehenden Aufseherin die in ihrem Schoß verborgene eigene Schere unauffällig in einen ihrer Schuhe.

»Viel Glück«, flüsterte die Frau neben ihr und lächelte ihr mitleidig zu. Sie hatte ein blaues Auge, die Schneidezähne waren ihr herausgeschlagen worden.

Angetrieben von den Aufseherinnen, marschierten sie in Zweierreihen zurück in ihre Zellen. Das Zuschlagen der Türen, die Schließgeräusche.

Die Hände im Schoß, saß sie auf ihrer Pritsche, bewegungslos, und lauschte in die Stille. Die nackte Glühbirne über ihr wie ein Gehenkter an einem Galgen, das vergitterte schwarze Fensterloch wie die ferne Erinnerung an eine unerreichbare Welt.

Kurz darauf öffnete sich die Klappe ihrer Zellentür, ein Blechtablett wurde hindurchgeschoben, sie nahm es wortlos entgegen. Ein Napf mit Suppe, ein paar Kartoffelstücke, die in dem wässrigen Nichts schwammen, dazu ein Stück Brot und ein Becher mit dünnem Kaffeeersatz.

Sie stellte das Tablett auf den winzigen Zellentisch, wartete, bis sich die Klappe erneut öffnete, schob es unangerührt hindurch und dachte an die Frau mit den ausgeschlagenen Schneidezähnen und ihr mitleidiges Lächeln. Viel Glück! Heute war der 25. September, der Tag ihrer Silberhochzeit.

»Ach, Konrad«, flüsterte sie, »Konrad, Konrad, Konrad!«

Sie sehnte sich nach Dunkelheit. Sie schob den Tisch unter die Glühbirne, kletterte mühsam hinauf. Streckte eine Hand nach oben. Wenn sie sich auf die Zehenspitzen stellte, konnte sie die Fassung erreichen. Mit der einen Hand fixierte sie das schwarze Bakelit, mit der anderen drehte sie an der heißen Birne, bis sie verlosch. Sie verbrannte sich die Finger, aber was spielte das jetzt noch für eine Rolle?

Sie kletterte zurück auf den Boden, schob den Tisch zurück an seinen Platz an der Wand. Zog die Schere aus ihrem Schuh, legte sich auf die Pritsche, deckte sich mit der Wolldecke zu.

Unter der Decke klappte sie die Schere auseinander. Ihr Daumen strich über die kurze, spitze Klinge. Sie führte sie an ihr linkes Handgelenk, suchte mit der Metallspitze die richtige Stelle, dann stach sie zu und zog die Klinge vom Gelenk weg den Arm hinauf.

Der Schmerz nahm ihr den Atem, aber das gehörte dazu, es war nicht wichtig, es war vollkommen gleichgültig. Sie spürte das Blut über ihren Arm laufen, warm und weich.

Sie zog die Klinge heraus, ließ die Schere los und faltete ihre blutigen Hände ein letztes Mal. Dann begann sie leise zu beten, so wie sie es als kleines Mädchen von ihrem Vater gelernt hatte: »Großer Gott, wir loben dich.«

42

»Da ist dieser drängende Wunsch, Dir alles zu sagen, was bislang zwischen uns unausgesprochen blieb. Als ob das möglich wäre. Und dabei dieses scheußliche Gefühl, dass uns die Zeit davonläuft. Aber eines sollst Du wissen, mein Gussieken: Du bist das Kostbarste, das ich je hatte, und dafür bin ich sehr, sehr dankbar.«
Ferdinand Zinsser an Gussie Adenauer,
Tübingen, 28. Februar 1948

Das eigene Handeln ist der Raum zwischen dem Ich und den anderen, denkt sie, das Schicksal der Raum zwischen Zufall und Konsequenz. Das Leben ist wie das Meer. Es trägt uns. Wir setzen unsere Segel im auffrischenden Wind. Und wenn ein Sturm kommt, holen wir sie ein und treiben ziellos dahin.

Sie hat sich oft gefragt, warum sie rechtzeitig gefunden wurde. Hätte die Aufseherin die Zellentür ein paar Minuten später aufgeschlossen oder wäre die Wunde an ihrem Handgelenk größer gewesen, dann wäre mehr Blut aus ihr herausgeflossen, und man hätte nur noch ihren Tod feststellen können. So aber war noch ein winziger Rest von Leben in ihr. Genug, um sie wieder aufwachen zu lassen.

Man hatte die Wunde verbunden, sie mit Schmerzmitteln ruhiggestellt. Pyramidon, eine Tablette nach der anderen, sie nahm sie tagelang. Ob es an den Nebenwirkungen lag, dass sie jetzt, Jahre später, hier liegt, oder ob sie sich durch die verschmutzte Klinge der Schere eine unerkannte und nie behandelte Sepsis zugezogen hat – sie weiß es nicht. Nicht mal der Professor konnte es ihr sagen. Agranulozytose – ein merkwürdiges Wort für den Schmerz, den sie seit jener Nacht in Brauweiler in sich trägt.

Unter der Tür fällt ein schmaler Streifen Licht vom Flur herein. Das Licht gibt der Stille ein Gesicht. Die Nacht ist ihr Freund. Nichts lenkt sie ab. Sie treibt durch die Dunkelheit, einen breiten Fluss hinunter, einem Wasserfall entgegen, sie kann ihn schon rauschen hören.

Sie denkt: Wir sehnen uns nach einer Heimat, wir suchen danach unser Leben lang. Wir meinen, geradeaus zu gehen, und biegen immerzu ab, unbewusst und ungewollt. Wir wähnen uns auf einer festen Straße, während wir in Wahrheit über einen Feldweg stolpern. Wir sind überzeugt, das Ziel vor Augen zu haben, und sehen in Wahrheit nur Trugbilder. Manchmal glauben wir, angekommen zu sein, nur um kurz darauf begreifen zu müssen, dass jede Ankunft nichts anderes ist als ein Zwischenstopp, und wir ziehen weiter, im Gepäck nur uns selbst. Es gibt nur eine Ankunft im Leben, und das ist der Tod. Das Mögliche ist immer auch das Unmögliche. Wer kann schon sagen, was gewesen wäre – es war ja nicht.

Sie hat sich nie wirklich allein gefühlt. Sie hat immer gedacht, nur er sei allein. Sie hat ihm beim Alleinsein zugeschaut, ohne es zu verstehen. Hat versucht es abzumildern. Hat seine Verschlossenheit ertragen und die kostbaren Augenblicke genossen, in denen er sich ihr geöffnet hat. Sie hat nichts verlangt und so viel bekommen. Seine Liebe, seine Achtung. Und dann war sie auf einmal genauso allein wie er.

Sie haben nie darüber geredet. Als hätte es jene schicksalhafte Nacht in ihrer Zelle nie gegeben. Sie fährt sich mit dem Zeigefinger über den Unterarm. Mit der Fingerkuppe schiebt sie ihre verwelkte Haut vor sich her, streicht über eine bläuliche Ader, ertastet ihren Pulsschlag. Sie schaut ihrem Finger zu, wie er über den Ballen ihrer Hand wandert, in der geöffneten Fläche verharrt und sich dann in langsamen Kreisen nach außen bewegt, über die sich kreuzenden Linien ihres verlöschenden Lebens.

43

»Ach, Gussieken, Du bist um so vieles stärker als so viele andere. Und noch viel stärker, als Du selber weißt. Dass Du Zweifel hattest, war schon als Kind so. Ich fürchte, das hast Du von mir. Aber was wären wir ohne unsere Zweifel?«

Ferdinand Zinsser an Gussie Adenauer,
Tübingen, 22. Oktober 1944

Ein paar Tage später erhielt sie Besuch. Libet war mit dem Fahrrad den weiten Weg aus Rhöndorf gekommen und erwartete sie im matten Licht des Besuchsraumes, in ihren Augen nur die eine erschrockene Frage: Was haben sie mit dir gemacht, Mama?

Sie begriff, dass sie furchtbar aussehen musste, wie ein lebender Geist, eine Wiedergängerin aus dem Reich der Schatten. Sie schämte sich für den Verband an ihrem Handgelenk. Was sie getan hatte, widersprach allem, was sie ihren Kindern je beigebracht hatte: dass man stets aufrecht stehen musste und niemals aufgeben durfte, dass es immer einen Ausweg gab und dass selbst auf die dunkelste Nacht ein Morgen folgte.

Libet tat so, als wäre der Verband nicht vorhanden, fragte nicht nach, verlangte keine Erklärung. Sagte stattdessen leise: »Es gibt da etwas, das du wissen musst.« Und nach einem kurzen Zögern: »Papa ist verhaftet worden.«

Sie hörte Libets Worte und dachte: Jetzt ist es also passiert. Und fühlte einen stechenden Schmerz in ihrer Brust. Sie hatte es nicht verhindern können. Was sie getan hatte, war vollkommen sinnlos gewesen.

»Gestern haben sie ihn hierher nach Brauweiler überstellt«, sagte Libet. »In die Abteilung für die männlichen Gefangenen.«

Er ist hier, dachte sie, nur ein paar Flure und Zellen entfernt. Der Wunsch zu lachen, der Drang zu weinen.

»Ich war heute Morgen bei der Gestapo«, fuhr Libet fort. »Bei diesem Kommissar Bethke. Um eure Freilassung zu erwirken. Er hat mich bloß ausgelacht, aber ich werde es wieder versuchen, so lange, bis er euch rauslässt, damit ich ihm nicht länger auf die Nerven gehe. Und nur damit du das weißt, Mama, zu Hause ist alles in Ordnung, du musst dir keine Sorgen machen, weil – wir kriegen das hin!«

Mein Gott, Kind, dachte sie, wie schaffst du das nur? Etwas in ihrem Hals würgte sie, sie fühlte sich elend und klein. Der Wunsch, sich zu erklären, das armselige Verlangen, sich zu rechtfertigen. Und gleichzeitig das Wissen, dass das unmöglich war.

Ein paar Tage nach Libets Besuch wurde sie entlassen. Gründe dafür nannte man ihr nicht. Sie ließ sich von den Kindern umarmen, wurde bekocht und umsorgt. Versuchte, sich ihre Scham nicht anmerken zu lassen. Kämpfte mit ihrer Trostlosigkeit. Stand einsam im Garten, wie weggestellt, schaute über das Rheintal und dachte: Bitte, gebt ihn mir zurück!

Libet hatte nach Max' Aufenthalt geforscht und ihm von der Lage berichtet. Er hatte Urlaub beantragt und war nach Hause gekommen. Eine Viertelstunde hatte er mit dem Vater im Gefängnis sprechen können, dann war er mit dem Nachtzug in die Reichshauptstadt gefahren. Mit Paul, der seit einiger Zeit in der Nähe Berlins stationiert war, hatte er den für das Verfahren zuständigen Sachbearbeiter ausfindig gemacht. Es hatte sich herausgestellt, dass nichts gegen ihren Vater vorlag. Seine Akte war bei einem Fliegerangriff mit in den Luftschutzbunker genommen und dort vergessen worden, jetzt schickte man ein entsprechendes Fernschreiben nach Köln. Kurz darauf wurde er entlassen. Am Abend des 26. November kam er zu Hause an.

Seine Arme legten sich um ihren Körper, er zog sie an sich, er war nur noch Haut und Knochen. Es gab keine Worte zwischen ihnen, nur Blicke – ein kaum merkliches Leuchten, das ihr mehr bedeutete als alles andere.

44

»Mein liebes Gussieken, heute hat mich Deine liebe Karte aus der Schweiz erreicht. Wie schön, euch gut und wohl zu wissen. So leicht habe ich Dich lange nicht reden hören. Das Herz ging mir auf.«
Ferdinand Zinsser an Gussie Adenauer, Tübingen, 29. Juli 1947

Mit dem Zug bis Sierre, dann im Taxi hinauf nach Chandolin, und vor ihr das Grand Hotel, genauso unverändert wie die Berge dahinter. Als wäre die Zeit stehengeblieben. Sie nahm seine Hand, er war genauso bewegt wie sie. Bei ihnen waren Konsul von Weiss, der die Reise durch seine Intervention bei den britischen Militärbehörden erst möglich gemacht hatte, und seine Frau Hannelore.

Nie hatte sie auch nur ein einziges Wort der Anklage von ihm gehört. Als hätte es die Zeit der Haft nie gegeben, als hätte sie nie versucht, dem Leben zu entfliehen. Und als der Krieg endlich vorbei war, gab es keinen Platz mehr für die Vergangenheit. Nur noch die Zukunft zählte.

Alles war so wie früher. Sie bekamen ihr altes Zimmer mit den schweren Daunenplumeaus, saßen auf der Sonnenterrasse, genossen den Blick über das Val d'Anniviers, die Aussicht auf das Zinalrothorn, den Besso, die Dent Blanche. Tranken plaudernd Cocktails, das Gestern wie ausgelöscht, nur das Jetzt zählte und das, was kommen würde – ein neues Deutschland, in einer anderen, besseren Welt.

Die Höhenluft tat ihr gut, ihr Zustand besserte sich. Die körperliche Schwäche, die sie seit ihrer Haft begleitete, die Schwermut, die jeden Tag wie ein Schleier über ihr lag – alles schien wie weggeblasen.

Wie früher machten sie lange Wanderungen, stiegen hinauf aufs Illhorn, saßen im Gras. Ließen sich von der Sonne bräunen, die Schutzcreme auf ihrer Haut glänzte, und alles war leicht.

Sie dachte an die letzten Jahre, das Glück ihrer Kinder. Paul studierte weiter Theologie, Lotte Literaturwissenschaften, Libet hatte ihr Abitur gemacht, Georg ging noch aufs Gymnasium. Jan und Bärbel waren nicht ihre einzigen Enkel geblieben. Kokos Frau Lola hatte erst eine Tochter bekommen, Irene, und dann einen Sohn, Konrad. Gisela hatte Max eine Tochter geschenkt, Bettina. Die Familie wuchs immer weiter.

Die Amerikaner hatten ihn wieder zum Kölner Oberbürgermeister ernannt. Als die britischen Militärbehörden die Verwaltung übernahmen, war es zum Zerwürfnis gekommen. Er hatte öffentlich kritisiert, dass die Briten fast die gesamte rheinische Kohle abzogen, während seine Landsleute an Hunger und Kälte zu sterben drohten. Daraufhin hatten sie ihn abgesetzt. Was ihm nur mehr Zeit gegeben hatte, seine politische Zukunft in der neu gegründeten CDU voranzutreiben. Er war das bekannteste Gesicht der Partei. Und er nutzte seinen Einfluss. Jetzt zahlte sich aus, dass er in den dunklen Jahren im Verborgenen weiter seine Kontakte gepflegt hatte.

Er traf sich mit Vertretern der Militärverwaltung, machte Vorschläge, sondierte, lotete aus. So wie damals bezog er sie auch jetzt mit ein, fragte sie um Rat, ertrug ihre Kritik. Sie beriet mit ihm seine Pläne, stellte sie auf den Prüfstand. Gemeinsam verwarfen sie, was zu gewagt schien, schärften nach, was nicht gewagt genug war.

Noch ein, zwei Jahre, dann würde Deutschland wieder ein demokratisches Land mit einer eigenständigen Regierung sein. Und immer deutlicher zeichnete sich ab, dass er diese Regierung anführen würde.

Sie blickte ihn an. Seine Fähigkeit, die Vergangenheit zu überwinden. All die Niederlagen, die Demütigungen, die erzwungenen Fluchten, seine Verhaftungen – abgelegt, begraben, vergessen. Er schaute immer nur nach vorn, während sie sich immer öfter der Vergangenheit zuwandte.

»Du hast mir nie einen Vorwurf gemacht«, sagte sie.

»Wovon sprichst du?«

»Als ob du das nicht wüsstest.«

Seine Züge verhärteten sich. »Lass es ruhen, Gussie.«

»Das kann ich nicht.«

»Bitte!«

»Es verfolgt mich«, sagte sie leise. »Es ist immer da. Ich habe dich verraten, Konrad!«

»Das war kein Verrat«, erwiderte er. »Du hattest keine Wahl. Ich weiß das, die Kinder wissen es, und Gott weiß es auch.«

Sie schüttelte den Kopf. »Als ich diesem Bethke dein Versteck genannt habe, war ich sicher, dass sie dich töten würden. Erschießen oder aufhängen, so wie all die anderen.«

»Sie haben mich nicht getötet. Und selbst wenn – das hätte nichts geändert zwischen uns. Gar nichts!«

Er sah sie an, seine Augen voller Zärtlichkeit. Keine Spur von Zweifel, nur diese unerschütterliche Gewissheit. Sie beneidete ihn darum.

»Ich werde sterben«, sagte sie leise.

»Wir alle werden sterben.«

»Es ist mir ernst. Ich spüre es. Schon lange.«

»Hör auf, Gussie!«

»Ich versuche es mir auszureden, jeden Tag, aber ich höre, was mein Körper mir sagt. Ich verstehe, dass du es nicht wahrhaben willst. Ich habe ja selbst ewig gebraucht, um es mir einzugestehen.«

»Was redest du da? Es geht dir besser, ich sehe doch, wie es dir immer besser geht.«

»Du siehst nur, was du sehen willst. Aber ich fühle, was ist. Und es ist ja auch nicht schlimm.«

»Ich habe eine Frau verloren. Meine zweite werde ich nicht verlieren!«

»Doch, Konrad, das wirst du. Und je eher du das begreifst, desto leichter wird es für dich sein, wenn ich nicht mehr bin.«

»Sei still, Gussie«, entgegnete er heftig. »Du versündigst dich. Hör auf, dich zu versündigen!«

Er sprang auf, sie wunderte sich, wie schnell er sich aufzurichten vermochte. Sein markanter Schädel im Gegenlicht, sein wütendes Gesicht im Schatten, sie war froh, den Ausdruck in seinen Augen nur erahnen zu können. Er drehte sich von ihr weg, vergrub die Hände in den Hosentaschen, ein großer, hagerer Mann, schräg zum Hang stehend, der Sonne zugewandt, voll neu gewonnener Tatkraft, die Zukunft im Kopf. Und hinter ihm, im Gras sitzend, seine Frau, die ihm gerade eröffnet hatte, dass diese Zukunft keine gemeinsame sein würde.

»Bitte, Konrad«, sagte sie.

Er reagierte nicht. Sie sah, wie er sein Taschentuch aus der Brusttasche zog und sich damit über die Augen fuhr.

Sie sagte: »Du warst immer derjenige von uns, der verlangt hat, der Wirklichkeit ins Auge zu schauen. Immer hast du gewusst, was kommen wird, bevor andere es gewusst haben. Du hast die Dinge gesehen, wie sie waren, und hast darunter gelitten und geschwiegen, auch um mich und die Kinder zu beschützen. Aber niemals hast du dich weggeduckt, in siebenundzwanzig Jahren nicht ein einziges Mal. Jetzt bin ich diejenige, die die Dinge sieht, wie sie sind, und die sich nicht wegduckt.« Und dann: »Ich habe dir immer vertraut. Jeden einzelnen Tag. Jetzt musst du mir vertrauen.«

Er drehte sich zu ihr um, machte einen Schritt auf sie zu, wirkte plötzlich ganz alt und müde, kniete sich hin, stützte sich mit den Händen im Gras ab, setzte sich neben sie, niedergeschlagen und schweigend. Und sie begriff, dass er nur deswegen die Nerven verloren hatte, weil er das, was sie ausgesprochen hatte, längst wusste.

»Ich möchte dir etwas erzählen«, sagte sie, »über Ria und mich.«

Und dann berichtete sie ihm von dem Tag, als seine kleine Tochter zu ihr gekommen war, kurz nachdem Ferdinand gestorben war, und sie gemeinsam über den Tod gesprochen hatten und darüber, was es hieß, einen geliebten Menschen zu verlieren. Und dass seine kleine Tochter Ria ihr etwas gezeigt hatte, das ihr Leben wieder lebenswert gemacht hatte. Wie sie ihre Kinderhände zu einer Kugel geformt und ihre Daumen auseinandergezogen und erklärt hatte, dass sie durch diesen Spalt ihre Mama sehen könne, jederzeit, immer wenn sie das wolle. Und wie Ria sie dann aufgefordert hatte, es einmal auszuprobieren. Und wie sie selbst ihre Hände zu einer Kugel geformt hatte und durch den Spalt zwischen ihren Daumen den kleinen Ferdinand gesehen hatte. Und wie Ria sich anschließend an sie geschmiegt und gesagt hatte: Jetzt bist du meine Mama!

Sie schaute ihn an: »Ich werde immer da sein, in deinem Herzen und, wenn du willst, zwischen deinen Händen. Du hast eine Aufgabe, Konrad. Du wirst dieses Land anführen und es wieder lebenswert machen.«

»Woher weißt du das?«, fragte er.

»Weil ich die Dinge so sehe, wie sie sind. Und sehen kann, wie sie sein werden.«

Er legte seinen Arm um sie, griff nach ihren Händen. Sie betrachtete seine schlanken Finger, die Knöchel, die Haut auf seinem Handrücken, auf der sich erste Altersflecken zeigten. Wie schön deine Hände sind, dachte sie, und wie sehr ich dich liebe.

Die Sonne begann unterzugehen, die Berggipfel im Westen wie feurige Spitzen in einem sich rötenden Himmel. Und sie saßen da, eine Frau und ihr Mann, schweigend und ruhig und einander ganz nah wie seit Langem nicht mehr.

45

Gott der Herr nahm heute meine geliebte Frau, unsere gute Mutter, Schwiegermutter, Tochter, Schwester, Schwägerin

Gussie Adenauer

geb. Zinsser

zu sich.

Sie starb nach langer, schwerer, mit unendlicher Geduld ertragener Krankheit im Alter von 52 Jahren, gestärkt mit den Tröstungen der katholischen Kirche.

Ihr Leben war Liebe und Güte.

Rhöndorf am Rhein, den 3. März 1948

»Ihr Mann ist jetzt da«, sagt Geli.

»Und die Kinder?«

»Die Kinder auch.«

»Wie sehe ich aus?«, fragt sie.

»Wunderschön«, sagt Geli. Sie hat sie gewaschen und ihr ein frisches Nachthemd angezogen. Dann hat sie ihr die Haare gekämmt und die Wangen gepudert. Und schließlich noch ein wenig Rouge aufgetragen.

Was macht ein gelungenes Leben aus?

»Ich habe Angst«, sagt sie.

»Das brauchen Sie nicht«, sagt Geli.

Die Tür öffnet sich, er kommt herein, hinter ihm die Kinder, schweigend und gefasst. Koko, Max und Ria, Paul, Lotte, Libet und Georg.

Sie hat davon geträumt, mit ihm alt zu werden. Sie hätte ihn so gerne begleitet auf dem Weg, der noch vor ihm liegt. Vielleicht lässt er sie dabei sein in seinen Gedanken.

Er nimmt ihre Hände und drückt sie. Sie schaut ihn an. In seinem Blick liegt alles, was sie gemeinsam gehabt haben, das Gelebte und das Ungelebte. Ihre Träume, die Sehnsucht und die Zweifel. Es war kein leichtes Leben, aber ein reiches.

»Ich habe dir etwas mitgebracht«, sagt er und legt den stoffbezogenen Kasten neben sie auf das Bett. Öffnet ihn und nimmt ihre Geige heraus. »Weißt du noch?«, fragt er. »Emma und du. Die Elegie von Rachmaninoff. Ich habe euch heimlich zugehört. Du warst erschrocken, als du mich bemerkt hast. Mit einem Schrecken sind wir uns begegnet, abgeschreckt hat es dich nicht.«

Er legt ihr die Geige vorsichtig in die Hände. Sie kommt ihr schwer vor und viel größer als in ihrer Erinnerung. Mit den Fingern fährt sie über den Lack, fühlt die kleinen Kratzer, streicht über die Fichtendecke, die Zargen, den Ahornboden.

Er sagt: »Die Musik, Gussie, das bist du.«

Sie würde ihm so gerne sagen, wie dankbar sie ist. So vieles, das sie noch zu sagen hätte. Aber sie hat keine Worte mehr. Nur noch ihre Augen. Und auch die kann sie nur mit Mühe offen halten. Alles beginnt zu zerfließen, die Dinge verlieren ihre Form. Ihr Atem beginnt zu flattern, wird flacher und flacher. Da ist die Tür, sie steht weit offen, nur einen Schritt noch, dann ist sie hindurch.

Ria tritt an ihr Bett. Sie formt ihre Hände zu einer Kugel, hält sie ihr ganz nah ans Gesicht, spreizt die Daumen auseinander.

Und sie schaut hinein, in das Dunkel der Kugel, und durch das Dunkel hindurch in die andere Welt.

Und blickt in die Augen eines vier Tage alten Kindes.

Ihr Sohn, ihr kleiner Ferdinand.

Komm, Mama, sagt er.

Und lächelt.

Anmerkung des Autors

Ich habe mich beim Schreiben um größtmögliche historische Genauigkeit bemüht. Sämtliche Auszüge aus Reden oder Radiosendungen sind Originale. Ebenso Gussies Wahlaufruf und ihre Todesanzeige. Gleichwohl habe ich mir erlaubt, manche Ereignisse in ihrem Leben aus dramaturgischen Gründen zeitlich zu verdichten. Was ich hinzuerfunden habe, entspricht dem Bild, das ich von Gussie gewonnen habe. Die im Text auftauchenden Briefauszüge folgen im Ton überlieferten Originalbriefen, sind jedoch fiktiv.

Natürlich freue ich mich als Kölner sehr, meiner Heimatstadt und den Menschen, die in ihr leben und gelebt haben, mit diesem Roman meine Reverenz erweisen zu können.

Dank

Wie immer danke ich meinem Agenten Felix Rudloff und meiner Lektorin Hanne Hartmann für ihre Unterstützung und ihren Zuspruch. Dank auch an Hella Reese für ihren überaus sorgfältigen Blick auf das Manuskript. Meine Verlegerin Barbara Laugwitz zu treffen, hat sich als großes Glück erwiesen.

Ausdrücklicher Dank gebührt Gussies Enkeln Konrad Adenauer und Monika Werhahn-Mees, die mir wertvolle Einblicke in die Geschichte der Familie Adenauer ermöglicht haben. Gleiches gilt für Melanie Eckert von der Stiftung Bundeskanzler-Adenauer-Haus, die mir Zugang zu Gussies privaten Briefen gewährt hat und auf jede meiner zahllosen Fragen stets eine Antwort wusste.

Ganz besonders danke ich meiner Tochter für ihre klugen und unbestechlichen Anmerkungen zum Text: Toni, du weißt, wie's geht!